中国科幻史话

科幻史话

（1949—2021）

董仁威 _主编

本书编委会 _著

成都时代出版社
CHENGDU TIMES PRESS

图书在版编目（CIP）数据

中国少儿科幻史话（1949—2021）/ 董仁威主编；
本书编委会著． ——成都：成都时代出版社，2023.9
ISBN 978-7-5464-3263-2

Ⅰ．①中… Ⅱ．①董… ②本… Ⅲ．①儿童小说－幻
想小说－小说研究－中国－1949-2021 Ⅳ．① I207.8

中国国家版本馆 CIP 数据核字（2023）第 115938 号

中国少儿科幻史话（1949—2021）

ZHONGGUO SHAO'ER KEHUAN SHIHUA（1949—2021）

董仁威 / 主编　本书编委会 / 著

出 品 人　达　海

特约策划　海南壹天视界　甘伟康

特约编辑　石　以　宣亚男

特约图片编辑　阿　贤

责任编辑　黄　蕊

责任校对　胡小丽

责任印制　黄　鑫　陈淑雨

装帧设计　成都九天众和

出版发行　成都时代出版社

电　　话　（028）86742352（编辑部）
　　　　　（028）86615250（发行部）

印　　刷　成都博瑞印务有限公司

规　　格　170mm×240mm

印　　张　21.5

字　　数　263 千

版　　次　2023 年 9 月第 1 版

印　　次　2023 年 9 月第 1 次印刷

书　　号　ISBN 978-7-5464-3263-2

定　　价　88.00 元

本书编委会

<table>
<tr><td>主　　编</td><td>董仁威</td></tr>
<tr><td>编委会成员
（按姓氏音序排列）</td><td>崔昕平　丁　倩　郭　聪　韩　松
凌　晨　马传思　明　木　彭绪洛
文　杰　徐彦利　杨　鹏　姚海军
姚利芬　尹　超　张懿红</td></tr>
</table>

目 录 ▼

CONTENTS

01

中国当代少儿科幻面面观

当代中国少儿科幻经典作品赏析

03

序

　　2021年10月22日傍晚，首届和第二届少儿科幻星云奖颁奖典礼在重庆大剧院落下帷幕。编撰一部中国少儿科幻史的想法在少儿科幻星云奖主要发起者胸中涌动。从1949年到2021年，在新中国七十多年波澜壮阔的历史长河中，少儿科幻仅仅是其中一朵美丽的浪花。但就是这朵小小的浪花，承担着科学启蒙的重任，陪伴中国少年儿童一路成长。

　　新中国的科幻创作是在为建设新中国而奋斗的氛围中开始的。一代又一代的中国科幻人肩负时代使命，与少年儿童同行，描绘孩子们所渴望的、超越此时此地的明日世界。中国少儿科幻走过了一条初创、突围、繁荣、疲弱、再突围、再繁荣的发展之路。

　　本书第一卷以事件为经，以人物为纬，勾勒了中国少儿科幻发展的历史脉络；第二卷收录了数篇研究文章，展示了中国科幻人的世界观和部分思辨成果；第三卷则呈现了多篇中国当代少儿科幻经典作品赏析文章，此卷与第一卷的简史和第二卷的理论探讨交相辉映，使"史话"内容更加丰富。

　　《中国少儿科幻史话（1949—2021）》是世界范围内第一部关于中国少儿科幻历史的著作，具有重大史料价值，是回顾具有中国特色的少儿科幻发展历程的奠基之作。

石以

第一卷

新中国
少儿科幻简史

董仁威

概　述

新中国科幻经历了以儿童科普为中心的十七年初创期（1949—1966）[1]后，迎来了中国少儿科幻的第一次繁荣。

十七年初创时期的科幻单行本与选集80%以上由少年儿童出版社（上海）和中国少年儿童出版社（北京）出版，单篇科幻小说则主要由《中学生》《中国少年报》《科学画报》《少年文艺》《中国青年报》《儿童时代》等报纸、杂志刊发。

因此，这些出版社、报纸、杂志的掌门人叶至善、王国忠、郑延慧、赵世洲等在发展中国科幻，特别是少儿科幻上厥功至伟。同时，他们的主张也影响了这一时期中国科幻的走向，那就是面向儿童，以科幻为工具普及科学知识，也就是说，这十七年中，中国科幻的主流是科普型少儿科幻小说。

伴随着改革开放，中国科幻迎来七年繁荣期（1977—1983）[2]，创造了

---

[1]　1949—1966是中国当代文学的一个特殊时期——十七年文学时期。十七年初创期对应该时期，在本书中，也称"十七年时期"。

[2]　七年繁荣期是指1977、1978、1979、1980、1981、1982、1983这七年。同理，沉寂期（1984—1990）、复苏期（1991—2010）、蓬勃发展期（2011—2021）分别为七年、二十年、十一年。

叶永烈少儿科幻小说一部销量超百万册的奇迹。

不过，在这一时期，出现了"科幻是文学，还是科普？"的争论，发生了中国科幻重文学流派的第一次突围。一批科幻作家在向主流文学靠近的时候，受到不公正的待遇，中国科幻的整体发展遭遇重大挫折。当时，认为科幻小说的第一属性是文学，科幻虚构只是写作手法，且科普不是科幻的必要任务的重文学流派作家的作品不能发表；因阅读市场的萎缩，正统的以科普为目的、以文学为工具的重科学流派的少儿科幻受到牵连，同样处于毁灭的边缘。中国科幻自此进入七年沉寂期（1984—1990）。

在沉寂的七年间，在《科学文艺》（《科幻世界》前身）杂志社的坚持下——于1986年（与《智慧树》）主办中国科幻小说银河奖，以及1991年由中国科普作家协会少儿科普委员会与（当时的）文化部少儿司等单位组织的中国科幻小说"星座奖"活动的推动下，中国科幻开始复苏。

之后的二十年间，中国科幻实现了第二次突围，核心科幻成为中国科幻的主流，出现了以刘慈欣、王晋康、韩松、何夕等中国科幻新生代四大天王为代表的创作人才队伍，出现了以《三体》为代表的具有世界水平的作品。

在这跨世纪的二十年复苏期（1991—2010）中，随着科幻读者年龄不断上升，主要专业期刊《科幻世界》《科幻大王》的读者对象从中学生扩大至大学生，进而成人科幻逐渐成为主流……在去儿童化、去科普化的潮流下，少儿科幻再次受到冷落。

不过，除了在"文化大革命"时期，中国少儿科幻从未停止过发展。在中国科幻的七年沉寂期，有中国少儿科幻旗手之一的张之路在坚持创作，他发表了许多受小读者欢迎的少儿科幻作品。在随后的复苏期，有中国少儿

科幻另一旗手杨鹏在专心从事少儿科幻小说创作，创造了少儿科幻作品销售量的第二次奇迹。

此后，中国科幻进入蓬勃发展期（2011—2021）。

在此期间，中国科幻实现了第三次突围，开始走向多元化发展的新时代。

在全球华语科幻星云奖、京东文学奖等活动的推动下，以韩松为代表的人文科幻流派及轻科幻开始发展起来，与核心科幻一起，成为并驾齐驱的三驾马车。

同时，在全国优秀儿童文学奖、全球华语科幻星云奖、"大白鲸"原创幻想儿童文学奖的推动下，中国的少儿科幻蓬勃发展起来，形成童趣型流派（少年科幻与低幼科幻）、科普型流派（科普型科幻）、文学型流派（文学型科幻）、科学型流派（科学型科幻）等各种类型的少儿科幻文学多元化发展的局面。出版的少儿科幻图书，由每年数部增至每年百部以上。少儿科幻作家也由屈指可数的寥寥数人，发展到上百人。当然，这远远不够，但是，这表明少儿科幻的蓬勃发展已初露端倪。少儿科幻，未来可期。

十七年初创期（1949—1966）

新中国的科幻创作是在为建设新中国而奋斗的氛围中开始的。在此之前，民国时期的科幻创作已滑入低谷形成断层，彼时的科幻作家如顾均正、包笑天、老舍等人纷纷隐退，不再提笔写科幻小说。

在1949年至1966年的十七年中，新中国科幻经历了从自然发生，到有组织地进行创作，进而独立发展的过程。1956年以后，中国科幻受到当时翻译出版的儒勒·凡尔纳（Jules Gabriel Verne）的科幻小说及苏联科幻小说的影响，但总的来说，在当时中国科幻出版机构掌门人叶至善、王国忠、郑延慧、赵世洲等人的主导下，用科幻为科普服务，对少年儿童进行科学教育与知识普及仍是主流，中国少儿科幻发展成为一种独具中国特色的科普型少儿科幻，迎来了它的第一次繁荣。

1　张然（1928—2005）——第一个吃螃蟹的人

1950年12月，天津知识书店出版了"新少年读物"系列丛书中的《梦游太阳系》，作者张然。全书共12章，约35000字（加上后记和附表），采用

左丨张然
右丨《梦游太阳系》

少年儿童喜爱的开本（32开），首版印刷8000册。因为小说题材新颖，适合科普科幻爱好者，特别是少年儿童阅读，在1951年1月就加印了3000册，总印数达到11000册，这在当时可是个不小的数目。

张然是张家口电信局技术工人，也是青年发明家、全国劳模，同时又是一位擅长写科普科幻和少儿题材作品的作家，是长期为天津《新儿童》撰写科普文章的重要作者之一，发表《梦游太阳系》时年仅22岁。

《梦游太阳系》是新中国成立后的第一部科幻小说，也是首部少儿科幻小说。

2 郑文光（1929—2003）——新中国科幻之父

可惜，张然只写了这部科幻小说，后来没有再写。这时期，后来被誉为"新中国科幻之父"的郑文光开始发表科幻小说了，而且，他一写就是三十年。

1951年的北京百废待兴，年轻的共和国需要各方面的人才，郑文光成为一名散播科学文明种子的先锋。他进入《科学大众》杂志编辑部，任编辑。

那是个充满激情的年代。郑文光常常到学校去作报告，报告完毕总有少先队员向他献上红领巾。那时，郑文光早已不是少先队员了，可是当孩子们每次把红领巾戴在他脖子上的时候，他的内心总是充满难以抑制的激动，他真想为亲爱的祖国，为他热爱的民众，为祖国的花朵（儿童）放声歌唱！

郑文光开始为少年儿童写一些科学小文章。为少年儿童写作，他觉得是一种特殊的享受，他把喜悦渗透到字里行间，仿佛找回了失去的童年。他感到，为少年读者写作有那么多诗情画意，他多么希望把他心中的奇思妙想通过他讲述的遥远的星球、茫茫的宇宙空间、高速的宇宙火箭的故事表达出来啊！但这样的想法，科学小文章的形式和篇幅都容纳不下了。于是，他开始尝试写科幻小说。写科幻小说的直接起因是很偶然的。新创刊的《中国少年报》编辑赵世洲找到郑文光，对他说："老郑，给孩子们写一篇科幻小说吧！"

那时，儒勒·凡尔纳、赫伯特·乔治·威尔斯（Herbert George Wells）的作品还没有被翻译介绍到中国来，郑文光不知道科幻小说是什么样子。他

左｜郑文光
右｜《太阳探险记》

虚构了几个小孩，他们偷了一艘火箭船，飞到火星去，绕着火星转了一圈。他没敢让孩子们到火星上去，毕竟当时他还不知道火星上是什么样子呢！

这篇名叫《从地球到火星》的小说，1955年在《中国少年报》发表后，引起了出乎众人意料的反响，在北京城里掀起了火星热。

那时候，北京天文馆还没有成立，《中国少年报》编辑部为了满足孩子们的好奇心，在建国门旁的古观象台里架起了一座天文望远镜。孩子们晚饭后就到古观象台排队看火星。孩子们排起的"长龙"，直至深夜也不见变短。

郑文光被孩子们对科幻小说的热情所感动，全心全意为孩子们写起科幻小说来。他在各种儿童期刊、成人期刊上先后发表了科幻小说《第二个月亮》《太阳探险记》《征服月亮的人们》，这些作品于1955年由少年儿童出版社（上海）结集成《太阳探险记》出版。

《太阳探险记》大受读者欢迎。郑文光的科幻小说引起了共青团中央的重视，也引起了文艺界的重视。他的科幻小说被选入1955年出版的《儿童文学选集》中，著名作家严文井在序言中称他为"很有希望的青年作家"。中国作家协会吸纳他为会员，并将他调到作协工作。他的专业创作生涯就此开始了。

郑文光的科幻小说作品也在世界范围内引发了关注。1957年，他的科幻小说《火星建设者》在莫斯科召开的世界青年联欢节上获得了科幻小说奖，而在那次联欢节上，全世界获奖的科幻小说一共只有三篇。

3 　叶至善（1918—2006）与郑延慧（1929—　）
——十七年时期少儿科幻掌门人

1952年，叶至善担任《中学生》杂志编辑，1956年，担任中国少年儿童出版社（北京）首任社长兼总编辑。

中国少年儿童出版社（北京）成立于1956年6月1日，以"为了孩子、为了未来、为了祖国、为了世界"为办社宗旨，以少年儿童为读者对象，是共青团中央领导的中国唯一的国家级专业少年儿童读物出版社。中国少年儿童出版社（北京）及其下属的《我们爱科学》等杂志是少儿科幻在初创期的出版和发表阵地。

时任中国少年儿童出版社（北京）知识读物编辑室主任的郑延慧，在推动新中国少儿科幻的发展上起了重大作用。郑延慧先后在少年儿童出版社（上海）、中国少年儿童出版社（北京）工作。1960年，她在中国少年儿童出版社（北京）担任知识读物编辑室主任时，在社长叶至善的领导下，创办

左｜叶至善　右｜郑延慧

了中国第一本向少年儿童普及科学知识的综合性杂志《我们爱科学》，并组织刊发科幻小说。

叶至善、郑延慧主张组织一些作家来写科幻小说。他们认为，用科幻小说来普及科学知识，是少年儿童喜闻乐见的形式。于是，一批"奉命写作"的作家就成了新中国科幻小说的中坚力量。他们的科幻小说是为儿童写的，是以文学为工具、以科普为目的的科普型科幻小说。

叶至善身体力行，除了与迟叔昌合作创作科幻小说外，还独自创作科幻小说，代表作为《失踪的哥哥》（1957）。

4 王国忠（1927—2010）
——十七年时期少儿科幻掌门人之一

十七年时期，少儿科幻还有另一个掌门人王国忠。他曾担任《新少年报》编辑，出任少年儿童出版社（上海）知识读物编辑室主任。在他的努力下，少年儿童出版社（上海）出版了许多少儿科幻小说。

王国忠自己也创作科幻小说，1960年发表科幻小说《海洋渔场》，代表作《黑龙号失踪》。

5 迟叔昌（1922—1997）
——十七年时期少儿科幻代表作家之一

迟叔昌是叶至善亲自培养的少儿科幻作家。

《割掉鼻子的大象》

割掉鼻子的大象

1955年，迟叔昌在某编辑部任抄稿员，正好抄写到儒勒·凡尔纳的科幻小说译文，被小说魅力吸引，便尝试自己创作小说。他在编辑叶至善的指导下，创作出自己的科幻处女作《割掉鼻子的大象》。

1957年，迟叔昌的科幻小说《旅行在1979年的海陆空》出版。此后，迟叔昌陆续发表了《大鲸牧场》、《3号游泳选手的秘密》、《起死回生的手杖》、《科学怪人的奇想》（与于止合作）、《冻虾和冻人》、《人造喷嚏》等科幻小说，成为那个时期创作量最大、最具代表性的科幻作家。

6 萧建亨（1930—）——十七年时期少儿科幻代表作家之一

十七年时期，专业从事少儿科幻创作的科幻作家中成就最大的是萧建亨。他的科幻创作是从20世纪50年代后期开始的，他应郑延慧之约，创作了《奇异的机器狗》。此后，他又陆续创作了《钓鱼爱好者的唱片》《布克的奇遇》《蔬菜工厂》等一系列中、短篇科幻小说。这几篇作品都属于普及知识型的科幻作品，当时都得到了编辑的肯定和评论界的认可。

　　《布克的奇遇》是1962年发表的作品，小说从大家喜欢的小狗布克突然失踪开始，讲述了小狗布克与杂技团驯兽师小李以及他的同事和邻居之间的暖心故事，文中描绘了大量当时中国社会的风土人情，以布克遭遇交通事故死亡以及后来的复活，引出近代医学研究所。故事中既描写了市民间朴素的人际关系，也写了近代医学研究所和姚良教授的研究成果，两者对比鲜明，读来非常有趣。最后，通过手术治愈了腿疾的小惠和布克，与教授一起在杂技演出中获得了很大的成功。

　　《奇异的机器狗》写于1960年，本来是寄给郑延慧所在的《我们爱科学》杂志的，后被上海《少年文艺》的刘东远编辑要去，准备分两期连载刊发，但最后却在科幻集《失去的记忆》（1962）中发表。

　　《奇异的机器狗》虽然只是在科幻集中发表的，但萧建亨收到了不少读者的来信。其中，有一位盲童的家长来信，信中急切地询问是不是有哪家工厂在生产这种机器狗。

　　1965年，江苏人民出版社出版了以《奇异的机器狗》为名的萧建亨科幻专集，这是十七年时期的最后一本科幻读物。

《失去的记忆》

7 童恩正（1935—1997）
——十七年时期少儿科幻代表作家之一

1957年，童恩正在四川大学历史系学习时，便开始发表文学作品和科普作品。1959年，他创作了第一篇科幻小说《五万年以前的客人》，并于1960年在《少年文艺》第三期发表该小说。

1959年夏天，童恩正跟随四川大学著名考古学家冯汉骥教授到四川忠县（今属重庆）㽏井沟考察一处新石器时代遗址。然后，他又和另外两个对考古感兴趣的川大历史系同学到巫山大溪参加一处新石器时代墓葬的发掘工作。这里的景色惊人地壮观，让他对大自然产生了深深的敬畏。就是这种对大自然神秘、恐怖气氛的敬畏，加上对考古学、对冒险生活的热爱，使他回到成都后，在一周的时间内写出了《古峡迷雾》。少年儿童出版社（上海）于1960年出版了这位年轻大学生的作品。

《古峡迷雾》文情并茂，在主题构想、情节安排、人物刻画和意境描绘等诸多方面都展现了小说和科学幻想的魅力，一经出版便受到了众多读者的欢迎。

左 ｜ 童恩正
右 ｜《古峡迷雾》

8　刘兴诗（1931—）
——十七年时期少儿科幻代表作家之一

刘兴诗在1961年发表第一篇科幻作品《地下水电站》，1962年发表了《北方的云》等少儿科幻小说。

9　其他

1951年，薛殿会发表科幻小说《宇宙旅行》。

1956年，鲁克发表科幻小说《到月亮上去》。1960年，鲁克发表科幻小说《海底鱼厂》。1963年，鲁克发表科幻小说《鸡蛋般大小的谷粒》。

1956年，梁仁寥在《中学生》杂志上发表小说《呼风唤雨的人们》，这篇小说是十七年时期较早涉及人工控制天气的科幻小说。

左｜刘兴诗
右｜《宇宙旅行》

七年繁荣期（1977—1983）

十年"文化大革命"时期，中国科幻，包括少儿科幻，均处于"休克"状态。粉碎"四人帮"后，中国科幻迎来了七年繁荣期。

1956年，《凡尔纳选集》由中国青年出版社隆重出版。后来，赫伯特·乔治·威尔斯的作品又被介绍到中国。中国科幻作家发现，科幻不是只有科普的功能。中国科幻作家汲取世界科幻的精髓，在少儿科幻文学创作上虽仍以科普为目的，但在文学性、人文关怀方面，有了很大的提升。一批兼具文学性、科学性的优秀少儿科幻作品陆续出版，引发世界关注。萧建亨、迟叔昌的科普型少儿科幻作品被介绍到日本。同时，新星叶永烈的科普型少儿科幻长篇小说《小灵通漫游未来》在中国热销，成为家喻户晓的作品。郑文光、童恩正、刘兴诗也有许多有影响力的少儿科幻作品问世，其中郑文光的《飞向人马座》在科学性与文学性交融方面表现尤为突出。

在七年繁荣期中，叶永烈的《小灵通漫游未来》、萧建亨的《密林虎踪》都创造了单册销量达百万册以上的奇迹。他们与郑文光、童恩正、刘兴诗等一批科幻作家一起，创造了中国少儿科幻的一段辉煌历史。

1　萧建亨——中国少儿科幻的旗手之一

萧建亨1979年在四川省科普创作协会主办的《科学文艺》上发表科幻小说《金星人之谜》。作品发表后，立即被翻译为日文转载在一家日本科幻杂志上，"墙内开花墙外香"，日本读者反响强烈。

日本科幻评论家渡边直人曾对《金星人之谜》做过这样的评论："《金星人之谜》译自四川《科学文艺》创刊号。在当时，中国描写宇宙航行的作品十分罕见。在粉碎'四人帮'之后出版的作品中，这篇科幻小说堪称出类拔萃之作……"

随后不久，《金星人之谜》又被东京大学著名的汉学家伊藤敬一教授翻译，进而出版。日本太平出版社出版了一套八卷本的《中国儿童文学》。这套丛书收集了鲁迅、周作人、老舍、茅盾、巴金、张天翼、任大星、茹志鹃、萧建亨的儿童文学作品（鲁迅和周作人共一卷），其中第一卷就是萧建亨的科幻小说集，并以《金星人之谜》作为此科幻卷的书名。

《科学文艺》创刊号

伊藤敬一教授在译者后记中说："《中国儿童文学》科幻卷中选了受欢迎的人气作家萧建亨的两篇作品。一篇是《给地球人的信》（原名《金星人之谜》），是1980年（在日本）发表的作品，话题是从本应该没有生物的金星上为什么发现了金星人开始的，平时和宇宙毫无关系的语言学家突然因意外来到了宇宙之中，故事由此展开。在中国以'宇宙人'为题的作品很少见，这个作品以比移居到太阳系的'地球人'更加遥远的幻想，创造了移居到X-a星系的'宇宙人'，文笔出众，是一篇令人难忘的作品。另一篇《布克的奇遇》大约十年前由东京大学教育系中文专业二年级学生作为翻译练习译成日文，这次我又重新翻译了。让人感慨的是，当年参与翻译的学生们现在成了副教授、讲师，活跃在各地的大学里。《给地球人的信》是日中友好协会东京都联合会的川崎将夫翻译的，我也帮了忙。凡此种种于我而言，在学习中文的同时，也阅读了一部充满令人怀念的友情和回忆的作品，谨在此向各位表示感谢！"

后来，萧建亨陆续有《密林虎踪》《梦》等佳作问世。其中《密林虎踪》获1980年上海"新长征优秀科普作品"一等奖，《梦》获江苏省"建国三十周年少儿文学"一等奖。

在《密林虎踪》里，老虎的大脑里被植入"电拾圈"（也就是现在所说的芯片），这就是现在所谓的"创伤性的脑机接口"。《梦》里提出"非创伤性的脑机接口"这个给人脑植入芯片的创新设想，他坚信今后虚拟现实技术要得到真正的普及，一定是在"非创伤性""非接触"的"脑机接口"中实现。

萧建亨的科普型少儿科幻小说经受住了历史的考验，在近年更引起中国教育界的关注，人民教育出版社将《奇异的机器狗》《万能服务公司》选入了《小学语文阅读文库》，加上《布克的奇遇》，在这个文库中，萧建亨一个人的作品就被选中了三篇，足见萧建亨的科普型少儿科幻作品在中国少儿科幻文学中的地位。

2　叶永烈——创造奇迹的人

1976年，中国著名科幻作家叶永烈登场，他的科普型少儿科幻小说《石油蛋白》在《少年科学》创刊号上发表。小说的情节很简单，却受到了关注。1976年1月，叶永烈还躲在上海他那间破旧的小屋里，他创作了一篇关于在珠穆朗玛峰发现"柔软的恐龙蛋"的科幻小说，名为《世界最高峰的奇迹》。

叶永烈

左｜《世界最高峰的奇迹》
右｜《小灵通漫游未来》

《世界最高峰的奇迹》在当时无法发表，直至粉碎"四人帮"之后几个月，才在上海《少年科学》1977年第二期、第三期上连载。

没想到，这篇小说后来遭到了非议。有些专家认为恐龙蛋即使被树脂密封保护起来，经过数千万年也必将失去活性。他们说叶永烈这篇小说是伪科学。但在20世纪90年代，人们确实发现了一枚保持"新鲜"的恐龙蛋，证明叶永烈是对的。

1978年，科学的春天到来了。叶永烈把《小灵通漫游未来》投到少年儿童出版社（上海）。这时，在科学的春天的环境氛围中，人人都非常关心未来，《小灵通漫游未来》很快出版了，而且第一版就发行了150万册，后来累计发行超300万册。

《小灵通漫游未来》之所以如此受欢迎，是因为它"全景式地展现了未来世界的图景，适合当时人们对2000年的向往之心"。这说明一本书的出版与畅销和时势有很大关系。《小灵通漫游未来》的走红，可以说是时势使然。

　　1978年，叶永烈创作了一批科普型少儿科幻小说，如《海马》和《旧友重逢》都是关于海洋开发、海洋畜牧的题材；《伤疤的秘密》写的是利用生物采集，提炼稀有金属的故事；《一只奇怪的蜜蜂》则以生物学和机器人为主题。

　　叶永烈是多产作家，作品取材范围也很广，包括了医学、仿生学、海洋开发、核物理、机器人、宇航等。1979年，他继续着科幻创作。这一年叶永烈的主要作品有《丢了鼻子以后》《龙宫探宝》《蚊子的启示》《演出没有推迟》《飞檐走壁的秘密》《奇妙的胶帕》《生死未卜》《怪事连篇》《鲜花献给谁》《"大马虎"和"小马虎"》《欲擒故纵》《飞向冥王星的人》《神秘衣》等。

　　1979年3月12日，文化部和中国科学技术协会隆重举行大会，授予叶永烈"全国先进科学普及工作者"的光荣称号，时任文化部部长的黄镇在会上发表了热情洋溢的讲话，并把奖状和1000元奖金发给他。会后，全国各家媒体发表了报道，一时间，叶永烈成为家喻户晓的人物。对一个科普作家，国家如此隆重地表彰，并发了巨奖（当时的1000元人民币相当于一个技术人员两年的工资总额），这可是史无前例的事！这给了叶永烈，也给了全国科普科幻作家很大的鼓舞。

3 ｜ 郑文光——创新领军人物之一

　　粉碎"四人帮"后，国家提倡科学，青少年中学科学的氛围也浓厚起来。人民文学出版社派人向郑文光约稿，请他写一部中篇科幻小说。于是郑文光把以前的一个关于宇航的构思捡了起来。不过，这个构思是很简单的，无非是几个人去了外星球，克服种种困难，实地勘察一番就回来了的故事。

他不甘于再写简单的科普型科幻小说。他认识到，科幻的功能不只是科普，它是小说，还有文学功能。小说是写人写事的，要真正写出一部人物性格、故事情节能够吸引人的小说，他还要下很大力气去构思。人物、情节从哪里来？科幻小说虽然是虚构的故事，幻想的又往往是未来，但其实还是要取材于现实生活——只有从生活中来。

郑文光回忆起20世纪50年代初期（那时他自己还是一个青年）他遇到过的一些人和事。后来写出的《飞向人马座》中主人公岳兰对爱情的忠贞、对宁业中的亲密而又有分寸的友谊，都是他亲身体验过的。他想，如果这种矢志不渝的、崇高的爱情加上宇宙的浩瀚，那就一定更富于浪漫色彩。因此，在《飞向人马座》中，郑文光除了写中国青年怎样勇于克服困难和他们自我

《飞向人马座》

牺牲的精神之外，更多描写的是这种崇高而忠贞的友谊与爱情。写人，刻画人物性格，描述人与人之间的关系，有情节、细节，有环境烘托，有主题思想等传统小说的种种要素，便使郑文光的作品摆脱了科幻小说"科普化"的桎梏，完成了小说的文学建构，再搭建起小说的科学建构和幻想建构，成了实实在在的科幻小说。

《飞向人马座》写的是20世纪50年代就令郑文光深深着迷的主题：飞到遥远的宇宙空间去。不过时代不同了，科学向前发展着，人类已经踏上月球，探测器已经飞越木星，宇航题材必须接受新的挑战。于是郑文光写了飞出太阳系，经历暗星云中的危险和逃离黑洞的历程。总之，他在作品中尽量容纳更多的新的科学知识，关于宇航的，关于天文学的，甚至关于高能物理的。

郑文光的《飞向人马座》实现了具有中国特色的科普型少儿科幻小说模式的突破，取得了科学性与文学性相互交融的平衡。读者与科幻评论界对这部作品一致看好。吴岩在《论郑文光的科幻文学创作》中说："《飞向人马座》是

吴岩

郑文光恢复科幻创作后的第一部作品。与《从地球到火星》一样，郑文光这一次进入创作行业再次给人巨大的冲击力。他以一部13万字的长篇掀开了个人创作新阶段的序幕。人们惊喜地发现，在《飞向人马座》中，作家不但保留了自己在创作前期最重要的成果——强大的科学技术建构，同时力图在文学建构上摆脱政治化的偏向，寻求以人的命运作为文学建构的焦点。"

但是，《飞向人马座》面世后各方却反应不一：文学界的专家认为科学知识太多了，科学性和文学性不大协调，但是搞科普创作的专家却对作品很认可，因为他们极力主张要在科幻小说中普及尽可能多的科学知识。

郑文光在后来创作的少儿科幻小说中不断加强文学性。1982年出版的长篇少儿科幻小说《神翼》情节曲折，想象力丰富，是一部科学性、文学性俱佳的优秀少儿科幻小说。在第一届全国优秀儿童文学奖评选中，郑文光的《神翼》获得科学文艺类奖（1986），成为中国少儿科幻的经典之作。

4　童恩正——创新领军人物之一

1978年5月，童恩正去上海出席全国科普创作座谈会，见到了他所敬佩的高士其，以及郑文光、叶永烈、萧建亨、刘后一、周国兴、张锋等科普作家。他同这些作家们都很兴奋，相约共同为繁荣中国的科学文艺创作作出贡献。童恩正重新拿起笔，以比过去更强的自觉性和责任感投入创作。他写出了《雪山魔笛》《追踪恐龙的人》《宇航员的归来》《晖晖的小伙伴》等少儿科幻小说。同时，他在完成教学和科研工作之余，改写了《古峡迷雾》和《珊瑚岛上的死光》，并在沈寂的协助下，将它们改编成了电影剧本。

左丨《珊瑚岛上的死光》连环画
右丨《珊瑚岛上的死光》电影海报

　　童恩正1963年创作的科幻小说《珊瑚岛上的死光》，在1978年发表后轰动全国，获得第一届全国优秀短篇小说奖，并且立即被拍摄成了中国第一部科幻电影，受到包括正统文学界在内的社会各界的赞誉。这篇作品也被资深科幻小说评论家评为中国科幻小说重文学流派的代表作。后来，这篇小说还被改编成连环画、广播剧，产生了广泛的社会影响。

5 ｜ 刘兴诗——重科学流派代表人物

　　刘兴诗把"科学研究的继续"分为"直接研究的继续"和"间接研究的继续"两大类。

　　1980年，刘兴诗的《美洲来的哥伦布》由四川人民出版社出版，这是他科学设想型科幻的代表作。

《美洲来的哥伦布》

　　刘兴诗说："《美洲来的哥伦布》就是间接研究的成果。因为这个我不能直接做实验，是通过文献研究的。我让一个来访问我的英国历史学研究生帮我回英国考察，我自己并没有到现场去。不管是直接研究还是间接研究，由此创作的科幻小说都是科学研究的副产品，所以我提出，'科幻小说是科学研究的继续'。（我）并不要求每个人都要这么做，只是说我们需要这么一种类型，我们当代缺乏的正是这样一类作品，缺乏非常深厚的科学根基。我写的时候，一块岩石是什么颜色，还有一些小的道具、小的细节，都要写得非常真实，整个背景都是真实的，然后突出一个幻想。这个幻想也不是空穴来风，而是通过研究得出的科学假想，是科学假想的文学表现。我们现在的作品科学性不足有很多原因，一个原因就是太过于学习美国的东西，再一个是我们缺乏真正的科学家写的作品。"

中国科幻的第一次突围和七年沉寂期
（1984—1990）

1984年至1990年，中国科幻在重文学流派"直接反映现实生活"的尝试引发争议后，经历了从科普中突围再到七年沉寂期的艰难历程。

1 从科普中突围

1979年1月20日，童恩正在《文汇报》上发表文章《幻想是极其可贵的》，随后发表《我对科学文艺的认识》，阐释了"科幻小说首先是文学"的观点。他主张科幻小说的文学性重于科学性，科幻创作要从科幻小说是科普的工具的旧传统中解放出来。他开启了科幻小说重文学流派，并成为这个流派的旗手。他的这一主张得到郑文光、萧建亨、叶永烈等中国科幻代表作家的赞同，并在科幻创作中陆续付诸实施。

童恩正将理论付诸实践，出版了新版《古峡迷雾》。尽管这是一次失败的尝试，但是他继续努力，创作了《珊瑚岛上的死光》，取得了成功。但是，这已与少儿科幻无关了。

1980年，郑文光文学型科幻代表作之一《古庙奇人》发表，这部作品是他对科幻写作方法进行多方位探索的重要成果。1980年12月，萧建亨文学型科幻代表作《沙洛姆教授的迷雾》在《人民文学》发表，这是他打破中国科幻小说以科普为目的而写作的传统的力作。

1981年，郑文光又一文学型科幻代表作《命运夜总会》发表，叶永烈文学型科幻代表作《腐蚀》发表，魏雅华文学型科幻代表作《温柔之乡的梦》发表。

郑文光在探索适合中国国情的科幻文学创作方法时，企图创作一种"直接反映现实生活"的文学型科幻小说，以求在主流文学中占一席之地。最终，他创作出了直接反映现实生活的文学型科幻小说，代表作有《古庙奇人》《命运夜总会》《地球的镜像》。

对创作"直接反映现实生活"的文学型科幻小说，童恩正、叶永烈都做过不懈的努力。童恩正的文学型科幻小说《珊瑚岛上的死光》获得了主流文

魏雅华

学界的优秀小说奖；叶永烈的文学型科幻小说《腐蚀》，也进入了全国优秀短篇小说奖的入围名单。

单从郑文光这一批"直接反映现实生活"的文学型科幻小说的文学层面来评价，他是成功的。他的这几篇"直接反映现实生活"的"软科幻"小说完全可以与当时主流文学中最优秀的短篇小说媲美，至今读来也有滋有味。

但是，这种无限靠近主流文学、"直接反映现实生活"的尝试却遭到了我国科幻评论界的质疑。吴岩在《论郑文光的科幻文学创作》一文中说："几乎所有的'新作'（指收集在《郑文光新作选》中的《命运夜总会》《古庙奇人》《地球的镜像》等作品）在科学技术建构上都显得相当幼稚。它们几乎是所有郑文光科幻小说中技术含量最低、构造最轻薄的作品。超声波刺激人脑产生生物电流？没有踪影、没有来历、没有形状的外星人？……这难道不恰恰是郑文光自己多次在谈论科幻文学创作时批驳过的最浅薄的构思吗？"

这一批"直接反映现实生活"的科幻小说在文学上取得了很大成就，却丢失了科幻小说的"本性"。作为科普作品的科幻小说，却被科幻评论界打了个"不及格"的分，这使郑文光进行反思，进而创作出符合科幻小说理想境界的作品——将软、硬科幻作品的特点融为一体的"软""硬"兼顾的科幻小说。

之后，郑文光创作了"软""硬"兼顾的科幻小说，代表作有《大洋深处》《战神的后裔》《海豚之神》《神翼》等。

这些作品是郑文光探索科幻小说写作的重要成果，是将软、硬科幻作品的特点融为一体的科幻小说。这些小说思想的深刻性、艺术的成熟性、科学幻想的大胆都十分突出。吴岩评价这些小说时说："这种调整的最终成果是长篇小说《战神的后裔》。在这部作品中，郑文光再一次展示了科学技术建构的高超水准，同时找到了处理政治题材最为得当的方法。"

2 ｜ 毁灭

其他作家就没郑文光幸运了。他们来不及调整方向，便被突如其来的打击"打翻在地，再踏上一只脚"，再也没有翻过身来。

维护中国科幻传统的刘兴诗等重科学流派的科幻作家，同重文学流派的科幻作家，开始了一场旷日持久的关于科幻小说"姓文"还是"姓科"的论战。这本来是一场正常的学术争论，并无对错之分，但是，后来其他因素的介入，浇凉了中国的这一次科幻热潮，使中国的科幻发展进入低潮。

1982年4月24日，《中国青年报》的"长知识"副刊刊发鲁兵《不是科学，也不是文学》一文，批判叶永烈的科幻小说《自食其果》。文章采用"泼妇骂街式"的文风，影响恶劣。同年5月23日，四川科幻作家以童恩正为首，王晓达、贾万超、刘佳寿、董仁威、谭楷等12人联名，在《文谭》杂志1982年8月刊（总第四期）上发表《童恩正等12人关于叶永烈的联名信》，批评鲁兵《不是科学，也不是文学》一文是以"谩骂代替讲理"，认为这是一种歪风邪气，同时声援叶永烈。但是，正义的声音太弱小，淹没在一通乱打的"棍棒"中，科幻小说在中国迅速衰落，乃至消失。1982年12月21日，《中国青年报》的"长知识"副刊刊发文章，同时批判叶永烈和童恩正。

左 |《中国科幻小说报》第八期
右 |《科学文艺译丛》

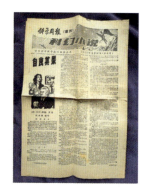

《中国科幻小说报》9期试刊后未能正式出版，随即停刊。

1983年，《中国青年报》的《科普小议》栏目继续发表批判叶永烈、童恩正、魏雅华等的文章。同年4月，新中国科幻之父郑文光在批判科幻的热浪中"中暑"，突发脑血栓，导致半身不遂，从此退出中国科幻的历史舞台。同年11月，叶永烈在北京香山科幻小说座谈会上宣布"挂靴"，从此转行写人物传记，再也没有回归科幻创作。

随后，《科幻海洋》和《科学文艺译丛》相继停刊。

3　中国科幻的七年沉寂期

1986年5月《智慧树》杂志停刊后，中国只剩下《科学文艺》一家杂志刊发科幻小说。

左 | 《智慧树》
右 | 《奇谈》

1989年《科学文艺》更名为《奇谈》。

除了少数例外，从1984年至1990年，中国科幻作品几乎绝迹，中国科幻进入七年沉寂期。

4 反思

吴岩对童恩正等重文学流派科幻作家领导的第一次突围反思道："那次突围的确在当时一下子改变了科幻的走向。严格说，跟现在的思想相比，童恩正等人的观点还是太保守了，也有些地方有偏颇。科幻确实是文学，但是，它的确跟科学有关系，跟科学相距比较近的科幻，也是科幻，也应该得到大力发展。我们最近做的科幻研究表明，科幻理论在世界各国都多种多

左 | 鲁迅
右 | 梁启超

样，把科幻当成科普教育的算一种，把科幻当文化革新的，算另一种。在中国，鲁迅和梁启超就分别是这两种的典型代表。两个人的思路完全不同，鲁迅的脉络后来出现了顾均正、郑文光和今天的刘慈欣，梁启超的脉络后来被老舍、金涛，到今天的韩松所承接。"

　　萧建亨在2022年2月23日给笔者的来函中，反思新中国少儿科幻曲折发展的历史，他说："现在你这位科幻活动家要写少儿科幻史，而且，还要强调中国特有的、普及科学知识型的少儿科幻，我起先还不能理解，我们努力了这么多年，就是想摆脱要普及科学知识的紧箍咒（吴岩也持这样的观点），怎么老董又要强调这种类型的科幻？通过我们这次交流，虽有些问题我的确不知如何定位（我离开太久了），但总算也明白了一点，这种中国特有的科幻类型也的确是在我们这些人（当然，也包括阁下）的共同努力下，创造过辉煌耀眼的成绩，拥有过千千万万的小读者，影响过整整两三代人。如果完全否定这种类型的科幻，那似乎也是一种历史的虚无主义。这一点我真的是从未认真而全面地思考过。所以，前年南京的付昌义老师来约我写稿（谈科普型科幻创作），我一直未答应。和吴岩商量后更坚定了我的看法。但，通过这次交流，我真的突然想清楚这个问题：你和吴岩的争论，你似乎是更通达一些。我们似乎是不应该为泼脏水，把小孩也倒掉了。你提出的这个观点是对的！科幻样式应该是多种多样的，这种曾经在中国流行过，在世界科幻发展史中也颇为独特的科幻也应该有其生存和发展的权利。弄清楚了这一点，我真有点豁然开朗的感觉！在百花齐放的科幻百花园中，科普型的少儿科幻也有它生存和发展的权利！"

5　《课堂内外》小学版

七年沉寂期期间也有例外，1988年5月，四川省科普作家协会和重庆市科学技术协会联合创办《课堂内外》小学版，由首届中国科幻银河奖得主吴显奎

吴显奎

担任主编。当年10月，《课堂内外》小学版开辟《科幻小说》专栏，举办少儿科幻小说征文大赛，收到科幻征文稿件达5000多篇。大赛组委会推荐的专家组对来稿进行评选，共评出一等奖20名，二等奖50名，三等奖100名。获奖作品大多在《课堂内外》小学版刊出。

6　张之路一枝独秀

在中国科幻七年沉寂期中，少儿科幻创作并非死水一潭。著名儿童文学作家张之路以一系列少儿科幻小说，以及由这些小说改编的影视作品，在社会上产生不小的影响力。特别是以他的小说改编的影视作品《霹雳贝贝》，受到小观众的热烈欢迎，成为一代人的集体记忆。

1987年，张之路的长篇科幻小说《霹雳贝贝》由少年儿童出版社（上海）出版。1988年，《霹雳贝贝》被中国儿童电影制片厂改编成电影，上映

左｜张之路
右｜《霹雳贝贝》

后受到小观众欢迎。1991年，《霹雳贝贝》获第二届宋庆龄儿童文学奖，同名影视作品获第三届童牛奖优秀故事片奖。

1990年，张之路的另一部作品《魔表》也被中国儿童电影制片厂拍摄成电影上映。

二十年复苏期（1991—2010）

　　从叶至善不忘初心，到杨潇与《科幻世界》杂志的开创性作为，吴岩领导的科幻理论研究团队的特殊贡献，再到以刘慈欣的《三体》为代表的具有世界水平的作品问世，中国科幻上演了精彩纷呈的第二次突围。然而，随之而来的是少儿科幻的式微、张之路的宝刀不老和杨鹏的孤军奋战。二十年的中国科幻复苏期仍是跌宕起伏。

1　叶至善不忘初心

　　让中国科幻走出低潮，中国科普作家协会理事长叶至善功不可没。

　　中国科幻沉寂了七年之后，作为中国科普科幻领军人物之一的叶至善着急了。他那时担任中国科普作家协会理事长，牵头发起了拯救中国科幻运动。他组织中国科普作家协会少儿科普委员会、文化部少儿司及十四家报刊，设立"星座奖"，开展了声势浩大的评奖、颁奖活动。

　　1991年，科幻世界杂志社在成都举办了规模宏大的世界科幻协会年会，并在开幕式上举行了"星座奖"颁奖典礼，当时的文化部少儿司领导宗介华先生宣布了文化部少儿司和中国科普作家协会组织的十四家报刊全国科幻征文评奖结果，并由时任四川省省长的张皓若向获奖者颁奖。开幕式非常隆重，在国内外产生了不小的影响。此次年会后，《星座奖获奖作品集》结集出版。

叶至善在《为"星座奖"获奖作品集所作序》一文中说："近几年来，科幻小说确实不大景气。先是争论了一阵子，按说争论应促进创作的繁荣，可是并不，争论终于沉寂，作品却越发寥落。看来这场争论，本身就有点问题了。问题在哪儿，我看不必深究，目前最要紧的是鼓励创作，别让科学文艺园地的这一枝花无声无息地枯萎。所以中国科普作家协会、文化部少儿司和十四家少年儿童报刊，联合举办了首届全国科学幻想小说'星座奖'征文。我是非常赞同的，而且付诸行动，应邀参加了评选委员会的工作。"

显然，这次征文仍然把中国科幻发展的重点放在少儿科幻领域。但是，受那场争论的影响，征文中出现了很多成人科幻的优秀作品，于是获奖文章不得不被分为两大类：少儿类和成人类。

征文中有传统的重科学流派的科幻，也有重文学流派的科幻。在评选标准上，争议也很大，叶至善主张兼收并蓄，多元化发展。他说："科学幻想小说，是三个词儿组合成的，我想，这三个词儿应该是评选作品的立足点。我的想法没有错，各位评委正是就这三个方面来评选作品的，但是不免有所侧重。有的对'科学'扣得比较紧，侧重于科学依据是否可靠，科学知识是否全面等等；有的对'幻想'扣得比较紧，侧重于构思是否新颖，情节是否离奇等等；有的对'小说'扣得比较紧，侧重是否符合小说的创作原则，是否担得起小说应负的使命等等。侧重并非固执一端而排斥其余。各人有所侧

重，正好可以相互补充。"

在这样比较宽容的评选条件下，各种流派的优秀作品被挑选出来，并获了奖。这些获奖作品的作者中，有我们至今耳熟能详的著名科幻作家刘兴诗、迟方、吴岩、达世新等。

2　杨潇与《科幻世界》杂志

让中国科幻走出低潮的另一个关键人物是科幻世界杂志社前社长杨潇，是她一手策划了世界科幻协会年会。

在四川省科学技术协会和杨潇的艰苦努力下，国家科学技术委员会同意在成都召开世界科幻协会年会。

1991年，世界科幻协会年会如期在成都举办。会议由四川省外事办公室和四川省科学技术协会联办，由科幻世界杂志社承办。

《科幻世界》

世界科幻协会年会开得隆重而热烈。参会者除了众多外国科幻名家之外，国内一些"小荷才露尖尖角"的青年科幻作家也来了，吴岩来了，韩松来了，赵如汉（北星）也来了。在成都岷山饭店举办的闭幕式上，世界科幻协会当届主席、英国出版家爱德华说："世界科幻协会成都年会是历届年会中最成功的一届。这是一次为科幻正名的科幻大会，使中国科幻的发展有了一个良好的社会环境。"

但是，世界科幻协会年会后，科幻世界杂志社的《科幻世界》月刊的发行量并未显著增加，每月发行量仍仅有几千册。

鉴于此，杂志社的领导和员工开始探讨办刊方针，给杂志重新定位。他们去市场中寻求答案，到中学、到书店、跑地摊，开读者调查会……最后决定，按读者需求办刊，办一本漫画加持、图文并茂、以中学生为目标读者的科幻刊物。1994年年底，《科幻世界》杂志每期邮局征订和杂志社自办发行总数超10万册。1995年，《科幻世界》每期印数一举突破15万册！1999年

左 | 杨潇
右 | 1991 年世界科幻协会
　　成都年会

_____

《科幻世界》1999 年第七期

　　6 月下旬，《科幻世界》准备刊登青年作家王麟的科幻小说《心歌魅影》，
该小说讲述了一个与记忆移植有关的故事。为配合这篇小说，杂志还准备了
一篇时任主编阿来写的关于芯片植入技术的科普文章。

　　1999年7月初，《科幻世界》1999年第七期出刊。7月7日，高考作文
题出来了——"假如记忆可以移植"，舆论哗然。《成都商报》登出醒目标
题：《高考作文泄题？》。这次"泄密"让《科幻世界》声名大噪，也让科
幻声名大噪。到2000年年底，《科幻世界》每期印数已突破38万册。

3 第二次突围

　　中国科幻第二次突围的主要组织者吴岩曾说过："（20世纪）80年代
的科幻运动是对传统科普的第一次突围，多数那时最优秀的人才离开了科普
行业。"

那次突围以失败告终。

薪尽火传，吴岩在20世纪90年代至21世纪初，领导新生代科幻作家对传统科普进行了第二次突围。其实，所谓突围，是指科幻挣脱"科普科幻"双圈，发展成区别于科普的独立门类的一种努力。

吴岩在一次答记者问时阐明了他的"科普科幻观"。他说："关于什么是科普，什么是科学传播，在我眼里很简单。科普作品就是以科学为主要内容的话语体系，文本中一旦出现矛盾，科学是最终的宰制者。作品和作家，都是科学的奴仆。而科幻，是文学，作品和作家不是科学的奴仆。科幻作品中有文学规律的牵制，科学只是作品内容的一个部分。"因此，吴岩主张把科普和科幻分开来。他常说，科普和科幻在国外是两种东西。

通过二十年的努力，中国科幻孕育出了"核心科幻"大家刘慈欣、王晋康、何夕，并有了具有国际水准的长篇科幻作品《三体》系列。这都与中国科幻第二次突围的成功有关。

这次突围，有两大功臣：一是科幻世界杂志社的编辑们，二是吴岩领导的科幻理论研究团队。吴岩领导的科幻理论研究团队在研究过程中，不断深化对科幻的认识，让中国的科幻概念更加深入人心，推动中国的科幻事业走上健康发展、繁荣昌盛的道路。

刘慈欣

4 | 少儿科幻的式微

长期以来，《科幻世界》掌握着中国科幻发展的方向。《科幻世界》有它办刊的宗旨，无法面面俱到，这可以理解。于是，《科幻世界》重点发展的科幻类型，便成为一段时间以来中国科幻的主流。

《科幻世界》的读者对象定位于中学生，向上延伸到大学生，实际倡导的是青少年科幻文学。

《科幻世界》重点发展的科幻类型，是以王晋康为代表的核心科幻，即人文、科学内核并重，作品必须有一个核心科幻点子的类型。

因此，人文型科幻、轻科幻、少儿科幻、科普型科幻被推向边缘。

同时，一些科幻人把科幻小说的少儿化、科普化，当成"幼稚""不成熟"的代名词。

所以，第二次突围虽取得了巨大成绩，但是也有遗憾——"核心科幻"一枝独秀，人文型科幻、轻科幻、少儿科幻、科普型科幻受到忽视，发展滞后。

　　笔者同吴岩虽然是莫逆之交，但在关于科普与科幻关系的理论问题上是有分歧的，当然，这些学术上的歧见并不妨碍我们的友谊。我个人认为，科普和科幻是不可分割的一对兄弟，科幻是科普的最高形式。在全世界，很多科普大师同时是科幻大师，科幻大家很多也是科普大家，如中国的郑文光、刘兴诗、叶永烈等，以及外国的儒勒·凡尔纳、艾萨克·阿西莫夫（Isaac Asimov）等。

　　笔者认为，国外是没有科普这一概念的。所谓国外的科普，只是一种知识读物。我们把国外以写知识读物著称的科学作家，等同于科普作家。但是，中国的科普不仅指知识读物，还包括"五科"——科技知识、科学精神、科学思想、科学方法以及科技对社会正反两方面的作用。科普是科幻小说的特色，为什么要把科普和科幻分开呢？同时，科普界已广泛接受科幻小说是文学的理念，在这一点上是没有争议的。笔者在采访吴岩时，与他讨论最多的就是这个问题。但吴岩说，笔者的意见与他的意见并无太大分歧。他认为："在中国历史上，科幻与科普有着千丝万缕的联系，在国外不是这样的。现在已经很清楚，二者之间有很大的差异，不是一类作品。但是，科幻能不能用来进行科普和科学教育？我认为它的潜力很大。"

5　张之路宝刀不老

　　张之路在二十年复苏期继续发力：1991年，长篇少儿科幻小说《魔表》由湖南少年儿童出版社出版；2001年，长篇少儿科幻小说《非法智慧》由北京少年儿童出版社出版；2004年，《极限幻觉》由湖北少年儿童出版社出版；2009年，《小猪大侠莫跑跑·绝境逢生》由浙江少年儿童出版社出版。

6　杨鹏孤军奋战

在中国科幻界几乎抛弃少儿科幻的时候，二十年中国科幻复苏期内，除了张之路在儿童文学界坚持少儿科幻创作外，科普科幻界只有杨鹏一人孤军奋战。他本来是吴岩的学生，也是已经成名的主流科幻作家，后来，他决定另辟蹊径，独闯少儿科幻领域。

1995年，杨鹏开始创作针对小学高年级及初中学生的少年科幻小说系列——《校园三剑客》。该系列自1998年开始出版，已有文字书40多种、漫画书20多种，主要由浙江少年儿童出版社、大连出版社出版。曾经出版过该系列的还有四川少年儿童出版社、湖北少年儿童出版社、北京少年儿童出版社等多家出版社，单册图书重印次数最多的超过50次，该系列总销售量截至2021年年底超过700万册。

杨鹏

1999年，中国福利会儿童艺术剧院推出由杨鹏、李涵编剧，根据《校园三剑客》改编的大型科幻舞台剧《带绿色回家》。该剧为新中国成立五十周年上海市晋京献礼剧目，投资200多万，创当时舞台剧投入之最。在北京演出时，李岚清、伍绍祖等十多位领导莅临观看演出。该作品被上海儿童艺术剧院定位为"中国首部大型科幻话剧"，获"建国五十周年优秀剧目奖""梅花奖"等多项国家级奖，曾登上2000年中央电视台元宵节晚会，至今仍为上海儿童艺术剧院经典剧目（由于在这部作品之前，20世纪50年代曾经有过科幻舞台剧，所以剧院在宣传时，加了"大型"二字以示区别）。

2001年，杨鹏的《校园三剑客》获"全国优秀科普作品奖"三等奖。

杨鹏在少儿科幻创作中取得的成就，在中国科幻二十年复苏期中并未得到科幻界的认可，亦未得到应有的地位。直到中国科幻发展进入21世纪的第二个十年，杨鹏才作为中国少儿科幻的领军人物，受到业内的关注。

2004年，大型儿童科幻电视剧《快乐星球》在中央电视台黄金时段播出，引起热烈反响。该剧连续十多年居儿童电视剧收视率排行榜前列。该剧的衍生图书由杨鹏团队改编创作，销量超过100万册，创造了21世纪前十年图书销量的奇迹。

2009年，《校园三剑客》动画片在中央电视台一套六一儿童节黄金时间播出，获"2010年国家广电总局推荐优秀动画片""全国优秀科普作品奖"等荣誉。

少儿科幻十一年蓬勃发展期
（2011—2021）

在经历了二十年复苏期之后，中国科幻的内外环境日趋改善，中国少儿科幻的黄金时代到来了。

1　中国科幻开启第三次突围

进入21世纪第二个十年，随着《中华人民共和国科学技术普及法》《全民科学素质行动计划纲要（2006—2010—2020）》的颁布实施，国家对科普及科幻的支持力度加大，中国科幻界的民间组织纷纷开展复兴中国科幻的公益活动，使中国科幻开启了第三次突围，向核心科幻、人文型科幻、轻科幻、少儿科幻等各个方向全面发展。中国科幻呈现出多元化、蓬勃发展的态势，中国科幻开始进入黄金期。

《中华人民共和国科学技术普及法》

2　全球华语科幻星云奖十二年坚持出硕果

2010年，董仁威、姚海军、吴岩，联合刘慈欣、韩松、王晋康、何夕、陈楸帆、程婧波、董晶、杨枫等15人，创立全球华语科幻星云奖，截至2021年10月该奖已坚持举办了十二届。

全球华语科幻星云奖从一开始就鼓励多元化的科幻文学创作，对各种流派一视同仁，并努力打造接纳不同流派作品的评奖、颁奖平台。

以王晋康为首，刘慈欣、何夕、江波为代表的"核心科幻"流派，是当代中国科幻的主流，刘慈欣更是世界级的科幻作家，取得了骄人的成绩，"核心科幻"当然值得关注。

但是，在中国科幻大家庭中，还有一批科幻现实主义流派的科幻作家，他们以韩松、陈楸帆为代表，作品同样具有世界级的水平。全球华语科幻星云奖对其给予了重点关注。科幻现实主义流派的人文型科幻作家韩松、陈楸帆多次获得过全球华语科幻星云奖小说类金奖，韩松还获得过京东文学奖科幻图书类大奖。

全球华语科幻星云奖活动

　　还有一派是历史科幻主义流派，这一流派把想象力转向过去，通过时空错位，回到过去。这一流派的代表作品有钱莉芳的《天意》和张冉的《大饥之年》。他们的作品有相当大的影响力，科幻界和读者也给予其充分的肯定。《天意》销售了15万册，是二十年复苏期中第一部科幻畅销书，《大饥之年》也获得了全球华语科幻星云奖中篇科幻小说金奖。

　　最后，还有一派是轻科幻流派，这一流派的作品侧重人文关怀，将科幻内核放在了次要地位。这一流派的科幻作家，不少擅长写轻小说，常常在轻小说大赛中获奖，作品中的科幻内核也"轻"。这一流派的代表作家是墨熊，他的轻科幻作品《红蚀》获得过全球华语科幻星云奖最佳长篇小说银奖。目前，这一流派中，E伯爵也是最出色的作家之一，还有杨晚晴、贾煜等优秀科幻作家。

3 | 少儿科幻的突围

在这四个中国主流科幻的分类型之外，还有一个类型是少儿科幻。

少儿科幻自身也经历了一次突围。

2013年，在董仁威的推动下，第四届全球华语科幻星云奖设立最佳原创少儿科幻图书奖，杨鹏的《超时空大战》获金奖，伍剑、超侠、程婧波、陆杨的作品获银奖。此后，全球华语科幻星云奖的少儿科幻图书奖颁到第十届。从第八届起，少儿科幻图书奖分为中长篇奖和短篇奖两大类。从第十一届起，少儿科幻独立出来，连续举办了两届少儿科幻星云奖。

2014年，大连出版社启动"大白鲸"原创幻想儿童文学奖评选活动，至2021年，推出大量优秀少儿科幻作品，特别是重文学流派作家马传思、王林柏等的优秀少儿科幻作品。

此外，各出版社也推出了各种流派的优秀作品。比如，安徽少年儿童出版社出版了吴岩的少儿科幻长篇小说《中国轨道号》，这是将童年回忆与科

《中国轨道号》

幻结合的创新型科幻小说；中国少年儿童出版社（北京）出版了姜永育的科普型少儿科幻小说；清华大学出版社出版了位梦华的科普型少儿科幻小说；希望出版社出版了黄海等中国台湾作家的风格各异的少儿科幻作品。

自此，中国少儿科幻从杨鹏一枝独秀的局面突围而出，发展成不同分类型多元化发展的格局，包括以杨鹏、超侠、彭绪洛、彭柳蓉、凌晨、小高鬼、伍剑为代表的，以少年儿童的兴趣爱好为核心的童趣型少儿科幻；以马传思、吴岩、王林柏、赵华等为代表的，以人文关怀为核心的文学型少儿科幻；以陆杨、姜永育等为代表的科普型少儿科幻。

4　全球华语科幻星云奖推出优秀少儿科幻小说

第四届全球华语科幻星云奖少儿科幻图书奖（2013）

最佳原创少儿科幻图书	
金奖	《超时空大战》 杨鹏
银奖	《幻影魔盒》 伍剑 《少年冒险侠》第一季　超侠 《雪人》 程婧波 《决战动物星球》 陆杨
最佳少儿科幻引进图书	
金奖	《安德的流亡》 百花文艺出版社
银奖	《疾速天使》第二季　接力出版社 《猫武士四部曲·星预言⑥群星之战》 未来出版社 《别的国家都没有》 新星出版社 《钢铁侠3：终极档案》 湖北少年儿童出版社

第五届全球华语科幻星云奖少儿科幻图书奖（2014）

最佳原创少儿科幻图书	
金奖	《校园三剑客》 杨鹏
银奖	《魔科传奇》 黄文军 《少年奇境探险》 陆杨 《白鲸传奇》 周志勇 《亚特兰蒂斯四号》 赵华

第六届全球华语科幻星云奖少儿科幻图书奖（2015）

最佳少儿图书	
金奖	《最后三颗核弹》 左炜
银奖	《纳米魔幻兵团》 黄海（中国台湾） 《红帆船科幻馆——奇奇怪史前海洋大冒险》 超侠 《未来拯救》 唐哲 《星陨1：丛林中的十字架》 周敬之

第七届全球华语科幻星云奖少儿科幻图书奖（2016）

最佳少儿图书	
金奖	《星陨3：沙漠的狼与公主》 周敬之
银奖	《愤怒的飞鸟》系列 陆杨 《真人》 王晋康 《溶洞惊魂》 郑军 《你眼中的星光》 马传思

第八届全球华语科幻星云奖少儿科幻图书奖（2017）

最佳少儿中长篇小说	
金奖	《冰冻星球》 马传思
银奖	《超侠小特工》第一季　超侠 《小鱼大梦想》系列　陆杨 《世纪之约》 汪玥含
最佳少儿短篇小说	
金奖	空缺
银奖	《云上的日子》 赵海虹 《利维坦之殇》 超侠 《机甲梦想》 彭柳蓉 《儿童节礼物》 康乃馨

第九届全球华语科幻星云奖少儿科幻图书奖（2018）

最佳少儿中长篇小说	
金奖	《奇迹之夏》 马传思
银奖	《冰冻地球》 黄海（中国台湾） 《绿星少年》 陆杨 《校园三剑客：幻影少年》 杨鹏
最佳少儿短篇小说	
金奖	空缺
银奖	《时间晶体》 超侠 《三颗月亮照地球》 黄海　山鹰　邱杰　林茵 《阿尔法 R 星的蓝色海洋》 陆杨 《谎言修复师》 小高鬼

第十届全球华语科幻星云奖少儿科幻图书奖（2019）

最佳少儿中长篇小说	
金奖	《心灵探测师》 徐彦利
银奖	《奇奇怪历史大冒险之夏商周》 超侠 《宇宙冒险王：勇闯黑森林》 彭绪洛 《变形奇遇记》 陆杨
最佳少儿短篇小说	
金奖	《百万个明天》 秦萤亮
银奖	《爸爸去哪儿了》 超侠 《康纳的噩梦》 陆杨 《移民九号星》 何涛

5 少儿科幻星云奖推出优秀少儿科幻作品

首届少儿科幻星云奖获奖名单（2020）

2019 年度中长篇小说	
金奖	《蚂蚁之城》 马传思
银奖	《开心机器人·神秘机器人》 凌晨 《无边量子号·启航》 江波 《病毒入侵》 陆杨
2019 年度短篇小说	
金奖	《道格的秘密》 陈茜

银奖	《守护群星的男孩》 彭柳蓉 《狗船》 超侠 《陆士谔的2149》 徐彦利
2019 年度科幻评论	
金奖	空缺
银奖	《时间旅行的东西之辨：漫谈〈小灵通漫游未来〉》 韩松 《中国少儿科幻的"当代"观察》 崔昕平 《当代少儿科幻发展概况》 马传思 《青春作赋，妙解玄思——〈王晋康少儿科幻系列〉》 杨辰宇
2019 年度科普型科幻小说（专项奖）	
金奖	《神奇图书馆：海洋X计划——海中霸主来袭》 凯叔
银奖	《大战超能机器人》 姜永育
2019 年度少年科幻小说（专项奖）	
金奖	《除夕夜的礼物》 赵华
银奖	《功夫恐小龙》 超侠
2019 年度幼儿科幻小说（专项奖）	
金奖	《我的同桌是外星人》 彭柳蓉
银奖	《神奇猪侠：外星人入侵地球》 小酷哥哥

第二届少儿科幻星云奖获奖名单（2021）

2020 年度中长篇小说	
金奖	《中国轨道号》 吴岩
银奖	《驯龙少年》 陆杨 《无边量子号·惊变》 江波 《超侠小特工》第二季 超侠

2020 年度短篇小说	
金奖	《爸爸的秘密》 凌晨
银奖	《平行空间》 彭绪洛 《奔月》 杨晚晴 《命运彗星》 彭柳蓉
2020 年度影响力作家	
金奖	陆杨
银奖	超侠 江波
2020 年度科幻评论	
金奖	《蜕变、分化与成长：中国少儿科幻小说发展研究》 姚利芬
银奖	《中国科幻文学走向大众的现状与展望》 陈楸帆 《怎样创作少儿科幻小说？》 凌晨 《少儿科幻创作之我见》 彭绪洛
2020 年度低幼类科幻作品（专项奖）	
金奖	《飞向陆地的女孩》 廖小琴
银奖	《糖·果·盒》 王林柏
优秀作品	《他是我爸爸》 刘芳芳 《隐身衣》 徐彦利
2020 年度少年类科幻图书（专项奖）	
金奖	《异域惊奇》系列 石黑曜
银奖	《地球重生》 胡绍晏
优秀作品	《超能少年》 刘琦 《幻海》 贾煜

2020 年度科普型科幻图书（专项奖）	
金奖	《位梦华少儿科幻系列·暗物质探索者》 位梦华
银奖	《少年原野科幻探险系列》 左文萍
优秀作品	《夺命神秘岛》 姜永育 《中华少年行·拯救神童》 张军

2020 年度丛书（专项奖）	
金奖	中国当代少年科幻名人佳作丛书
银奖	少年星云丛书
优秀作品	科幻中国系列·少儿科幻丛书 小幻想家系列丛书

原创少儿科幻图书征集（专项奖）	
金奖	《猛犸女王》 宝树
特别奖	《三星堆迷雾》 董仁威
银奖	《甜苹果历险记》 索何夫 《遇见一个外星人》 阿缺 《改造天才》 贾煜 《太阳熄灭以后》 韦迪
优秀奖	《奇奇怪历史大冒险之 4：汉朝》 超侠 《死亡谷迷踪》 姜永育 《电子少年 2：病毒起源》 陆杨 《时光里》 小高鬼 《妖树》 尹代群 《狼背上的女孩》 李晓虎 《莉亚的梦》 何涛 《神奇猪侠》 小酷哥哥 《外星异客》 刘奕炫

6 "大白鲸"原创幻想儿童文学奖推出少儿科幻作品

历届"大白鲸"原创幻想儿童文学奖获奖作品（科幻类）

第一届（2014）	
特等奖	《古蜀》 王晋康
二等奖	《最后三颗核弹》 左炜 《我爸我妈的外星儿子》 刘东
三等奖	《未来拯救》 唐哲 《地球儿女》 刘红茹

第二届（2015）	
一等奖	《突如其来的明天》 谭丰华
三等奖	《戾天》 叶心

第三届（2016）	
钻石鲸作品（特等奖）	《拯救天才》 王林柏
玉鲸作品（一等奖）	《你眼中的星光》 马传思
银鲸作品（三等奖）	《重返地球》 彭绪洛 《真人》 王晋康

第四届（2017）	
玉鲸作品（一等奖）	《冰冻星球》 马传思

银鲸作品（三等奖）	《鲸灵人传奇》 张军（小高鬼） 《凌波斗海》 凌晨 《大唐故将军》 刘兴诗

第五届（2018）	
钻石鲸作品（特等奖）	《奇迹之夏》 马传思
金鲸作品（二等奖）	《兔子的平行世界》 蓝钥匙 《拯救天才之扁鹊篇》 王林柏
银鲸作品（三等奖）	《大耳博士的房间》 石囡 《来未来》 史永明 《逆时小特工》 王轲玮

第六届（2019）	
玉鲸作品（一等奖）	《时间超市》 源娥 《少年、AI 和狗》 杨万米
金鲸作品（二等奖）	《除夕夜的礼物》 赵华
银鲸作品（三等奖）	《多多有一个自由门》 木彬 《星际天地》 任军

第七届（2020）	
钻石鲸作品（特等奖）	《手机里的孩子》 周昕
玉鲸作品（一等奖）	《高原水怪》 刘虎
金鲸作品（二等奖）	《尺蠖俱乐部》 李维北
银鲸作品（三等奖）	《超凡飞手》 茶橙 《试管里的大象》 曹琳琳

7 全国中学生科普科幻作文大赛推出最佳青少年作品奖

2016年，全国中学生科普科幻作文大赛组委会与全球华语科幻星云奖联合推出最佳青少年作品奖，并在全球华语科幻星云奖颁奖典礼上颁奖。

第七届全球华语科幻星云奖最佳青少年作品奖（2016）

金奖	《北严的自述》 薛越
银奖	《路人甲》 吴涵彧 《回归》 樊凯波 《致建国 200 周年庆典观礼者的一封信》 李昊健 《圆梦 2149》 马沐兰
铜奖	《一个紫色的小球》 冯路佳 《星标邮件》 王雪 《金星球历险记》 曹政 《一米阳光》 马诣培
入围奖	《2149 年的一次出行》 范荣 《"本世界"VS"异世界"》 管荫尘 《给参加 2149 年国庆的朋友的一封信》 王梓岩 《跨越时空的记忆》 王楠 《无题》 夏荣苹 《写在人类后悔之前》 沈啸天 《那时远行当无车》 赵建夫 《致一百多年后的人们》 杨晨 《拾取生命》 沈欣 《大都会》 宋媛

入围奖	《无题》 木一凡 《致未来》 王惟一 《石头的微笑》 王可 《魔力星球》 杨一凡

第八届全球华语科幻星云奖最佳青少年作品奖（2017）

金奖	《人类复活学院》 张嘉琪
银奖	《不可思议的眷恋》 李晔 《寂静与群星》 王汝涵 《镜像》 张惠霖 《开学第一天》 李昊健
入围奖	《穹顶之下》 李卓然 《最后一次测试：史河长流》 于柳溪 《科技恒久远，学校永流传》 彭诗雅 《未来的学校》 张天天
优秀作品	《初次见面，请多关照》 王淏 《一杯星尘》 邹叶 《百年育人于今朝》 邹琦 《末日圣地》 王小龙 《壳中"新学"》 王相宜 《神的学校》 陈皓禹 《银河之灵》 付琪瀚 《谨庠序之教》 谷俞辰 《孔夫子的云端校园之旅》 黄宇轩 《双重身份》 嵇馨怡 《你好，我的未来 Super School》 黄浩然 《生无止境》 林璐娜 《宇宙中的学校》 刘心怡

优秀作品	《075 学校》 刘芷君 《革新》 楼俊涵 《可欲亦可求的学院》 卢程程 《走，去未来》 马栋梁 《醒来，我在一具棺材里》 吴涵彧 《鲸鱼咖啡屋》 毛盈希 《格雷斯星游记》 孙若烛 《觥筹静谧处》 梁贻钧

第九届全球华语科幻星云奖最佳青少年作品奖（2018）

金奖	《人类往事》 周天行
银奖	《仰望星空》 于云嵩 《亲爱的，我爱你》 俞敏尔 《燃烧的蜡烛永不灭》 张地 《小行星计划》 黄韬秀
入围奖	《林夕》 赵梦瑶 《纸上苍生》 李玲 《我与安吉拉》 赵建腾 《亦师亦友》 郭亚琪 《她》 朱予硕 《超能 β 不超能》 高鹤 《隐性热情》 张藤 《一星两世界》 闫朝臣 《追光者》 赵一博 《"完美"教师》 杨贻斐 《灵魂的设计师》 满冬 《第七个艾博士》 胡奕洋 《坠入师网》 朱汶茜 《机器取代》 韩叶坷

入围奖	《美好生活》 王渊
	《信》 娄嘉
	《如影随形》 路九懿
	《师心》 丁丁
	《红玫瑰的梦》 王艺璇
	《多面教师》 冯浩宇
	《折叠人生》 徐娜
	《向远方去》 陈海凡
	《古人的智慧》 施瑶
	《她的眼》 张艺冉
	《不万能的柯西玛》 潘淑娜

第十届全球华语科幻星云奖最佳青少年作品奖（2019）

金奖	《你所谓的世界》 邹佳祎
银奖	《奥林匹斯山的雪》 李智博
	《温度》 孙怡娜
	《蠕虫》 陈思宇
	《归来》 郭亦洁
	《请记得我》 董雨姝
	《人类的救赎》 张双旭
	《上邦联首府书》 张如彦
	《新生》 张静雯
	《完美世界》 张艾薇
	《地球48小时》 颜梓华
	《百年前的猜想》 王子旭
	《骰子》 王赵哲
	《无可逆转的轮回》 王禹雁
	《人类文明终结者》 王瀚瑶
	《活着却不复存在》 汪雯欣

入围奖	《爱是永恒》 宋柯良
	《假手危害》 刘耘畅
	《手机人》 李汶洁
	《代码》 李坤
	《找回笑声》 黄子萱
	《命运之钟》 黄铭楷
	《让我凝望你的眼》 胡冰冰
	《无人区玫瑰》 戴语桐
	《我想和你说说话》 陈淑桦
	《避无可避》 陈姝含
	《蜂》 陈李仪
	《机器人星球长》 周阳
	《凌音世界》 赵莹然
	《蓝色浮光，灭寂之城》 张萧雨
	《美丽新世界》 张曦元

第十一届全球华语科幻星云奖最佳青少年作品奖（2020）

金奖	《和平孵化器》 孙艺萌
银奖	《妈妈，你听这是什么声音？》 郭嘉仪
	《止戈》 董舟洋
	《搬不起的石头》 李欣杭
	《星际纪元》 赵奕诚
	《归途》 张忱涵

第十二届全球华语科幻星云奖2020年度青少年作品奖（2021）

金奖	《满足》 金凯歌

银奖	《阿娇的星际漫游》 黄舒雯 《草木人间》 毛盈希 《和平时代》 王珏 《时间三剑客》 郭晶语
优秀作品	《反 S 联盟》 赵月琪 《繁星的神》 田芷瑄 《罗布泊条约》 仇锡韬 《沙粒》 沈一麒 《以战争求和平》 赵美萱 《云霞》 杨舒郁

8　全国优秀儿童文学奖推出少儿科幻作品奖

由中国作家协会主办的全国优秀儿童文学奖是中国儿童文学最高奖。1986年首届全国优秀儿童文学奖就设置了"科幻小说"奖项，郑文光的《神翼》获奖。之后，因科幻文学创作整体进入严冬期，科幻小说创作出现断层，优秀作品匮乏，第二、三、四届该奖项均空缺了。

但是，从第五届开始，全国优秀儿童文学奖设科学文艺专项奖。张之路的长篇儿童科幻小说《非法智慧》《极限幻觉》《小猪大侠莫跑跑·绝境逢生》分别获得第五届、第七届、第八届全国优秀儿童文学奖科学文艺专项奖。

自2015年开始，全国优秀儿童文学奖设置科幻文学奖项，第九届、第十届、第十一届，共评选出优秀少儿科幻小说六部。

科幻文学（第九届，2015）

获奖作品	作者
《巨虫公园》	胡冬林
《三体Ⅲ·死神永生》	刘慈欣

科幻文学（第十届，2018）

获奖作品	作者
《拯救天才》	王林柏
《大漠寻星人》	赵华

科幻文学（第十一届，2021）

获奖作品	作者
《奇迹之夏》	马传思
《中国轨道号》	吴岩

9 银河奖推出少儿科幻作品

第32届银河奖（2021）开始推出最佳少儿科幻短篇奖。

第32届银河奖（2021）

最佳少儿科幻短篇奖	《猿猱欲度》 陈敬 《疯狂的校车》 徐东泽 《永恒之夏》 彭柳蓉

中国少儿科幻文学的四大流派

中国少儿科幻文学经过曲折发展，形成多元化、蓬勃发展的局面，并发展成四大流派。

中国少儿科幻文学开拓者之一的叶至善说："科学幻想小说，是三个词儿组合成的，我想，这三个词儿应该是评选作品的立足点。"

借鉴这个思路，笔者认为，少儿科幻文学有四个关键词：少儿、科学、幻想、文学。

基于这四个关键词，当代少儿科幻文学作家在创作方面各有侧重，少儿科幻文学发展出以下几种类型：童趣型少儿科幻（包括少年科幻、低幼科幻），注重迎合少年及低幼年龄段儿童的趣味爱好；文学型少儿科幻，塑造典型人物的典型性格，关注人文主题；科普型少儿科幻，注重在科幻文学作品中传播科学技术知识；科学型少儿科幻，注重核心科幻设想的构建。

1 童趣型少儿科幻

以杨鹏为旗手的中国当代少儿科幻文学创作者，坚持将少儿科幻创作放在针对不同年龄段儿童的兴趣爱好上，创作出接地气、广受少年儿童欢迎的作品，创造了少儿科幻小说销售量的奇迹。

1995年，杨鹏开始创作以小学中低年级读者为受众的《装在口袋里的爸爸》系列图书，这是带有科幻色彩的系列童书。由于很符合儿童的口味，图书一经出版就受到小读者热烈欢迎。《装在口袋里的爸爸》系列已出版文字书76种、漫画书20种，主要由浙江少年儿童出版社、春风文艺出版社出版，曾经出过该书的还有四川少年儿童出版社、湖北少年儿童出版社、湖南少年儿童出版社等多家出版社，单册图书重印次数最多的超过100次，该系列总销售量截至2021年年底超过4000万册。

杨鹏针对小学高年级至初中阶段学生创作的《校园三剑客》系列，1998

《装在口袋里的爸爸》

年开始出版，已出版文字书40多种、漫画书20多种，主要由浙江少年儿童出版社、大连出版社出版，曾经出过该书的还有四川少年儿童出版社、湖北少年儿童出版社、北京少年儿童出版社等多家出版社，单册图书重印次数最多的超过50次，该系列总销售量截至2021年年底超过700万册。

童趣型少儿科幻小说作家超侠、彭绪洛，也创作出了许多优秀的少年科幻小说。

少年科幻文学是指针对11至14岁年龄段（大约是小学高年级和初中阶段）少年的文学作品。

少年科幻文学作品面对的是进入自我意识觉醒的青春期的少男少女。他们从幼稚走向半成熟，自我意识迅速发展，已经有了自我评价能力，不断探索人生道路和选择自己的发展方向，对世界充满好奇心和想象力。

他们正在实现从依赖他人到独立的转变，想独立思考，想独立生活，但是由于知识储备不足、生活能力欠缺，又不得不依赖父母、教师及社会。

他们从冲动走向自觉，有了用理性约束冲动的初步能力，不再那么任性妄为；他们情感丰富，脱离了童年期的幼稚型情感，逐渐从低级的单纯天真的情感向高级社会型情感发展，表现为具有一定群体感、道德感、社会责任感。

总之，这是一个人"三观"及个性形成的关键时期。因此，少年科幻文学作者必须针对这个年龄段的孩子的特点，创作出引导其形成正确的世界观、人生观、价值观的优秀作品。

少年科幻小说针对少年不同的爱好，又可再细分为少年冒险科幻小说、少年推理科幻小说、少年军事科幻小说等。

杨鹏对童趣型少年科幻小说的特点进行了精辟的论述。他说："从文体的特性来看，少年科幻小说与适合成人阅读的科幻小说（即主流科幻小说）有许多共性，但是，从受众的特性来看，少年科幻小说与主流科幻小说几乎没有什么相似之处。比如，主流科幻小说是'小众文学'，可以为了某种带有先锋目的的写作放弃情节性、消解意义和瓦解权威主体，而少年科幻小说则强调小读者（即受众）的惊奇感、夸张性和少年英雄主义情怀。

"由于以上原因，少年科幻小说在创作技巧上与主流科幻小说相比，可谓大相径庭。少年科幻用主流科幻的技法来写，或者主流科幻用少年科幻的方式来创作，都将南辕北辙、一败涂地。从这一点上来说，少年科幻和主流科幻是两种完全不同的文体，许多人在写作少年科幻或成人科幻时会误入歧途，就是因为对这一点完全没有看清楚。

"每一次创作少年科幻小说的过程，都是一次返回童年的过程。你必须将童年和少年时代的兴奋、好奇、渴望、梦想……完完全全地从你的记忆库中调出来并用文字进行呈现。如果你做得不彻底，如果你的想法还带着成年人的杂质，如果你不能将自己还原到14岁之前的状态，如果你的写作充满了功利心……那么，我可以百分之百地告诉你，这条路对你来说是死路一条，你永远摸不着它的门，你永远不能以它为敲门砖来敲开受众，也就是你的读者的心扉。

"写少年科幻，你必须有14岁情结，你必须对14岁或者更小的孩子喜欢的事情津津乐道，你必须接纳奥特曼、E.T.外星人、超人等对主流科幻来说极其幼稚的元素，你必须使用被主流科幻用滥了的桥段来讲述可以让少年热血沸腾、浮想联翩的故事……返回、返回再返回，直到完全地返回童年时的状态，你才能在记忆中获得新生，你才能成为14岁时的那个热血、激情、纯粹、充满梦想的少年。

"你还要建立自己独特的，但又适合少年阅读的话语系统。这种话语系统，会丢失主流科幻的文学性、人文性和前瞻性，它必须向少年看齐。你所使用的语言，必须是他们所熟悉的语言——注意，不仅仅是网络语言，更重要的是他们生活当中经常用到的语言，比如'蟋蟀''超漂'等；你所运用的结构，必须与现代主义和后现代主义以及形形色色的先锋文学和文学实验完全地划清界限；你必须以小读者喜闻乐见的方式，比如快速、动感、悬念、惊险、青春、校园、动漫、游戏等，去推进情节。否则，不是你在抛弃读者，而是读者会马上抛弃你。"

超侠创作了大量针对少年特点的少年科幻小说。姚利芬在评价超侠的少年科幻小说时说："超侠于2019年推出新作《功夫恐小龙》，讲述了未来世界因环境极度破坏发生灾难，在垃圾场长大的野孩子小龙接受孔星子的指导，野性渐收，为了改善环境，获取更多的食物供给村民们，前往垃圾山峰鬼

超侠

蜥洞寻找能源的故事。小说将科幻、悬疑、武侠、冒险等元素融合在一起，具有热闹、游戏、大话、戏仿的超文本狂欢化叙事特征。其作品胜在天马行空的想象力，但整体叙事稍显粗疏。小说善用悖论式叙事策略设置情节：烤猪会说话、克隆孔星子和天宇恐龙、小孔星子复活了、天上掉下一堵墙、穿过村主任的躯体、恐怖的山路、能吞掉恐龙脑袋的大嘴巴……悖论是有意识地在叙事文本中将两个相互对立的主题（观点）、表现手法、叙述方式等共时态地呈现出来，从而造成一种矛盾、荒谬的镜像，有助于增加阅读的参差体验。"

彭绪洛针对少年喜爱探险的特点，创作出一批深受少年读者欢迎的冒险类少年科幻小说，如《少年冒险王》《我的探险笔记》《少年探险家》《虎克大冒险》等。

此外，彭柳蓉、凌晨等科幻作家创作的针对小学低年级儿童的少儿科幻低幼读物，也颇受小读者欢迎。

以小学低年级学生为读者对象的少儿科幻小说《我的同桌是外星人》系

彭绪洛

列（《定制爸爸妈妈》《超狗喳喳》《飞碟KK的警告》《真假阿尔法》），2019年6月由浙江少年儿童出版社出版，受到小读者欢迎，并荣获首届少儿科幻星云奖幼儿科幻小说金奖。

2019年，凌晨以小学生为读者对象的少儿科幻小说《开心机器人》系列，也是把小读者的兴趣爱好放在第一位。凌晨认为，创作者要贴近读者，以孩子的心态、语言和思维来讲故事，故事中不一定非要有反派和成人角色。

当然，这一类童趣型少儿科幻小说都把打造科幻小说的科幻色彩当成不可或缺的重中之重，也把创造文学典型人物形象放在重要地位。

崔昕平说："杨鹏的少儿'科学型幻想'作品题材丰富而多元，怪物入侵地球、机器人进化、时间穿越等题材均有涉猎，而其中最具代表性的当数《校园三剑客》系列。这个庞大的系列自1995年开始创作，延续至今已经达40余册，被叶永烈评价为'百年来中国最大规模少年科幻小说'。杨

左｜彭柳蓉
右｜凌晨

崔昕平

鹏笔下的'校园三剑客'由'校园超人'杨歌、'电子少女'白雪、'电脑天才'张小开三个形象组成。这三个生活在校园中的孩子个性鲜明，各怀本领：杨歌能驾驭超能力，勇敢果断；白雪聪慧美丽，能驾驭读心术；张小开则幽默滑稽，能化解各种电脑方面的难题。三个角色组成优势互补的三人行动小组，屡次执行重大的地球拯救任务。作品系列化的创作布局，将主角们置于不同的科幻情境中，让他们在强烈的好奇心的驱使下，暂时脱离现实的生活，探索无穷无尽的科学奥秘，也因此牵出一个个惊心动魄的故事。三个鲜明的人物形象贯穿该系列的始终，陪伴了一代又一代的孩子们，杨歌、白雪、张小开，也在儿童文学人物画廊中留下了令人难忘的形象。"

超侠的少年科幻小说把核心科幻构想和人文主题放在重要位置。

超侠的科幻作品融合了多种精彩元素，形成了复杂有趣、意蕴悠长，恶搞中有深刻，爆笑里含眼泪，冷酷中有温情的风格。首先，在科幻创意方面，他往往寻找别人不曾用过的前沿科技来定下整部作品是少年硬核科幻的基调。作品大多讲述的是少年英雄的故事，让孩子们拥有一种身为正义方的代入感，充满不屈不挠、誓不低头的豪情，在科幻的江湖里行侠仗义，快意恩仇。其次，作品里的许多科幻创意都非常过硬，非常耐看，非常前卫，甚至在其他成人科幻作品中都没有出现过。在此基础上，超侠加强了内容的娱乐性，使故事充满悬疑反转，扣人心弦。

2 | 科普型少儿科幻

科普型科幻是笔者在2012年出版的《穿越2012：中国科幻名家评传》（人民邮电出版社）中的《郑文光评传》一文里正式提出的，笔者在文中说："郑文光从20世纪50年代到20世纪60年代写作的一批'科普式'的科幻小说，以《从地球到火星》《太阳探险记》为代表。"在《叶永烈评传》一文中，笔者也提到"'科普式'科幻小说《小灵通漫游未来》的成就与遗憾"。之后，笔者在其他有关文章的表述中，如《试论科普型科幻小说的创作》，将科普式科幻小说改为科普型科幻小说。

中国科幻界领军人物刘慈欣在2019年中国科幻研究中心举办的科幻研讨会上倡导发展科普型科幻。他说："好像现在科幻界还有儿童文学和科普的恐惧症，以致国内的儿童科幻和科普型科幻处于比较薄弱的状况。儿童科幻还好，还有一批很优秀的作家和很优秀的作品，但是数量上不行。至于科普型科幻，我们现在几乎见不到了。前两天我看过的《月球旅店》有这方面的影子，但是这样的作品数量还是很少。我希望科幻研究基地能把这两个领域

姚海军

重视起来，这样能让国内的科幻呈现更多元化的样貌，在更广阔的领域有所发展。"

中国科幻界另一领军人物姚海军在接受《人民日报》采访时，也主张发展科普型科幻。他说："只有积极鼓励、发展多种类型的科幻，如少儿科幻、科普型科幻等，才有可能真正实现科幻的繁荣发展，使其在提升民族创造力和想象力方面发挥更大作用。"

科普型科幻以普及科技知识为目的，以文学为手段。它是一种类型化的科普，也是主流科普的重要分支。当然，它不仅仅普及科技知识，还弘扬科学精神、科学思想，倡导科学的世界观，探讨科技对社会正反两方面的作用。

当代科普型少儿科幻小说的代表人物是陆杨和姜永育。

陆杨已出版作品149部，图书总发行量达550万册。品牌图书有《小鱼大梦想》《探险小龙队》《地球部落》等。其中科普型少儿科幻小说《探险小龙队》系列2009年9月至2021年12月累计印数达140万册。

《小鱼大梦想》是科普型少儿科幻文学流派的代表作之一，责任编辑丁倩评价《小鱼大梦想》道："《小鱼大梦想》作为一部科普小说，'小说'部分传递了追求'海洋强国梦'和坚守'蓝色海洋梦'的正能量，而'科普'部分也是干货满满。

"多领域的知识点——既有海洋环境、生物进化、天文宇宙等自然知识的多方面呈现，比如虫洞、海洋飓风、进化论，又有文学作品、社会学原理等人文知识的多角度补充，比如蝴蝶效应、'阿凡达项目'、'疯狂科学家悖论'、'图灵实验'。

"由'知识点'到'知识条'——讲述一个知识点时，并不局限于单纯介绍这个知识点，而是深挖与之相关的小读者会感兴趣的内容，从而丰富小说的知识图谱，培养孩子们的发散性思维。比如由介绍箭毒蛙而延伸出'大自然中的一些具有毒性的动物'这个专题，选取了最具代表性的六种致命动

左 | 陆杨
右 | 《小鱼大梦想》

物；又如介绍麦哲伦时，将单纯介绍麦哲伦的生平扩充为介绍历史上著名的五位航海家。

　　"多元化的讲述方式——跨页图图解、科普小贴士和趣味习题的多重设置，让孩子们快速记忆知识、快乐巩固知识。比如在'海洋冒险团'跟着麦哲伦航行的故事结尾，作者设计了一道填空题，结合跨页地图和箭头指示，帮助孩子们回顾麦哲伦的环球航行路线。"

　　姜永育创作并出版了大量以科普为目的的少儿科幻小说。2012年，四川少年儿童出版社出版了他的《地球密码·自然灾难大历险》系列，该系列讲述防灾避险的科学知识，其中融入了科幻元素，故事惊心动魄，深受小读者喜爱，多次入选全国中小学图书馆推荐书目。

　　2016年河北少年儿童出版社出版的《杰姆博士大冒险》（一套4本），以科幻的形式，融入大量科普知识，让读者既能与主人公一起感受惊心动魄的冒险之旅，又能学到许多防灾避险的知识。

　　2018年由中国少年儿童新闻出版总社出版的《秘境大探险》（两季共10

姜永育

本），是以科考的相关知识为基础，在故事中融入科幻、悬疑、探险等元素的佳作。

3 文学型少儿科幻

近年来，文学型少儿科幻异军突起，连连斩获国内各种顶级大奖，包括全国优秀儿童文学奖和全球华语科幻星云奖，引起社会关注。

主流科幻文学首先是文学，以创作文学作品为目标，科幻是工具、是特色，主次分明，是一种类型文学，正在发展成主流文学的一支。它没有普及科技知识的任务，甚至文学作品中的科技都是作者的杜撰、想象，并非已知的科技，但是遵循科学逻辑，能自圆其说，不能证伪，比如《三体》中的降维打击、宇宙社会学理论等。

其实，郑文光早在20世纪80年代便已开创文学型少儿科幻的先河，其代表作《神翼》1986年获首届全国优秀儿童文学奖。此后张之路的文学型少儿科幻小说《非法智慧》《极限幻觉》《小猪大侠莫跑跑·绝境逢生》也获得了全国优秀儿童文学奖。

在当代，马传思、赵华、徐彦利、王林柏等也创作出版了许多优秀的文学型少儿科幻小说，连连斩获大奖。

当代文学型少儿科幻小说的领军人物马传思阐释了这一流派的主旨。他说："（文学型少儿科幻小说创作者）侧重在充满传奇色彩的少儿科幻故事中去呈现儿童的心灵成长，去引发他们对人与人性的思考，以及重视作品的审美价值。

马传思

　　"值得一提的是，这类作品离儿童文学的距离相对较近，于是有部分作品可能在科幻创意上没有太多探索，甚至只是套用了一些旧的科幻创意，但讲出来一个纯正的儿童文学故事。当然，其中一些佼佼者，其创作往往力图实现科幻性与文学性的圆融对接。"

　　赵华是文学型少儿科幻领域中一位比较成熟的作家，其作品注重思想内涵，语言凝练、沉稳。主要作品有《疯狂外星人》系列。虽然外星人题材屡

左 | 赵华　右 | 徐彦利

见不鲜，但作者用逻辑自洽性很高的科幻创意赋予这个题材以新鲜度，更重要的是，作者力图以外星人作为参照系来思考人类和人性。

获得第十届全球华语科幻星云奖最佳少儿中长篇小说金奖的《心灵探测师》（徐彦利著）则竭力以科幻的方式，从少年的视角探讨人性。

在老一辈科幻作家中，张静的作品充满丰富的想象力，注重对亲情主题的描写。她的主要作品《K星寻父记》也是一部优秀的少儿科幻小说。

此外，王林柏的《拯救天才》有一个"适合儿童"的科幻创意，但作品真正的亮点是其对儿童文学创作风格的运用，特别是语言和情节的幽默性，达到了驾轻就熟的程度。在《儿童文学》等纯文学期刊上，不时会有优秀的作者和作品出现，比如获得第十届全球华语科幻星云奖最佳少儿短篇小说金奖的《百万个明天》（秦萤亮著）。

左｜张静　右｜王林柏

4 | 科学型少儿科幻

科学型少儿科幻的特点与成人科幻中以王晋康为首的核心科幻流派的特点有点相似。核心科幻流派不同于以科普为目的的科普型科幻，它坚持科幻小说先是"小说"的观点，认为科幻小说没有科普的任务，不以传播科技知识为目的。但是，它主张其必须有一个科幻构思的核心，离开了这个核心，这篇科幻小说就不能成立，这就是核心科幻。

科学型少儿科幻不同于成人科幻中的核心科幻。由于少儿的科技知识储备有限，对未来科技艰深的设想难以理解，所以，少儿科幻小说中的科学幻想构思往往不似成人科幻中的核心科幻构思那么深奥。

目前少儿科幻小说中的"科学"，主要是宣扬科学献身精神。成人科幻中的科学是面对未来的科学，少儿科幻中的科学则面向正在成长的少年儿童，将他们的目光导向未来，激发他们去探索科学的真谛，为科学献身。少儿科幻作品在培养他们的科学献身精神以及科学思想、科学方法的熏陶方面，作用不可低估。

少儿科幻小说中的科技知识比较浅显，但浅显并非浅薄，而且随着我国少年儿童科学素质的不断提高，一些少年儿童开始追求前沿的科技知识，以及高深莫测的、新奇的、能给人以启迪的核心科幻构思。

目前，科学型少儿科幻正在向核心科幻进军。中国核心科幻之父王晋康是科学型少儿科幻流派的代表作家。

马传思在评述科学型少儿科幻小说时说："在这类少儿科幻作品中，王晋康的一系列作品值得关注。身为中国当代科幻的代表人物之一，王晋康将其核心科幻的理念贯注于少儿科幻创作中，作品笔法严谨，科幻内核坚实。比如其作品《寻找中国龙》，讲述中学生龙崽和他的伙伴在家乡潜龙山发现了两条真正的中国龙，他们勇敢探索，终于发现了两条龙是通过基因改造而成。作品根据基因合成技术构建了一个足够'硬'的科幻内核。即使从成人科幻的角度来说，这个科幻创意也足够硬核，同时它又是一个适合少年儿童读者阅读的科幻故事。

　　"此外，著名科幻理论家吴岩在少儿科幻创作方面的成就同样值得重视，其少儿科幻作品具备严谨的科幻构思，同时注意营造故事性和可读性。比如其主要作品之一的《生死第六天》，通过少年张潮思的寻父之旅，讲述了人类在宏观世界和微观世界两个相互转换的世界之间逃亡的故事。该小说运用了关于婴儿宇宙、多维时空的科学理论，又提出'霍金转移'等科幻创

王晋康

意，并将之完美融入故事之中。"

另外，核心科幻代表作家江波的《无边量子号》系列和宝树的《猛犸女王》，是他们向少儿科幻领域拓展的一次尝试，同样值得关注。

同时，核心科幻作品开始被当作少儿科幻作品，并被编入少儿科幻丛书，甚至科幻名家刘慈欣、王晋康的核心科幻作品，也被归类为少儿科幻作品；而有的核心科幻作家转型写作少儿科幻作品，受到小读者的欢迎。这些都可以证明当代的科学型少儿科幻有向核心科幻靠近的趋势。

左 | 江波
右 | 宝树

少儿科幻图书出版的五大主力

在少儿科幻十一年蓬勃发展期中，在全球华语科幻星云奖及少儿科幻星云奖、中国作家协会全国优秀儿童文学奖、"大白鲸"原创幻想儿童文学奖、全国中学生科普科幻作文大赛的推动下，少儿科幻出版逐渐形成热潮。

浙江少年儿童出版社、大连出版社、安徽少年儿童出版社、北京少年儿童出版社、科学普及出版社、希望出版社、辽宁少年儿童出版社、四川教育出版社、清华大学出版社、中国少年儿童出版社、天天出版社、未来出版社、人民邮电出版社、江苏凤凰美术出版社、天地出版社、四川少年儿童出版社、大众文艺出版社、中国气象出版社、中信出版社、天津人民出版社、中国海洋大学出版社、济南出版社、福建教育出版社、中国人口出版社、四川科学技术出版社、百花文艺出版社、春风文艺出版社、阳光出版社、吉林出版社、万卷出版社、吉林摄影出版社、西南师范大学出版社（现西南大学出版社）、华东师范大学出版社、北京理工大学出版社、群言出版社、大百科全书知识出版社、湖南少年儿童出版社、少年儿童出版社（上海）、意林出版集团、长江少年儿童出版社、河北教育出版社、中国广播公司影视出版社、江西教育出版社、陕西人民教育出版社、长江文艺出版社、21世纪出版社、明天出版社、安徽科学技术出版社、朝华出版社、新世纪出版社、金城出版社等50余家出版社，相继加入了少儿科幻出版大军。

其中，浙江少年儿童出版社、大连出版社、安徽少年儿童出版社、北京少年儿童出版社、科学普及出版社，是当代中国少儿科幻读物出版的五大主力。

1 浙江少年儿童出版社

浙江少年儿童出版社是中国少儿科幻十一年蓬勃发展期出版少儿科幻读物最多的出版社，其中杨鹏的《校园三剑客》（谜题版）在2015至2021年期间多次重印，总印数达450万册。

2 大连出版社

大连出版社创办"大白鲸"原创幻想儿童文学奖，在推动中国少儿科幻文学发展的同时，出版少儿科幻文学图书。2013至2021年，"大白鲸"原创幻想儿童文学奖获奖图书销量达462万册。杨鹏的《校园三剑客》（经典版）、《超能神探帅小天》、《快乐星球》、《美德教育科幻读本》销量共计269万册。

《校园三剑客》（经典版）

《小鱼大梦想》

3　安徽少年儿童出版社

安徽少年儿童出版社坚持出版发行少儿科幻图书，陆杨的《小鱼大梦想》系列销量达39万册，吴岩的《中国轨道号》等4部长篇少儿科幻小说销量达18.8万册，该社还出版了马传思、江波、胡绍晏、宝树等作家的长篇少儿科幻小说。

4　北京少年儿童出版社

北京少年儿童出版社出版的《中国当代少年科幻名人佳作丛书》由刘慈欣、王晋康、董仁威、杨鹏、马传思、陆杨、超侠、小高鬼、姜永育、郑重等中国当代著名科幻作家创作，出版以来，受到读者热烈欢迎，多次再版，印数超过50万册。

《中国当代少年科幻名人佳作丛书》

5 ｜ 科学普及出版社

科学普及出版社2016年至2021年出版了杨鹏的《保卫隐形人》《数码老师》《超时空少女》《外星人来我家》《吹牛大王航天记》《超时空战警》等系列少儿科幻小说集、刘慈欣少儿科幻系列、叶永烈少儿科幻系列、王晋康少儿科幻系列，还出版了超侠、陆杨、张军、马传思、赵华、彭柳蓉、谢鑫、史永明、伍剑、艾天华等作家的少儿科幻小说。其中一些作品荣获了全球华语科幻星云奖和少儿科幻星云奖。该社还出版了全国中学生科普科幻作文大赛获奖作品集。

《等你，在未来》（第七季）
第七届全国中学生科普科幻作文大赛获奖作品集

6 ｜ 其他出版机构

希望出版社也是出版少儿科幻图书的重要阵地。

希望出版社于2013年承办第四届全球华语科幻星云奖，至2021年，陆续推出黄文军、陆杨、凌晨、江波、张军（小高鬼）、黄海、刘慈欣、王晋康、何夕、赵华、紫龙晴川、李伍薰、郑军、陈茜、谢云宁等28位作家的48部少儿科幻图书，其中，刘慈欣、陆杨、王晋康、何夕、李伍薰的作品多次重印。

另外，四川少年儿童出版社2012年出版姜永育《地球密码·自然灾难大

历险》（一套4本），发行量达40多万
册。

　　四川教育出版社出版的《少年星云
丛书》及《小幻想家丛书》（与博峰文
化联合出品），是新中国成立以来少儿
科幻代表作家郑文光、叶永烈、杨鹏以
及王晋康、董仁威、超侠、贾煜、李建
云、周鸣、梁安早等名家的作品合集，
发行量共计25万册。

　　中国少年儿童新闻出版总社出版
姜永育的《秘境大探险》（两季共10
本），第一季（5本）于2018年出版，
发行量达十多万册，第二季（5本）于
2019年出版，发行量达5万余册；出版
超侠的《少年冒险侠》第三季（4本），
发行量达8万册。

　　吉林出版集团出版的《首届少儿
科幻星云奖获奖作品集》（共5册），
收录了首届少儿科幻星云奖中长篇（节
选）及短篇获奖作品，发行5万册，入
选"十四五"国家重点出版物出版规划
项目。

上｜《少年星云丛书》
中｜《小幻想家丛书》
下｜《首届少儿科幻星云奖获奖作品集》

《中国少儿科幻文学大家谈》

辽宁少年儿童出版社从2010年开始出版中外著名科幻作品文集，先后出版了《完全典藏版中外科幻名著》和《中国科幻名家获奖佳作丛书》，发行量均为1万套。

西南师范大学出版社出版了《书包里的外星人》系列少儿科幻小说。河北少年儿童出版社2016年出版了姜永育的《杰姆博士大冒险》（一套4本）。北京理工大学出版社科幻分社编辑出版了《中国青少年科幻分级读本》（小学卷）。长江少年儿童出版社出版的《中国少儿科幻文学大家谈》由中国顶尖儿童文学研究者撰写而成，是中国第一部研究少儿科幻文学的著作。

7 少儿科幻期刊

截至2021年，有《科幻世界·少年版》《中国校园文学》《少年百科知识报》《知识就是力量》《童话王国》《知心姐姐》《少年文艺》《东方少

年》《科学故事会》《延河》《小溪流》《山海经·少年版》《童话世界》
《中国少年文学》《文艺报》《少年月刊》《少年发明与创造》《读友》
《金色少年》《初中生之友》《艺术界·儿童文艺》《青少年科技博览》
《少男少女》《青年文学》《中国少年文摘》《少年作家》《博学少年》
《小学生拼音报》《少年先锋报》等30余种报刊刊发中短篇少儿科幻小说。
其中，《科幻世界·少年版》《中国校园文学》《少年百科知识报》《知识
就是力量》等报刊是发表中短篇少儿科幻作品的主阵地。

　　《科幻世界·少年版》是全国唯一一家专业少儿科幻杂志。《科幻世
界·少年版》创刊于2016年，是目前国内唯一针对少儿阶段读者的科幻文学
期刊。作为少儿科幻文化引领者，《科幻世界·少年版》始终秉承对小读者
负责、对中国少儿科幻文学负责的态度，不断发掘和培养优秀作者，精选优
质作品，受到了广大读者、家长和行业主管机构的认可，并获得中国期刊协
会、中国教育装备行业协会推荐，入选了全国中小学图书馆馆配目录、中小

《科幻世界·少年版》

学图书馆装备推荐期刊。自2016年创办至今，该杂志刊发了刘慈欣、宝树、潘海天、凌晨、夏笳、程婧波、阿缺、尼尔·盖曼（Neil Gaiman）、宫泽贤治、星新一、赫伯特·乔治·威尔斯等多位科幻名家的作品，刊发了来自全国各地的中小学生优秀科幻作品50多篇。2020年刊发的三篇小说荣获第32届银河奖最佳少儿科幻短篇奖。

《中国校园文学》由中国作家协会主管、作家出版社主办，是一本专门针对全国校园阅读和写作的文学期刊。为激发广人青少年对科幻文学创作的兴趣，引导学生追求和探索科学的奥秘，培养创新能力和科幻精神，2020年以来，《中国校园文学·青春号》特开设科幻专栏《遇见未来》，相继刊发张潇、廖小琴、连城、王元、两色风景、黄文军、小高鬼、刘琦、未末等科幻作家的作品，并推出学生余涌涛、李怡铭、梁润、金豫熙等的作品，助力扩充中国科幻文学作家的后备力量，同时，推出的科幻作品入选相关科幻类作品集年选。

《中国校园文学·青春号》

　　《知识就是力量》杂志的《科幻空间站》栏目，面向青少年，以科幻名家为引领，牵手青少年科幻创作爱好者，激发青少年想象力，带其走入科幻创作的世界。栏目自2016年开设至今，节选刊发了刘慈欣、王晋康、江波、何夕等多位科幻名家作品70余篇；展示了来自山东、福建、云南等省多所中小学青少年的优秀科幻作品70余篇，并邀请知名科幻作家为学生作品撰写点评，备受读者欢迎；2021年，该杂志刊发的两篇学生作品荣获第十二届全球华语科幻星云奖。

　　《少年百科知识报》长期连载姜永育的《地球密码·自然灾难大历险》《秘境大探险》等科幻小说，销量达33万份。

《知识就是力量》

逐渐壮大的当代少儿科幻作家队伍

（一）专职少儿科幻作家

1　张之路——中国当代少儿科幻旗手之一

作家、剧作家，中国作家协会儿童委员会前副主任，中国电影家协会儿童电影委员会名誉会长，获国际安徒生奖提名、国际林格伦奖提名。文学作品有长篇小说《霹雳贝贝》《第三军团》《非法智慧》《蝉为谁鸣》《汉字奇兵》《霹雳贝贝2：乖马时间》《吉祥时光》等。

作品曾获中国图书奖，8次获全国优秀儿童文学奖，3次获宋庆龄文学奖，3次获陈伯吹国际儿童文学奖。小说《羚羊木雕》、童话《在牛肚子里旅行》分别被选入中学和小学课本。

张之路

电影剧本有《霹雳贝贝》《魔表》《足球大侠》《疯狂的兔子》等。曾获中国电影华表奖、童牛奖、夏衍电影文学奖、电视剧飞天奖、开罗国际儿童电影节金奖等。著有电影理论专著《中国儿童电影百年史话》。

2　杨鹏——中国当代少儿科幻旗手之一

中国首位迪士尼签约作家，中国少年科幻创作领军人物。代表作品有《装在口袋里的爸爸》《校园三剑客》《幻想大王奇遇记》等。图书总发行量超过5000万册，曾获30多项国家级大奖，作品被翻译成英、法、日、韩、越南、阿拉伯等文字在海外出版。过去20多年，他在创作童书的同时，也将作品拓展至动画片、舞台剧、漫画、广播剧等领域，并为中央电视台、迪士尼、长隆集团等知名机构创作童书和动画剧本。

杨鹏

主要获奖经历：

1992年，《坠入爱河的电脑》获中国科幻小说银河奖；1997年，《地球保卫战》获中宣部"五个一工程"奖；2001年，《漫画金头脑》获全国优秀科普作品奖一等奖，《校园三剑客》获全国优秀科普作品奖三等奖；2002年，《装在口袋里的爸爸》获全国优秀畅销书奖；2005年，《校园三剑客》获第十四届中国图书奖；2014年，《校园三剑客》获第五届全球华语科幻星云奖最佳原创少儿科幻图书金奖；2016年，《校园三剑客》动画片获第四届中国科普作家协会优秀科普作品奖银奖。

3 | 马传思——中国当代少儿科幻领军人物之一、少儿科幻重文学流派代表作家

中国作家协会会员，中国科普作家协会理事，中国科幻研究中心特聘研究员。作品曾获第十一届全国优秀儿童文学奖、全球华语科幻星云奖少儿中长篇小说金奖、冷湖科幻文学奖、贺财霖科幻文学奖等，作品入选中宣部2019年优秀青少年读物出版工程、国家新闻出版署向全国青少年推荐百种优秀出版物、中国出版协会2018年30本好书、《中华读书报》2018年度十佳童书。主要作品有《冰冻星球》《奇迹之夏》《蝼蚁之城》《超能熊猫》系列等，主编《中国青少年科幻分级读本》《2020年度中国少儿科幻选本》等。

马传思

4　陆杨——中国当代少儿科幻领军人物之一

中国作家协会会员，中国科普作家协会理事，曾荣获"全国科普教育与创作标兵"称号。作品多次荣获全国优秀科普作品奖、全球华语科幻星云奖、全国输出版优秀图书奖等奖项。

主要获奖经历：

《探险小龙队》获第十届、第十四届、第十五届全国输出版优秀图书奖、希望出版社十种好书奖（2018年）。《小鱼大梦想》系列获2018年全国优秀科普作品奖、第八届全球华语科幻星云奖最佳少儿中长篇小说银奖。

陆杨

5　超侠——中国当代少儿科幻领军人物之一

科幻作家、编剧、诗人。中国作家协会会员，中国科普作家协会理事，中国电影家协会会员，全国少儿科幻联盟发起人。鲁迅文学院30届高研班（儿童文学班）学员，鲁迅文学院与北京师范大学2018级作家研究生。参与创建中国作家协会门户网站中国作家网，创办中国校园文学网、中国报告文学网等文学网站。个人主要作品有《少

超侠

年冒险侠》系列、《超侠小特工》系列、《功夫恐小龙》系列、《深海惊魂》、《使命召唤：狙击手们的战争》、《奇奇怪史前海洋大冒险》、《小福尔摩斯》等，参与创作《快乐星球》《蓝猫淘气三千问》等，编剧作品有《决战暗魂》、《高手》、《皇城相府》（央视）、《常夜灯》、《超侠小特工》等。创作出版的作品字数过千万，图书畅销数百万册，曾荣获第五届中国青年诗人新锐奖、《解放军报》长征文艺奖，数次荣获全球华语科幻星云奖、少儿科幻星云奖、科幻永生奖等，剧本荣获八一制片厂优秀剧本提名奖。参与创作的作品曾获第十六届国际动漫金猴奖、中国国家图书奖、"五个一工程"奖、全国优秀科普作品奖等奖项。

6　赵华——中国当代少儿科幻领军人物之一

中国作家协会会员，中国科普作家协会会员，宁夏作家协会副主席。出版有（非科幻）儿童文学作品集、科幻童话及科幻小说80余部。少儿科幻小说获全国优秀儿童文学奖（《大漠寻星人》）、少儿科幻星云奖（《除夕夜的礼物》）。

赵华

赵华从2012年开始创作科幻小说。2012年6月，科幻小说集《苏姗的小熊》、长篇科幻小说《南纬十六点三度》《开元通宝》由阳光出版社出版。2014年，长篇系列科幻童话《亚特兰蒂斯四号》由阳光出版社出版。2015年，长篇科幻小说《魔血》由长江少年儿童出版社出版。2018年，长篇科幻小说《逃离天才岛》由科学普及出版社出版。2019年，长篇科幻小说《猩王的礼物》由大连出版社出版，长篇科幻小说《卡加布列岛》由人民教育出版社出版。2020年，长篇科幻小说《古币之谜》由科学普及出版社出版，长篇科幻小说《地球守护者》系列由希望出版社出版，长篇科幻小说《穿越时空的古代朋友》由明天出版社出版，长篇科幻小说《火星使命》三部曲由新世纪出版社出版。2021年9月，长篇科幻小说《神秘货郎担》由朝华出版社出版。

7　彭绪洛——中国探险类少儿科幻小说领军人物

儿童文学作家、探险家。中国作家协会会员，中国科普作家协会会员，中国探险协会理事。毕业于武汉大学文学院，出版作品有《少年冒险王》、《我的探险笔记》、《少年探险家》、《宇宙冒险王》（1—10册）、《虎克大冒险》、《野人寨》、《重返地球》等共100余部。曾获全球华语科幻星云奖、少儿科幻星云奖、冰心儿童图书奖、中国首届土家族文学奖、"大白鲸"原创幻想儿童文学奖等，作品入选"中华优秀科普图书榜""中国文艺原创精品出版工程"。

彭绪洛

他曾经环阿尔卑斯山勃朗峰徒步，穿行敦煌段雅丹魔鬼城、神农架原始森林无人区、乌孙古道和古蜀道，攀登过海拔5396米的哈巴雪山和海拔6178米的玉珠峰，自驾走过滇藏线、川藏线和青藏线，实地科考过三江源，成功穿越过中国四大无人区中的可可西里和罗布泊，到达过楼兰古城等神秘之地。

8 姜永育——中国科普型少儿科幻代表作家

中国科普作家协会会员，中国科学技术协会气象科学传播专家，四川省科普作家协会常务理事，曾获"21世纪前十年四川省优秀科普作家"称号。主要从事悬疑推理小说、少儿侦探、地理探秘探险、科幻、防灾避险等题材写作，已出版作品100余部，科幻作品发行60余万册，曾荣获少儿科幻星云奖。

姜永育

9 潘亮

上海市作家协会会员，世界儿童科幻星云联合会创始会员。自幼酷爱文学与太空，专注创作太空题材的少年科幻小说，2021年出版《英雄赛尔号·暗黑星云》系列（共12册）、《太空少年肖小笑》系列，作品畅销110万册。已出版图书30余部，在全国开展校园讲座300余场。

曾获全国优秀畅销书奖，2016年担任上海迪士尼乐园开幕嘉宾，2019年入选国家"红读计划"认证志愿者，2020年被评为上海书展"十佳明星"。

10　小高鬼

本名张军，少儿科幻作家、动漫编剧。中国作家协会会员、中国科普作家协会会员，鲁迅文学院高研班学员，全球华语科幻星云奖、"大白鲸"原创幻想儿童文学奖、中国校园文学奖获奖作家，专注少儿科幻探秘小说的创作与研究。出版有长篇科幻小说《海风捎来一座岛》《鲸灵人传奇》《隐形少年奇遇记》和《中华少年行》系列，以及科幻短篇集《谎言修复师》等。

11　王林柏

电子科技大学物理专业硕士。他的孩子3岁时，他尝试为其写故事，从此走上儿童文学创作之路。长篇科幻小说《拯救天才》获第十届全国优秀儿童文学奖。

主要科幻作品《拯救天才》系列由大连出版社于2016至2021年出版，《买星星的人》2020年由天天出版社出版。

王林柏

12　彭柳蓉

第八届全球华语科幻星云奖最佳少儿短篇小说银奖、首届少儿科幻星云奖2019年度幼儿科幻小说金奖得主。"周庄杯"全国儿童文学短篇小说大赛二等奖获奖作家。曾任《科幻世界·少年版》副主编、儿童科普杂志《小牛顿》副主编。在少儿科学与幻想领域耕耘十五年，出版科普、科幻作品数十部。少儿科幻作品《我的同桌是外星人》系列（《定制爸爸妈妈》《超狗喳喳》《飞碟KK的警告》《真假阿尔法》）2019年10月由浙江少年儿童出版社出版，获少儿科幻星云奖2019年度幼儿科幻小说金奖。个人短篇集《漫游宇宙》2021年6月由江西教育出版社出版，其中短篇小说《永恒之夏》获银河奖最佳少儿科幻短篇奖、短篇小说《命运彗星》获少儿科幻星云奖2020年度短篇小说银奖。2021年10月中国科学技术出版社出版其新作《发光的尘埃》，这本书由两篇中篇小说《发光的尘埃》和《领地》组成，讲述发生在未来的悬疑科幻故事。

彭柳蓉

13　郑重

科幻作家，从1998年至2021年陆续创作并出版了《太阳风行动》《太空英雄传奇》《飞向哈玛星》《东方生死恋》《千古奇谋》《大海啸》《行星风暴》等科幻小说作品，共发行近50万册。《行星风暴》荣获第二届全球华语科幻星云奖最佳短篇科幻小说银奖；《东方生死恋》荣获第九届全球华语科幻星云奖最佳科幻电影创意优秀作品奖。此外，他撰写科幻书评、影评近百篇。

14 伍剑

中国作家协会会员、湖北省作家协会儿童专业委员会副主任，多次获得"全国十佳儿童文学作家"称号。发表小说、童话、科幻作品600余万字，出版童书60余本，曾获得全球华语科幻星云奖最佳原创少儿科幻图书奖、"大白鲸"原创幻想儿童文学奖、冰心儿童文学新作奖、桂冠童书奖、台湾省"好书大家读"年度最佳少年儿童读物奖等。作品《外婆》入选"十三五"国家重点出版物出版规划项目，被国家新闻出版署列入"向全国青少年推荐的百种优秀出版物"名单，被评选为2017年最具影响力好书，荣获第十五届精神文明建设"五个一工程"优秀作品奖。

15 徐彦利——中国当代少儿科幻代表作家之一

少儿科幻作家，科幻研究者，中国科普作家协会会员，中国科普作家协会科幻创作研究基地学术委员，现为河北科技大学文法学院中文系副教授。出版《奇幻森林历险记》《心灵探测师》《先锋叙事新探》《中国科幻史话》《中国当代小说主潮》《中国当代小说流变史》等著作。少儿科幻小说代表作《心灵探测师》曾获全球华语科幻星云奖及世界华人科普奖等奖项。另有短篇少儿科幻小说及科幻漫画发表在《少年发明与创造》《少年月刊》等

徐彦利

少儿期刊上。

16 周敬之

工学博士。作品《KDA》(《星陨》系列)在百度贴吧连载半年,点击量就突破550万,连续3年位居百度贴吧科幻类点击榜前十,纸质书由金城出版社出版。《星陨1:丛林中的十字架》获第六届全球华语科幻星云奖最佳少儿图书银奖,《星陨3:沙漠的狼与公主》获第七届全球华语科幻星云奖最佳少儿图书金奖。

17 廖小琴

笔名麦子,曾获全国优秀儿童文学奖、丰子恺儿童图画书奖、信谊图画书奖、冰心儿童文学新作奖、四川文学特别奖等。作品被译成英语、法语、阿拉伯语等多种语言,入选具有世界影响力的"白乌鸦书目",入选"年度优秀童书"等。出版《大熊的女儿》《我的外婆在乡下》《走出黑森林的女孩》《棉婆婆睡不着》《一只大熊要住店》等作品。著有少儿科幻作品《杜杜来到布谷村》《飞向陆地的女孩》。

18 汪玥含

北京大学中文系毕业,中国作家协会会员,鲁迅文学院高研班学员,现任北京磨铁公司童书主编。著有《白羊座狂想家》《乍放的玫瑰》《我是一个任性的孩子》《沉睡的爱》等20余部作品，译作有《热爱生命》。曾获中宣部"五个一工程"奖、冰心儿童图书奖、全球华语科幻星云奖、全国优秀科普作品奖等奖项。科幻长篇代表作《大荒漠》获全国优秀科普作品奖，《世纪之约》获第八届全球华语科幻星云奖最佳少儿中长篇小说银奖。

19　李姗姗

中国作家协会会员，中国儿童文学研究会理事，重庆文学院首届签约作家。出版童话《面包男孩》系列、儿童故事集《今天明天后天大后天》、儿童诗集《太阳小时候是个男孩》《月亮小时候是个女孩》等多部作品，共计发行60余万册。

作品入选"白乌鸦书目"、中宣部"优秀儿童文学出版工程"，获CCTV2016年度"中国好书"、中国出版政府奖、中华优秀出版物奖、冰心儿童图书奖等重要奖项。

2021年5月天地出版社出版其少儿科幻小说《机器女孩》，该书当年荣登《中国出版传媒商报》"好书品读"月度童书榜、"阅文·探照灯书评人好书榜"，并被中央电视台10频道《读书》栏目推荐。

20　刘琦

少儿科幻与童话作家、动画编剧，被誉为"'90后'少儿科幻代表作家"。世界华人科幻协会会员，中国科普作家协会会员，中国儿童文学研究会会员。2019年以来，累计在《科幻世界》《中国校园文学》《小溪流》《小星星》等数十家杂志上发表成人科幻、少儿科幻、童话等上百篇，创作科幻动画剧本、漫画脚本和有声剧剧本。出版的少儿科幻小说《超能少年》系列，获第二届少儿科幻星云奖2020年度少年类科幻图书优秀作品奖。

21 紫龙晴川

悬疑、科幻作家，编剧。2007年开始发表文章，迄今发表文章逾600万字。以悬疑起家，2009年至2011年出版《滔天大罪》《暗剑》《雪域神鹰》等长篇悬疑小说，2012年开始投身科幻创作，出版《龙皇战神》《校园网侠》《幽灵水母》等多部少儿科幻小说。

22 小酷哥哥

本名安鹏辉，作家，也是"阅读改变中国"年度点灯人候选人，因讲课风趣、幽默，有别于传统教学，深得老师和孩子喜爱，媒体称其讲课为"单口相声讲故事"。全国各地共有70多万小朋友现场听过他讲故事。出版有《怪兽村》《我的朋友是怪兽》《妖怪书店》以及《神奇猪侠》系列等20余部作品。

少儿科幻小说《神奇猪侠》系列（共6册）由世界图书出版公司2019年8月出版，获得首届少儿科幻星云奖2019年度幼儿科幻小说银奖、"上海好

童书"奖等荣誉。

23　左文萍

儿童文学作家，中国作家协会会员，中国科普作家协会会员。少儿科幻代表作《少年原野科幻探险系列》2020年由中信出版社出版，获第二届少儿科幻星云奖2020年度科普型科幻图书银奖。

24　刘芳芳

中国作家协会会员，陕西省作家协会会员，少儿科幻作家，少儿杂志资深主编，上海《少年文艺》金牌作家。少儿科幻作品有长篇科幻小说《上外星球挖宝》《喝了隐形药水的男孩》。曾在《延河》《少年文艺》《小溪流》《山海经·少年版》《童话世界》等期刊上发表《他是我爸爸》《爱的机密》等多篇少儿科幻短篇小说。其作品《他是我爸爸》获第二届少儿科幻星云奖2020年度低幼类科幻作品优秀作品奖。

25　石黑曜

本名刘越，毕业于北京师范大学儿童文学专业。曾获第五届豆瓣阅读征文大赛奇幻组首奖、第六届未来科幻大师奖一等奖、第十届全球华语科幻星云奖年度新星银奖。著有短篇小说集《莉莉娅，我的星》、少年科幻冒险小说《异域惊奇》系列，改编绘本《流浪地球：向地下城出发》。《异域惊奇》系列获第二届少儿科幻星云奖2020年度少年类科幻图书金奖。

26　柯梦兰

编剧、作家，其长篇科幻小说《星际谜谍》部分章节入选广西师范大学出版社出版的《语文素养读本》（六年级下册）。《星际谜谍》《火星来客》《双蝶梦游戏》等作品正在影视开发中。

27　徐渝江

毕业于南京气象学院，现任职于四川省气象局。爱好写作及科学考察、探险。著有小说、童话、科普作品9部，少儿科幻长篇小说《月光下的呼唤》2003年8月由湖北少年儿童出版社出版。

28　周鸣

海军中校，著有少儿科幻长篇小说《可可西里惊魂》《厄尔尼诺诅咒》等。

29　刘东

儿童文学作家，辽宁省首届文化新人奖获得者。作品曾获第六届全国优秀儿童文学奖、第五届冰心儿童文学新作奖、辽宁省优秀儿童文学奖。大连出版社出版其长篇科幻小说《我爸我妈的外星儿子》系列，该系列已发行12.5万册。

30　周志勇

著名童书作家，著有儿童读物80余部，共600余万字，被小读者亲切地称为"秀逗大哥"。作品以幽默风趣、意趣兼得、微言大义的独特风格深受小读者喜爱。作品曾荣获冰心儿童图书奖，曾入选首届"三个一百"原创图书出版工程、全国少儿十大精品图书、中宣部和文化部等九部委主办的"知识工程"推荐书目、国家新闻出版署向全国青少年推荐百种优秀图书等。

其长篇少儿科幻小说《白鲸传奇》由大连出版社出版，获第二十七届全国城市出版社优秀图书奖一等奖。

31　左炜

2008年开始创作童话和小说，在《少年文艺》《读友》《漫客·童话绘》等杂志上发表童话、小说10余万字。作品入选《2008中国最佳儿童散文诗歌》《中国好文学：2012最佳儿童文学》《谁愿意让兔子讲进故事里》等选集。2015年，长篇少儿科幻小说《最后三颗核弹》获第六届全球华语科幻星云奖最佳少儿图书金奖。

32　唐哲

中国作家协会会员，中国散文学会会员，冰心儿童图书奖获得者。

长篇少儿科幻小说《未来拯救》由大连出版社出版，获第六届全球华语科幻星云奖最佳少儿图书银奖。

33　刘红茹

自由撰稿人。曾在《女友》等刊物上发表作品并获奖，著有长篇武侠小说《浮世戒》。其少儿科幻小说《地球儿女》入选"大白鲸"原创幻想儿童文学奖优秀作品。

34　谭丰华

自由创作者，已发表小说、散文、诗歌等文学作品逾10万字。其少儿科幻小说《突如其来的明天》入选"大白鲸"原创幻想儿童文学奖优秀作品。

35　叶心

本名肖显志，国家一级作家，中国作家协会会员、辽宁省儿童文学学会副会长。曾获"五个一工程"奖、陈伯吹国际儿童文学奖、冰心儿童图书奖、中国图书奖、第四届少儿图书奖、中日友好儿童文学奖等。作品被翻译到日本、越南等国家，6篇作品入选小学《语文》及《语文拓展阅读》教材。其少儿科幻小说《戾天》入选"大白鲸"原创幻想儿童文学奖优秀作品。

36　蓝钥匙

本名李军政，中国电力作家协会会员，副教授。近年来，发表各类儿童文学作品150余篇，出版绘本2本，是"混童话"签约作者、"简书"签约作者。作品获2016年冰心儿童文学新作奖，入围第八届信谊图画书奖。其少儿科幻小说《兔子的平行世界》入选"大白鲸"原创幻想儿童文学奖优秀作品。

37　石囡

本名史龙跃，山西省作家协会会员、大同市作家协会副主席。写儿童文学，尤爱科幻。作品发表于《山花》《星星》《黄河》《小品文选刊》《中国诗人》等刊物，科幻作品入选《收获·科幻故事空间站丛书》第一辑。出版有诗集《拓跋》、幻梦故事集《造梦者》。其少儿科幻小说《大耳博士的房间》入选"大白鲸"原创幻想儿童文学奖优秀作品。

38 史永明

一级教师。长期进行教育科研，出版专著《中学语文课堂教学例话》，编著《彰显生命的价值》和《用乡土守望童心》等。在《人民日报》《光明日报》《中国青年报》《中国教育报》等报纸上发表多篇文章。其少儿科幻小说《来未来》入选"大白鲸"原创幻想儿童文学奖优秀作品。

39 王轲玮

青年作家，作品散见于《人民日报》《光明日报》《萌芽》《超好看》等报刊，部分作品被《2015年中国高校文学作品排行榜》《醉清风》《极限故事簿》等选集收录。曾获意大利杜伊诺城堡国际诗歌大赛第一名、中国徐霞客地学诗歌散文奖、全球华文青年文学奖等奖项。其少儿科幻小说《逆时小特工》入选"大白鲸"原创幻想儿童文学奖优秀作品。

40 源娥

本名李漠，历史学硕士。辽宁省作家协会会员，辽宁省儿童文学学会会员，儿童文学、青春文学作家。曾荣获第八届"周庄杯"全国儿童文学短篇小说大赛特等奖。作品散见于《少年文艺》《意林·小淑女》《意林·少女说》《科幻世界·少年版》《飞·魔幻》等杂志。已出版长篇小说《你好，白日梦女孩》、译作《绿野仙踪》等。其少儿科幻小说《时间超市》入选

"大白鲸"原创幻想儿童文学奖优秀作品。

41　杨万米

自由撰稿人。作品见诸《三联生活周刊》《人民周刊》《小品文选刊》《科幻世界》《科幻世界·少年版》《少年文艺》《读友·少年文学》《爱你》等杂志。其少儿科幻小说《少年、AI和狗》入选"大白鲸"原创幻想儿童文学奖优秀作品。

42　木彬

编辑出版学硕士，少儿科普编辑，所编图书入选"十三五"国家重点出版物出版规划项目，荣获中华优秀出版物奖、中国出版政府奖图书提名奖等。其少儿科幻小说《多多有一个自由门》入选"大白鲸"原创幻想儿童文学奖优秀作品。

43　任军

福建省作家协会会员、厦门市作家协会会员。其童诗获冰心儿童文学新作奖；童话获福建省"启明"儿童文学奖、"读友杯"全国儿童文学创作大赛优秀奖；小说获"周庄杯"全国儿童文学短篇小说大赛二等奖、《东方少年》年度重点作品扶持项目二等奖等。童话集《午夜来访的狐狸》荣登首届福建文学好书榜,《小老鼠和梦想树》获叶圣陶教师文学奖,童诗集《给春天写一封信》入选厦门市作家协会青年作家文库。少儿科幻小说《星际天地》入选"大白鲸"原创幻想儿童文学奖优秀作品。

44　周昕

山东广播电视台新闻记者、新闻节目制片人,业余时间从事儿童文学创作,结合妻子创作的插画人物,为六岁女儿撰写了《超能阿呆》《手机里的孩子》等幻想儿童文学作品。《手机里的孩子》获"大白鲸"原创幻想儿童文学奖特等奖。

45　刘虎

中国作家协会会员,理学硕士、地质勘探高级工程师,连续两届入选"甘肃儿童文学八骏"。多部作品版权输出到国外。此外,作品曾入围2018"中国好书",入选中宣部优秀青少年读物出版工程、年度桂冠童书,获陈伯吹国际儿童文学奖、青铜葵花儿童小说奖、首届中国校园文学奖、全国梁斌小说奖、全国孙犁散文奖、甘肃黄河文学奖等。其少儿科幻小说《高原水怪》获"大白鲸"原创幻想儿童文学奖特等奖。

46 李维北

青年作家，擅长写青春、幻想、悬疑、科幻等类型故事，风格多变。曾获第三届"九州之星"征文大赛冠军，第一届"晨星·晋康"科幻文学奖最佳长篇小说提名奖，作品见于《萌芽》《读者》《小说绘》《意林》等杂志。其少儿科幻小说《尺蠖俱乐部》入选"大白鲸"原创幻想儿童文学奖优秀作品。

47 茶橙

本名农舒婷，作家兼编剧，2014年参加《中国好故事》大赛，个人作品获奖并签约影视改编权，小说刊载于《意林·小文学》《科幻世界·少年版》等期刊。其少儿科幻小说《超凡飞手》入选"大白鲸"原创幻想儿童文学奖优秀作品。

48 曹琳琳

山东省作家协会会员，国家二级心理咨询师。著有原创童话《书页山谷奇遇记》《国王的长梯》《猫咪树》，图画书作品《魔鬼与将军》《电影鼠回家》等，译有日文、英文绘本20余本。曾获2016年豆瓣阅读小雅奖、2018年冰心儿童文学新作奖、2019年《好儿童画报》"小百花"奖。其少儿科幻小说《试管里的大象》入选"大白鲸"原创幻想儿童文学奖优秀作品。

49　秦萤亮

2005年开始童话创作。作品主要发表于《儿童文学》《少年文艺》等杂志，并被收入各类年选。曾获《儿童文学》首届及第五届金近奖、陈伯吹国际儿童文学奖、"周庄杯"全国儿童文学短篇小说大赛一等奖及二等奖、第二届"小十月"文学奖。出版科幻作品集《百万个明天》，获第十届全球华语科幻星云奖少儿短篇小说金奖。

（二）多维科幻作家

1　刘慈欣

中国当代科幻四大天王之一，计算机高级工程师，科幻新生代作家领军人物，山西省作家协会副主席。亚洲首位获得世界科幻大奖"雨果奖"的作家，首届、第二届全球华语科幻星云奖获奖者，2015年被授予首个华语科幻星云特等功勋章。其《三体》三部曲被普遍认为是中国科幻文学的里程碑之作。

刘慈欣

为推动中国少儿科幻的发展，刘慈欣常应邀参加少儿科幻活动，为少儿科幻丛书出版领头人。其以少儿科幻图书名义出版的作品有《刘慈欣少儿科幻系列》《超新星纪元》《中国太阳》等。

2　王晋康

中国当代科幻四大天王之一，石油高级工程师，中国科幻新生代作家代表人物。首届、第三届全球华语科幻星云奖获奖者，他偶尔涉足少儿科幻创作，有获奖少儿科幻小说《真人》，以及以少儿科幻小说之名出版的作品《王晋康少儿科幻系列》《超时空少年》《耶耶》。

王晋康

3　吴岩

中国科幻领军人物之一，资深科幻作家、科幻理论家，偶尔涉足少儿科幻创作，其少儿科幻长篇小说《中国轨道号》获全国优秀儿童文学奖。

吴岩

4 │ 张静

资深科幻作家，著有长篇少儿科幻小说《沛沛的小白船》，获山东省建国五十周年优秀儿童文学奖，另著有中短篇少儿科幻小说《隐形小英雄》《拖冰山的孩子》《两个小祖宗》等，以及少儿科幻作品集《神秘的声波》。

张静

5 │ 黄海

本名黄炳煌，台湾省著名科幻作家。2015年10月，其作品《纳米魔幻兵团》获第六届全球华语科幻星云奖最佳少儿图书银奖。

6 │ 张冲

中国作家协会会员、中国科普作家协会会员，第四、五届中国科普作家协会少儿专业委员会委员。著有科幻童话集《苍蝇和火车赛跑》《小老鼠的隐身衣》。

7　凌晨

中国新生代代表作家之一，创作了大量少儿科幻小说，作品曾获少儿科幻星云奖金奖、银奖。

凌晨

8　宗介华

著名儿童文学作家，偶有创作少儿科幻小说，曾获中国科幻小说"星座奖"。

9　董仁威

科普科幻作家，著有科幻作品集《分子手术刀》《移民梦幻星》，其长篇少儿科幻小说《三星堆迷雾》获第二届少儿科幻星云奖原创少儿科幻图书征集特别奖。

10　位梦华

著名极地科学家，其代表作《位梦华少儿科幻系列·暗物质探索者》获第二届少儿科幻星云奖2020年度科普型科幻图书金奖。

11 江波

第十二届全球华语科幻星云奖组委会副主席，全球华语科幻星云奖第三届、第七届、第九届获奖者。偶尔进行少儿科幻创作，其长篇少儿科幻小说《无边量子号·启航》获首届少儿科幻星云奖2019年度中长篇小说银奖。

江波

12 宝树

全球华语科幻星云奖第五届、第九届、第十一届获奖者。其长篇少儿科幻小说《猛犸女王》获第二届少儿科幻星云奖原创少儿科幻图书征集金奖。

13 陈茜

科幻作家，其短篇少儿科幻小说《道格的秘密》获首届少儿科幻星云奖2019年度短篇小说金奖。

宝树

14 索何夫

科幻作家，其长篇少儿科幻小说《甜苹果历险记》获第二届少儿科幻星云奖原创少儿科幻图书征集优秀奖。

15　程婧波

科幻作家，其少儿科幻小说《雪人》获第四届全球华语科幻星云奖最佳原创少儿科幻图书银奖。

16　萧星寒

科幻作家，著有少儿科幻小说《章鱼帝国》等。

17　贾煜

新锐科幻作家，其长篇少儿科幻小说《幻海》获第二届少儿科幻星云奖2020年度少年类科幻图书优秀作品奖。

18　胡绍晏（狐习）

科幻作家，其长篇少儿科幻小说《地球重生》获第二届少儿科幻星云奖2020年度少年类科幻图书银奖。

19　梁安早

中国作家协会会员，山村小学教师，出版有短篇科幻小说集《下一站，地球》、长篇少儿科幻小说《异星客》。

20　刘琦

科幻作家，其长篇少儿科幻小说《超能少年》获第二届少儿科幻星云奖2020年度少年类科幻图书优秀作品奖。

21　何涛

科幻作家，其短篇少儿科幻小说《移民九号星》获第十届全球华语科幻星云奖最佳短篇小说银奖，长篇少儿科幻小说《莉亚的梦》获第二届少儿科幻星云奖原创少儿科幻图书征集优秀奖。

22　韦迪

科普科幻作家，其长篇少儿科幻小说《太阳熄灭以后》获第二届少儿科幻星云奖原创少儿科幻图书征集银奖。

23　尹代群

四川省科普作家协会会员，其长篇少儿科幻小说《妖树》获第二届少儿科幻星云奖原创少儿科幻图书征集优秀奖。

24　李晓虎

科幻作家，其长篇少儿科幻小说《狼背上的女孩》获第二届少儿科幻星云奖原创少儿科幻图书征集优秀奖。

25　刘奕炫

科幻作家、导演。电影作品有《凝望深渊之心灵密码》（2019）、《科学杀人狂》（2016）。其长篇少儿科幻小说《外星异客》获第二届少儿科幻星云奖原创少儿科幻图书征集优秀奖。

26　李建云

科普科幻军旅作家，与周鸣合著长篇少儿科幻小说《西域迷踪》。

中国少儿科幻优秀作品简介

1 《梦游太阳系》——张然（1950，天津知识书店）

故事简介：

《梦游太阳系》是一部科普型科幻小说，以梦境为线索，以翻跟斗为航天推进的技术方式。全书分为两大部分：前9章写了主人公静儿与同伴柏英梦游太阳系各大行星的故事，后3章写学校的陈老师为课堂上的同学们解析两个小同学梦游的天文知识。

《梦游太阳系》

从文体的类型来说，前9章属于科幻范畴，而后几章又可以归为科普范畴了，这也是将《梦游太阳系》定义为"科普型科幻小说"的重要依据。

2　《从地球到火星》——郑文光（1954，《中国少年报》）

故事简介：

这是一篇短篇科幻小说，讲的是三个中国少年渴望宇航探险，偷开出一艘飞船前往火星的故事。虽然篇幅不长，情节也不复杂，却是新中国第一篇人物、情节俱备的科幻小说。

3　《割掉鼻子的大象》——迟叔昌（1955）

故事简介：

这是一篇短篇小说，讲述了国营农场的科技人员培育出名为"奇迹72号"的巨大如大象的白猪品种的故事。

迟叔昌的科幻小说是典型的"少儿科幻"。他作品的特点是构思奇妙，故事有趣，语言生动而且贴近少年儿童。他注重科学幻想的科学性，作品中往往有一段话讲明幻想的科学依据。

《割掉鼻子的大象》

4 《古峡迷雾》——童恩正［1960，少年儿童出版社（上海）］

故事简介：

秦军的统帅一看自己付出了惨重的代价，但是只占领了一座空城，不由暴怒起来。"追！追！"他焦躁地下了命令："只要是巴国人，一律砍杀不留！"然而在几天之后，出发追击巴国人的士兵失望地回来了。所有幸存的巴国人在川东的崇山峻岭中消失了，也从历史上永远地消失了。从此以后，这个神秘古国的命运就不再为人所知道。

《古峡迷雾》

千百年来，长江的水不断地奔流着，它的波涛带走了无数的兴亡故事。而这一桩历史上曾经发生过的悲剧，也就湮没在历史的洪流中，逐渐地被人们遗忘了。2000多年后，考古学家杨传德教授和助手陈仪，从一柄青铜剑上发现了古巴国遗迹的线索。他们顺着线索，发现了巴国王子带领幸存的巴国人走进的黄金洞，揭开了巴国历史无人知晓的秘密。这就是《古峡迷雾》的故事。

《古峡迷雾》是童恩正大学时写的一部科幻小说。小说写得并不精细，艺术上也显得比较幼稚。可是，这部小说却有一股非凡的力量，打动着读者，影响了不少的青少年立志向科学进军。今天在考古学、地质学领域的年轻一代科学工作者中，不乏因受《古峡迷雾》影响而献身这两门科学的人。

童恩正的一个研究生就曾对他说："童老师，我是小时候从地摊上看了一本《古峡迷雾》连环画，觉得考古学非常有趣，才立志学考古的。"

5 《布克的奇遇》——萧建亨（1962）

故事简介：

故事是从大家喜欢的小狗布克突然失踪开始的，讲述了小狗布克和杂技团驯兽师小李，小李的同事以及邻居之间让人暖心的故事，描绘了当时中国社会的风土人情，以布克遭遇交通事故死亡以及后来的复活，引出了近代医学研究所的故事。

故事既描写了市民间朴素的人际关系，也写了近代医学研究所和姚良教授的研究成果，两者对比鲜明，读来非常有趣。最后，通过手术治愈了腿疾的小惠和布克，与教授一起在杂技演出中获得了很大成功。

6 《北方的云》——刘兴诗（1962）

故事简介：

这是一部有关气象的科幻作品。作者在小说中这样设想：内蒙古克什克腾旗的沙漠可能起沙，对北京产生威胁，运用渤海湾人工蒸发制造雨云进行空中调水的方法可以治理这里的沙漠。

7 《世界最高峰的奇迹》 —— 叶永烈（1977，《少年科学》）

故事简介：

故事讲述科学家在珠穆朗玛峰的悬崖上发现了一窝恐龙蛋化石，其中一枚恐龙蛋因被松脂裹住，并未石化。科学家设法将其孵化，孵出一头恐龙。

《世界最高峰的奇迹》

8 《小灵通漫游未来》—— 叶永烈 [1978，少年儿童出版社（上海）]

故事简介：

小说描述了小记者小灵通漫游未来市的种种见闻和感受，展示了科学技术的发展远景。

《小灵通漫游未来》之所以如此受欢迎，是因为它"全景式地展现了未来世界的图景，契合当时人们对2000年的向往之心"。

《小灵通漫游未来》

9　《飞向人马座》——郑文光（1979，人民文学出版社）

故事简介：

未来世界的人们陷入了太空争夺战，由于敌人偷袭基地，宇宙飞船"东方号"意外升空，飞向人马座。"东方号"上的飞行员邵继恩、邵继来与亚兵在超重的情况下昏睡了七天七夜，后来利用黑洞的惯性向地球飞去，途中遇到"前进号"，"前进号"将他们带回地球。

《飞向人马座》

10　《霹雳贝贝》——张之路
［1987，少年儿童出版社（上海）］

故事简介：

这是一部充满幻想又耐人寻味的小说。主人公刘贝贝从出生起，身上就带电，他捏住灯泡，灯泡会亮；手指指向电铃，电铃会响；碰到谁谁就会触电。爸爸妈妈不敢亲吻他，同学和小朋友也不敢接近他。贝贝只能与小狗做伴。有一次，贝贝在暴雨的夜晚搀扶一个盲人老爷爷的时候，老爷爷居然重见了光明。贝贝被送进科学院隔离，被各种仪器测

《霹雳贝贝》

试。贝贝更孤独了。在同学们的帮助下，贝贝逃出研究所，登上了长城，向外星人呼唤："我不要带电……"

这部小说被搬上银幕，成为一代孩子的美好记忆。

11　《魔表》——张之路（1991，湖南少年儿童出版社）

故事简介：

小康是个弱小的男孩，他渴望很快长大，不再受欺侮。一次偶然的宇宙爆炸，一块不明飞行物的残片被阴差阳错地当作机芯装进了流水线上正在组装的电子表，这块表恰好被小康的爸爸买来了。

有一天，小康无意中将一片药片当作电池装进表内，顷刻间小康变成了一个大小伙子。他又惊又喜，可父母却把他当作小偷。老师和同学们无法相信他就是小康，警察差点把他送进精神病院。他的喜悦烟消云散了，开始寻找把自己变回去的方法。但是这块表不断地给他带来麻烦。为了谋生，他去当玩具售货员，由于他天真无邪的童心得到孩子们的呼应，销售量奇迹般地上升。经理很赞赏他，派他去玩具厂订购大量玩具，扩大销路。可途中，他又阴差阳错地被校长当成新来的模范教师，推上原先所在班级的讲台。

在他的指挥下，班级里的调皮鬼变成乖孩子，但他仍然无法让同学们相信他就是小康。

在一次足球比赛中，玩具店经理偷走小康的电子表，由于滴入了水，表的魔力被激发，结果经理变成了一个小胖子。一场突如其来的阵雨，使本来要获胜的球队一败涂地，也使小康与经理突然发现自己恢复了原状。

小康终于重返充满梦幻的童年时代。

该作品获第二届宋庆龄儿童文学奖。由张之路担任编剧的同名电影1990年上映。

12　《非法智慧》——张之路（2001，北京少年儿童出版社）

故事简介：

这是一部惊险科幻小说，故事发生在中学校园里。

女孩桑薇发生意外，得到了梦九中学学生陆羽的帮助。一年后桑薇考入梦九中学，她惊讶地发现她心目中的优秀男孩陆羽已经改名"梅山"，与以前判若两人。陆羽的父亲是医学院脑外科专家陆翔风，正值事业辉煌时却死于煤气爆炸。陆羽的伯父也从这个城市消失得无影无踪。与此同时，桑薇的不少同学也在发生着奇怪的变化：衣领上出现了七星瓢虫的图案；有的人学习成绩突然提高了；有的人在做了一个怪梦后变得莫名其妙。

在桑薇追查事情原委的时候，危险接踵而来。危急时刻，一个被大家看成智力障碍者的男孩郭周帮助了她。他们决心解开谜团，救出那些他们始终关爱的同学和朋友。

这部小说也被拍成了电影（张之路编剧），更名为《危险智能》；同时被中央电视台拍摄成电视剧《非法智慧》。

该小说获第五届全国优秀儿童文学奖、第六届宋庆龄儿童文学奖金奖。

13　《极限幻觉》
——张之路（2004，湖北少年儿童出版社）

故事简介：

传闻飞碟神秘地降落在S市市郊的森林公园附近，市民们好奇而又恐慌，但没有一个人亲眼看见过飞碟。就在此时，艺术学院附小的一个男孩神秘失踪，警方迅速介入，却始终不能破案，而且奇事怪事还在这座城市不断发生。一种叫"疯狂的兔子"的游戏光碟能够改变一个人的认知，接触者都变得没有人性且疯狂，行动完全受到一种未知力的控制；更可怕的是，带来游戏光盘的神秘人就酷似那个失踪的男孩……公安局和宇航安全局的警官以及失踪男孩的"姐姐"跟踪追击，意外地发现科学家袁教授和一位"业余科学家"孟老头一明一暗地与"飞碟""兔子"保持着若隐若现的联系，直到有一天人们看到了一个意想不到的"极限幻觉"的事实：袁教授和孟老头原来是同一个人！

作品继承了作者张之路特有的创作风格，故事跌宕起伏，情节环环相扣，运笔从容、冷峻大气，字里行间却悄然融入了作者强烈的人文关怀，是一部内涵丰富、思想深刻、可读性极强的少年科幻作品。

《极限幻觉》似乎是《非法智慧》的姊妹篇，延续了作者的"智慧路线"，为人们描绘了一个科学家的"双重人格"所展现的两个全然不同又互为表里的"极限幻觉"世界，给人耳目一新的阅读快感与发人深省的阅读体会。

　　小说获第七届全国优秀儿童文学奖，并被改编成电影《疯狂的兔子》
（张之路编剧）。

14　《螳螂一号》
　　——张之路（2003，浙江少年儿童出版社）

故事简介：

　　大学四年级学生黄可在上课的时候，除了教授讲课的声音，耳朵里突然出
现了别人打电话的声音。黄可惊讶而痛苦，他成了一个被迫的"窃听者"。

　　回到宿舍，刘教授家的狗居然闯了进来，紧接着，他发现刘教授家的狗
的喉咙里居然发出电话中的声音。为了探寻电话里的声音的秘密，黄可以优
异的成绩考到刘教授门下，成了一名研究生。不料，从此他却被卷入了一场
充满阴谋的追杀之中……

　　一个时时刻刻能听见他人电话通信的人脑，一条能发出人类声音的
狗，一篇不能公开的论文，一桩离奇的失踪案，一个隐姓埋名的物理系博士
生……最后，黄可才知道了刘教授的身世……

15　《小猪大侠莫跑跑·绝境逢生》
　　——张之路（2009，浙江少年儿童出版社）

故事简介：

　　一个是诞生在生命研究所实验室的珍贵可爱的荧光小猪，一个是格外聪

明、自称"大侠"的校园名人。谁也没有想到，他们一起误入了神秘的"极限穿越器"。

这个穿越器可以传递物质。接下来发生的一切谁也无法控制。

大侠和小猪的命运从此被彻底颠覆。谁是小猪？谁是大侠？他们会经历怎样的危机？他们如何才能化险为夷、找回自己……

该作品获第八届全国优秀儿童文学奖。这本书获奖以后，作者又续写5本。现在《小猪大侠莫跑跑》一共有6本。

16　《小心，猫房间》
——张之路（2010，人民文学出版社）

故事简介：

故事讲述从小具有超常记忆力的短跑运动员毕方和队友们一起来到异国他乡，参加国际性的田径比赛，在比赛组委会的安排下，他们入住了一家奇特的饭店——所有的窗户都是猫头造型。神秘的事件一起接一起地发生：一只忽然出现的白猫，一位具有特异功能的超人，一个看似友善却处处透着古怪的"未来人"家庭，一张有猫头标志的房间号清单……事实的真相远远超出所有人的想象。

17　《少年冒险侠》第一季——超侠
获第四届全球华语科幻星云奖最佳原创少儿科幻图书银奖

故事简介：

校园里的冒险双侠——东方奇、丁野和两个女生值日那天，两个女生先后在学校后山的垃圾站内看到了一双奇异的红色眼睛，接着她们相继失踪了。东方奇和丁野通过调查，发现在垃圾站下有一个机关，他们寻着线索找到开启机关的钥匙，进入了垃圾站下的密室，不但救出了失踪的女生，而且发现下面竟然藏着当年"天邪"组织研制的生化武器——毒虫弹。它能借助人类的邪恶思维，寄生在人体内，将凶残与疯狂传播给其他人，使人丧失人性。他们毁灭了密室，却发现此时唯一一个被毒虫皇寄生的虫人进入假死状态，正在医学院中解剖，他们必须在虫皇被释放之前毁灭它，否则城市将大祸临头，他们，还来得及吗？

18　《校园三剑客》——杨鹏
获第五届全球华语科幻星云奖最佳原创少儿科幻图书金奖

故事简介：

彗星就要撞击地球了！为了保卫地球，数以千计的核弹头，在同一时间，从不同国家的导弹发射架上向彗星发射出去！就在人们以为警报已经解除时，一块小天体碎片落到了张小开家附近，从此，一些奇怪的事便发生了。孩子们的生物钟被打乱，已经灭绝的霸王龙离奇再现，相声里的关公战秦琼就在眼前上演，一个与张小开一模一样的少年出现，凶恶的骷髅党士兵与少年们展开追逐战……这是怎么回事？校园三剑客最后终于发现，原来这一切都与神秘的异次元世界有关……

19 《魔科传奇》——黄文军
获第五届全球华语科幻星云奖最佳原创少儿科幻图书银奖

故事简介：

公元2500年之后，人类的文明由于一个人、一件事突然走到了拐点。自此以后，人类的生活发生了翻天覆地的变化。又过了1000年，有一个叫伊尔丹的男孩建立了一个全新的帝国，自称初代重楼。在这个魔科世界里，没有动物，没有植物，也没有微生物，只有人类和一种半生物半金属的怪鸟——铁翼龙。在这个帝国里，所有的人一出生，便在眉心注入了光合细胞，以此维持生命。人类还利用这种细胞创造出了一些超级技能——魔科术。又100年过去了，到了四代重楼统治的时候，无数的阴谋交织到了一起，箭在弦上，不得不发！

20 《白鲸传奇》——周志勇
获第五届全球华语科幻星云奖最佳原创少儿科幻图书银奖

故事简介：

这是一套独具特色的以海洋为大背景、以白鲸为主要角色的系列童话故事书，通过主人公——白鲸皮皮在成长的各个阶段所发生的一系列温馨感人、惊险刺激的精彩故事，让孩子们亲近大海。

21 《最后三颗核弹》——左炜
获2014"大白鲸"原创幻想儿童文学奖二等奖、
第六届全球华语科幻星云奖最佳少儿图书金奖

故事简介：

《最后三颗核弹》将读者带入人类面临的前所未有的能源危机场景，石油、天然气、可燃冰、煤炭等全部耗尽，只剩下最后三枚核弹。对光明的渴求使少年主人公精诚所至，梦想成真。他与萤火虫的际遇既充满真实的生活气息，又引发了令人惊叹的与外星飞船来客的相识与相知。外星人可以帮助地球人类解决能源危机，但必须得到那三枚核弹作为返航的动力能源。斗智斗勇的故事随即展开，惊险曲折、波澜叠生。整个故事想象出色、构思精到、叙述流畅，引人入胜。

22 《红帆船科幻馆——奇奇怪史前海洋大冒险》——超侠
获第六届全球华语科幻星云奖最佳少儿图书银奖

故事简介：

《奇奇怪史前海洋大冒险》是"红帆船科幻馆"丛书中的一本，是适合少年儿童阅读的科学幻想小说。本书讲述好奇心极强的小学生奇奇怪，在自家院子的大榕树上发现一枚闪光的三叶虫，捉到它后，竟开始了一段不可思议的史前海洋之旅。通过他的眼睛，读者可以了解到许多史前海洋动物。

23 《未来拯救》——唐哲
获第六届全球华语科幻星云奖最佳少儿图书银奖、2014"大白鲸"原创幻想儿童文学奖三等奖

故事简介：

《未来拯救》是一部将科学和人文成功结合的作品。母亲病重，三位少年穿越时空来到20年后的未来求取治病良药，却遇国际财团垄断经营，且恶意制造病毒。他们通过不懈努力，最终创造了奇迹，改写了命运。小说将穿越和现实相结合，将科学想象建立在反省和批判现实的基础上，认为拯救未来的唯一办法，就是改变现在。作品立意深刻，故事生动，人物形象鲜明且富有个性。

24 《星陨1：丛林中的十字架》——周敬之
获第六届全球华语科幻星云奖最佳少儿图书银奖

故事简介：

150年后，人类送往太空的各种卫星同时感染病毒，一起坠向地球，各种

高科技产品开始惩罚人类。本书讲述高级智能机器人KDA在护送萨缪尔父女南下谋生的途中，智斗科技魔头、消灭机械蝗虫、巧遇沙漠研究所、战胜独裁者的故事。

25　《星陨3：沙漠的狼与公主》——周敬之
　　获第七届全球华语科幻星云奖最佳少儿图书金奖

故事简介：

圣城遭遇变异机器人围攻，危在旦夕。苏哈突围搬救兵，遭到金属象群袭击，昏迷中被"狼犬"救下，送往地下城做实验素材。她死里逃生后，被本书主人公KDA搭救。KDA与"狼犬"携手攻破基地，解救圣城百姓。

26　《你眼中的星光》——马传思
　　获第七届全球华语科幻星云奖最佳少儿图书银奖、
　　2016"大白鲸"原创幻想儿童文学奖一等奖

故事简介：

在一场台风来临时，六年级女生阮小凡看到一幕怪异的景象：一只硕大的章鱼从街上爬过。此后，一连串怪事接连发生：她的小狗失踪；她的妈妈出现反常举动；她所居住的海滨小城的"市标"——一座大铁锚雕塑，居然凭空消失了！

此后，阮小凡遇到一个研究地外文明的社团。他们联起手来，去探寻这些怪异事件背后的秘密，最终发现了一个关于外星人的惊人事实……

27 《冰冻星球》——马传思
获2017"大白鲸"原创幻想儿童文学奖一等奖、
第八届全球华语科幻星云奖最佳少儿中长篇小说金奖

故事简介：

主人公塞西生活在一颗叫作"拉塞尔星"的冰冻星球上。有一次，他和同伴恩雅、伊吉一起，去巨石高地抓捕波波鸟。不料，一场冰雪风暴突然袭来，塞西被困巨石阵中，意外得到了一个神秘的黑匣子。此后，他们经历了一系列神奇的历程：在途中，拉塞尔星遭遇了阿贝尔星大红斑的冲击，末日快要来临；与此同时，一个关于星球文明快速崛起又瞬间凋零的秘密在他们面前徐徐展开……

28 《超侠小特工》第一季——超侠
获第八届全球华语科幻星云奖最佳少儿中长篇小说银奖

故事简介：

《超侠小特工》第一季由《金字塔顶跳舞的木乃伊》《麦田怪圈里的龙》《百慕大魔鬼人》《亚特兰蒂斯重现世界》组成，讲述的是小学生奇奇怪成为小特工后，和队友龙玲珑、N博士一起，大战邪恶的邪帝魔狂，破解一个个世界奇案，将众多的世界未解之谜揭开，在幽默、惊险的情节里，在脑洞大开的科幻设定中，进行一次次冒险的侦探奇侠故事。

29　《小鱼大梦想》系列——陆杨
获第八届全球华语科幻星云奖最佳少儿中长篇小说银奖

故事简介：

该系列丛书讲述了江豚江晓迪为了寻找父亲，只身从长江来到太平洋，结识了海豚米米、剑鱼卡罗、旗鱼菲尔德、电鳗曼特斯、章鱼比尔盖亚，组建"海洋冒险团"一起探索海洋和寻找父亲的故事。这套书不仅海洋知识丰富，还可以让小读者在这段充满"寻亲梦""探险梦"和"环保梦"的科幻故事中，早日建立"建设海洋强国"的意识。

30　《世纪之约》——汪玥含
获第八届全球华语科幻星云奖最佳少儿中长篇小说银奖

故事简介：

本书讲述了即将升入初中的男孩周小文与白砾星公主谷伢一起拯救白砾星球的故事。周小文在随父亲出海打鱼的过程中，不慎跌入海中，随后穿越星门，来到白砾星球，遇到了白砾星公主谷伢。在两人游历白砾星的过程中，黑暗势力来袭，他们想攻占白砾星。于是小文带着谷伢回到地球搬救兵，想要帮助白砾星逃过一劫。这部作品涉及友情、亲情、和平、责任和使命等命题，对引导青少年树立远大志向、培育美好心灵具有积极作用。

31 《奇迹之夏》——马传思
获2018"大白鲸"原创幻想儿童文学奖特等奖、
第九届全球华语科幻星云奖最佳少儿中长篇小说金奖

故事简介：

少年阿星一直对雾灵山上的那道转瞬即逝的光充满好奇，可那光是什么，却没有人能给出答案。一场低强度的地震后，阿星和同学们去雾灵山野人沟探险，并带回来一只生命垂危的小虎崽。至此，离奇的事情便接连发生。城市上空的金雕、闯入院子里的剑齿虎和穿着怪异的神秘女孩……阿星会有危险吗？这些来自远古时期的人和动物怎么会在这里，这会和那道神秘的光有关吗……

32 《心灵探测师》——徐彦利
获第十届全球华语科幻星云奖最佳少儿中长篇小说金奖

故事简介：

《心灵探测师》讲述了富家公子白浪与贫寒孤儿李小仙因为外星人的侵入，同意进行身份互换以考察地球人的心理波动，由此引起了各种戏剧性冲突的故事。在不同的物质与精神环境中，两个孩子面对各种考验，表现出人性的善与恶，清晰呈现出不同的心理行动轨迹。

33　《宇宙冒险王：勇闯黑森林》——彭绪洛
获第十届全球华语科幻星云奖最佳少儿中长篇小说银奖

故事简介：

公元2200年，地球上不可再生资源面临枯竭，能源问题已经严重威胁到人类生存，只有找到宇宙大爆炸时留下的能量碎片，才能从根本上解决能源问题。为了收集能量碎片，科学家们发明了冒险王虫洞飞船，利用空间翘曲技术瞬间到达遥远的星球。

四位来自不同大陆的少年，巫子涵、伊赛亚、穆巴砂和白若曦，他们初出茅庐、不畏艰险，为了人类最后的希望和梦想，通过了难度极高的龙骑士等级考试，成为优秀的"圣甲龙骑士"。他们组成团队，登上了"深蓝"号冒险王虫洞飞船，开始了波澜壮阔、探寻太空新能源的宇宙大冒险……

34　《蝼蚁之城》——马传思
获首届少儿科幻星云奖2019年度中长篇小说金奖

故事简介：

故事始于沙漠小镇平静的日常生活，太阳耀斑猛烈爆发，人类文明严重受挫；与此同时，一种沉睡亿万年的古生菌类重见天日，导致蚂蚁种群产生异变。蚂蚁文明凭借由信息素网络强化的集体智能，占领人类土地，建造起钢铁城市，与人类文明展开交锋……

作为生态题材科幻作品，本书通过一群少年的视角去呈现生态危机可能带来的灾难景象，并借助"蚁族文明崛起"的设定来反思人类文明，是一本融成长性与思想性为一体的少儿科幻佳作。

35　《开心机器人·神秘机器人》——凌晨
获首届少儿科幻星云奖2019年度中长篇小说银奖

故事简介：

好脾气的徐小胖、学霸张小磊、小霸王宋东发现他们居然穿越到了两个月前，无法理解穿越一事的徐小胖吵着要回家，却看到了另一个自己。他们成为正常时间线上多出来的人。经过讨论，他们决定等待时间线回归正常。如何度过这突然多出来的、没有人管的两个月，三个人决定做一些在一般人看来是异想天开的事。机器人"开心"依靠废旧汽车零件制造出了神奇的飞行器，他们踏上了惊险刺激的度假之旅……

36　《无边量子号·启航》——江波
获首届少儿科幻星云奖2019年度中长篇小说银奖

故事简介：

故事发生在 23 世纪，人类已经成功地在月球和火星建立了长久基地，并建造了最先进的航空母舰"无边量子号"，开始了对"第二地球"的探索。为了更好地开拓宇航事业，航天总局决定挑选一群少年登上"无边量子号"，加入"第二地球"项目。李子牧和林强这一对好朋友凭借着扎实的天文知识和过人的胆识，通过各种关卡，成功地登上了"无边量子号"，踏上了探索星空之旅。

37 《道格的秘密》——陈茜
获首届少儿科幻星云奖2019年度短篇小说金奖

故事简介：

《道格的秘密》讲述一个意外失去父母的小女孩通过定制机器人服务，重获母爱、父爱的故事。

38 《大战超能机器人》——姜永育
获首届少儿科幻星云奖2019年度科普型科幻小说银奖

故事简介：

《大战超能机器人》讲述杰姆博士发明的超智能机器人安迪在具备了人类思维和高智商之后，背叛主人并与人类为敌。它在成功制造出数个替身的同时，还控制了大批机器人。在它的带领下，机器人军团妄图通过意识窃取等手段盗取人类智慧，颠覆并控制人类。在巨大的生存危机面前，人类与机器人大军展开了惊心动魄的较量。

39　《中国轨道号》——吴岩
获第二届少儿科幻星云奖2020年度中长篇小说金奖

故事简介：

故事发生在1972年，空军装备研究所接到军委紧急命令，要在两年内把中国第一艘载人飞船"中国轨道号"送上太空。军装所的孩子为此欢欣鼓舞，但又必须守口如瓶。这些从小就立志要飞向蓝天保卫国家的少年，在父母一辈模范的引导下，最终将自己融入伟大的事业，并由此成长为努力、坚守、正直和懂得关爱的新人。而他们所参与的那些发明和发现，不但会让中国人在太空中画出一条自己的轨道，还将在更多的方面改变这个世界的面貌。小说以一群孩子的视角，呈现了中国航天技术在一个独特时代的发展景观，呈现了一个国家创新能力上升过程的缩影，传递了勇于创新的筑梦精神和坚持不懈的逐梦精神。

40　《超侠小特工》第二季——超侠
获第二届少儿科幻星云奖2020年度中长篇小说银奖

故事简介：

《超侠小特工》第二季延续了第一季的人物设定，共5册，分别是《神秘水怪来袭》《大战超级水怪》《彗星魔蛋校花拳》《与迷你恐龙同行》《迷你恐龙大战巨型异虫》。作品脑洞大开，讲述了风靡世界的水怪传说、神秘

莫测的彗星蛋故事和惊险刺激的恐龙与异虫之战，不仅有悬念十足、诙谐幽默的故事情节，亦有风格独特、独具匠心的科幻元素，可激发青少年想象力，满足其好奇心和求知欲，更能使其在哈哈大笑之余，体会到故事背后善良的人性与真正的童心。

41 《爸爸的秘密》——凌晨
获第二届少儿科幻星云奖2020年度短篇小说金奖

故事简介：

在以虚拟和模仿技术建立的未来，田远航和田星宇姐弟两人遇到许多有趣的事情。有一次他们探究爸爸为什么不回家，挖出了一个有关整个人类的秘密。《爸爸的秘密》这一短篇少儿科幻小说，以少儿的心态和语言，生动、细腻地描写了孩子们寻找爸爸的"科学"过程，讴歌了科学工作者无私忘我的奉献精神。故事充满童趣，小说主题积极向上。

42 《突如其来的明天》——谭丰华
获2015"大白鲸"原创幻想儿童文学奖一等奖

故事简介：

一通连线、三道题目让11岁的胡小斌成了联合政府的新一任总统，"小孩管理世界"的游戏纪元开始了：设计出一款"经营全世界"的游戏来选拔人才；政府各部门纷纷出台让人眼花缭乱的游戏政策；"好吃死了"公司让孩子们在"冰激凌节"过足了瘾……而小总统又想到了新主意——乘坐"不朽征途号"寻找格利斯星球……

43 《戾天》——叶心
获2015"大白鲸"原创幻想儿童文学奖三等奖

故事简介：

看着水中自己的倒影，戾天百思不得其解，自己为什么跟其他的金雕不一样。除了翅膀和尖利的爪子，自己和人类也没什么不同。难道自己是人类？自己的爸爸妈妈是谁？

戾天义无反顾地飞向城市，严重的雾霾让他看不清城市的模样，他决定将冒出黑烟的烟囱堵住。"捣乱"的戾天被人类大肆追捕，东躲西藏的他却在人类遇到鸟灾、鼠灾、蛇灾时一次次挺身而出……

44 《拯救天才》——王林柏
获2016"大白鲸"原创幻想儿童文学奖特等奖、
全国优秀儿童文学奖

故事简介：

天才少年麦可拥有一个智商惊人的大脑，却解不开如何与人相处这道难题。当他为此愤怒灰心，甚至喊出"我再也不想待在这个世界"的时候，一个飞碟突然出现了。这是一台来自未来世界拯救天才协会的时光机。阴差阳错之中，麦可和好朋友乔乔乘坐时光机来到了西周时期的中国，去拯救一个叫作"偃师"的天才工匠，然而意外连连，单纯的任务变成了一次冒险之旅，木乙、造父、周穆王接连登场，牛顿、阿基米德等人也在时空中交错。在这趟极不寻常的旅行中，到底是谁获得了拯救？

45　《重返地球》——彭绪洛
获2016"大白鲸"原创幻想儿童文学奖三等奖

故事简介：

作为一名宇航员，我和一个国际组织一起去外太空寻找新的可供人类生存的星球。出了太阳系之后，飞船失控，宇航员全部昏迷……我醒来时，发现其他队友依然昏迷，飞船已经从外太空回到了太阳系。孤立无援的我只能先把飞船开回地球。然而，此时的地球已经一片荒凉，没了人影……

46　《真人》——王晋康
获2016"大白鲸"原创幻想儿童文学奖三等奖

故事简介：

十三岁的女孩纪嫒嫒被送到了一个"潜能激活夏令营"。这个夏令营在一个几乎封闭的军事区举办，七名参加夏令营的成员都是学生，都具有某种特殊才能，如感应电磁、快速心算、闻香识人等，而夏令营宣称，其目的是激发每个人的潜能，让他们学会其他成员的本领。

但是，唯有纪嫒嫒洞悉内情，知道其真实目的是"真人版图灵测试"——在成员之中寻找大脑被改造过的新智人。经过与伙伴们的一系列接触和秘密调查，纪嫒嫒发现了新智人的秘密。

47 《鲸灵人传奇》——张军
获2017"大白鲸"原创幻想儿童文学奖三等奖

故事简介：

流落在地球上的海螺舟人伴随着人类的历史进程而存在，成为地球上最神秘的鲸灵人。两千多年后，寻找父亲的少年冯恩恩突遭鲸灵人劫持，进入神秘的平行大陆，开启了鲸灵岛的神奇之旅。意外的结局、奇妙的故事……这是一部以中国古代传说为灵感而构思的探险故事，一部展现父子亲情的少年成长科幻小说。

48 《凌波斗海》——凌晨
获2017"大白鲸"原创幻想儿童文学奖三等奖

故事简介：

凌波生日那天抽奖抽中了一部手机，他却不开心，甚至还有些害怕！

凌波的爸爸多年前出海失踪，但凌波一直不相信爸爸真的命丧大海，他有一种直觉，爸爸依然还活着，在等着他去拯救。凌波发现幸运手机中有爸爸生还的线索，便根据这线索走进了大海。这时，简称O.S.的海洋调查局紧跟着凌波，他们要干什么？

深深的大海中藏着许多未知的秘密，凌波以他弱小的身躯向大海发出挑战。

49 《大唐故将军》——刘兴诗
获2017 "大白鲸" 原创幻想儿童文学奖三等奖

故事简介：

茫茫西域大漠，漫漫丝绸古路，曾经上演过无数英雄故事，也留下了诸多历史疑谜，让现代学者心生好奇。

青年考古学者邰方聚和他的同事为了获取第一手研究资料，启动了一个大胆的计划——利用时间旅行器到历史现场进行考古。当他们乘坐"时间之舟"来到唐朝初期的西域边塞时，一支干渴将亡的唐代骑兵深深触动了邰方聚的怜悯之心和英雄情结。不顾同事的阻拦，邰方聚毅然跳入一千多年前的历史，为眼前的骑兵指引清泉。等待他的将是怎样的命运？

50 《兔子的平行世界》——蓝钥匙
获2018 "大白鲸" 原创幻想儿童文学奖二等奖

故事简介：

树洞酒吧的一场奇遇，在人类与"平行世界"间建立了奇妙的联系。原来，兔子、猫、老鼠、鳄鱼等所有经过高级进化的生灵，其实一直化身为人生活在我们身边。可是他们之中有不少野心家图谋控制整个平行世界，甚至是人类。一群彼此信任的朋友携手挫败了他们的阴谋。可故事远远没有结束，更大的谜团出现了……

51　《拯救天才之扁鹊篇》——王林柏
获2018"大白鲸"原创幻想儿童文学奖二等奖

故事简介：

麦可、乔乔和木乙乘坐时光机来到法国巴黎，从斩首机下救出了现代化学之父拉瓦锡。在分头拯救库克船长和扁鹊的行动中，木乙在战国意外失踪。麦可和乔乔赶到战国时期，发现木乙失去记忆，而扁鹊早在十多年前已经过世，拯救行动变成令人头痛的一团乱麻。为了唤回木乙的记忆，两个小伙伴展开调查，秦武王、太医李醯、秦始皇等历史人物相继卷入其中。扁鹊能透视人体的秘密、心脏手术的传说、秦王照骨镜究竟为何物……小伙伴们能否在重重迷雾中寻找到答案？在这次冒险中他们又收获到了什么？

52　《大耳博士的房间》——石图
获2018"大白鲸"原创幻想儿童文学奖三等奖

故事简介：

西京路上开了一家小旅店，主人是大耳博士。周小唐对旅店一直很好奇，通过对大耳博士神奇旅店的探索和追踪，他最终发现了关于大耳博士的惊天秘密。

53　《来未来》——史永明
获2018"大白鲸"原创幻想儿童文学奖三等奖

故事简介：

孔正明少年时期与朋友孙正亮偶然发现了山崖"阎王鼻子"里的无线信号，从此一直对信号念念不忘。多年后，二人偶遇，决定结伴探访。

他们历尽艰险找到信号发射的地方——阎王鼻子内部的一个大山洞，山洞里有一个石球。晚上，二人在山洞宿营。孔正明无意间触碰到了石球的开关，石球被激活，石球是地下人类灭绝前制造的56517号自航车。自航车载着孔正明跌入地下黑暗城堡，经过中转站，穿越岩浆河，见到智慧主机，它将孔正明带入一个奇幻却又真实的世界……

54　《逆时小特工》——王轲玮
获2018"大白鲸"原创幻想儿童文学奖三等奖

故事简介：

2166年，校园里暴力欺凌事件愈演愈烈，国际教育联盟决定发明"暴力控制器"来解决这个问题。在多次研究未果的情况下，五年级小学生朵儿意外成为该项目的负责人。但是，合作者亨特博士为了一己私欲，给朵儿设置了一个又一个陷阱，眼看研究就要失败了……朵儿和好朋友小杰在粒子机器人小光的帮助下，在模拟的时空中和孔子、柏拉图探讨公平的问题，努力寻找消除暴力的方法。

55 《时间超市》——源娥
获2019"大白鲸"原创幻想儿童文学奖一等奖

故事简介：

孔小丘为了从"时间超市"里买到心爱的玩具，偷偷使用了妈妈的身份证，没想到妈妈因此患上了急性衰老症。为了救妈妈，孔小丘和同伴决定探查时间超市的秘密，他们发现时间超市的店长居然是伪装成人类的大虫子。在店长的身上，又有着怎样的惊天秘密呢？

56 《少年、AI和狗》——杨万米
获2019"大白鲸"原创幻想儿童文学奖一等奖

故事简介：

于航跟随爸爸去他工作的行星"蓝月亮"过暑假。从休眠保护舱中醒来时，于航发现飞船上空无一人，只有条拉布拉多犬豆豆。飞船遭到了破坏，电脑数据丢失，并且有三颗定时炸弹。无奈之下，于航带着豆豆上了逃生飞船，结识了飞船AI系统来福7，他们一起逃离了即将爆炸的飞船，决定去"蓝月亮"寻找线索……

57　《多多有一个自由门》——木彬
获2019"大白鲸"原创幻想儿童文学奖三等奖

故事简介：

多多无意间捡到了一个可以带他去任何地方的自由门，可是不久这个秘密就被经常欺负他的同父异母的姐姐西娅知道了。西娅莫名其妙被卷入珠宝盗窃案。真正的盗贼为了夺回"雪之心"钻石项链，对西娅穷追不舍。多多利用自由门帮助西娅，却和西娅、徐警官、盗贼"黑熊"一同掉进诡异的废墟城市……姐弟之间的亲情在生死攸关中悄然生长……一只神秘的青铜小独角兽带他们进入平行空间，西娅终于打开心结。

58　《星际天地》——任军
获2019"大白鲸"原创幻想儿童文学奖三等奖

故事简介：

小学生骆小天对外星人很感兴趣，他不知道，原来他的身体里就住着一个外星人。因为一次危机，外星人从他的身体里跑了出来。他给这个外星人取名"骆小地"，两人成了特别要好的朋友。有了骆小地，骆小天进行了一系列冒险，实现了瞬间置换，可以"胡作非为"，化解了爸爸妈妈之间的战争……每一次经历都让骆小天获得了成长，他终于可以勇敢地面对骆小地的离开。他对未来充满信心。

59 《手机里的孩子》——周昕
获2020"大白鲸"原创幻想儿童文学奖特等奖

故事简介：

女孩小顺在生日那天许愿，希望自己能进入手机里，这样患有手机依赖症的爸爸妈妈就可以天天抱着自己看了。然而她的愿望并没有立即实现，可在随后的一次遭遇中，她和自己的企鹅朋友阿呆真的进入了手机里，从此有了一连串的历险和奇遇，还误打误撞地揭露了一个可能影响全人类的大阴谋……

60 《高原水怪》——刘虎
获2020"大白鲸"原创幻想儿童文学奖一等奖

故事简介：

科学家常春在学生陆鹏的邀请下前往祁连山，在一座高原堰塞湖中探寻水怪的秘密。在种种惊险离奇的遭遇之后，他发现恐怖的水怪居然与数十年前自己发现的远古鱼类化石有着千丝万缕的联系。就在众人以为事件尘埃落定时，意外出现了，远古生命的奇迹在新的环境中继续上演。

61 《尺蠖俱乐部》——李维北
获2020"大白鲸"原创幻想儿童文学奖二等奖

故事简介：

少年方舟无意间加入了一个叫作"尺蠖俱乐部"的奇怪组织，他发现这个组织的人都有一个伪装身份，如老师、作家、厨师，他自己则伪装成了机器人。在帮助每一个人的过程中，他也渐渐发现了尺蠖俱乐部成立的真正目的，创始人希望大家都能愿意做自己，而不是成为只是羡慕别人的人。

62 《超凡飞手》——茶橙
获2020"大白鲸"原创幻想儿童文学奖三等奖

故事简介：

2025年，6G技术让无人机的运用得到飞速发展。从快递运输到抢险救灾，从城市管理到医疗急救，无人机已经普遍应用到社会各个领域，社会亟需更多的无人机人才。以培养无人机人才为目标的"无人机学校"开始降低入学年龄标准，面向社会招收年满12岁的少男少女。操控无人机的操控员通常被人们称为"飞手"，这些来自无人机学校的小飞手们将使用无人机完成一个个精彩的超凡任务。

63 《试管里的大象》——曹琳琳
获2020"大白鲸"原创幻想儿童文学奖三等奖

故事简介：

女孩莉伢和爸爸生活在鲸骨岛上，这里是与世隔绝的生物实验基地。爸爸一天到晚忙于工作，孤单的莉伢多么希望有人陪陪她。偶然间，莉伢发现了试管大象，大象带着她认识世界，抚慰她脆弱的心灵，给了她久违的父爱般的温暖。然而，鲸骨岛上所有的试管大象正面临被销毁的危险，莉伢决心拿出勇气来守护她的"爸爸"……

新中国少儿科幻大事记

1950年12月

天津知识书店出版"新少年读物"系列丛书中的《梦游太阳系》一册，作者张然。

1951年

薛殿会的《宇宙旅行》发表。

1955年2月14日至2月21日

郑文光的《从地球到火星》分两期在《中国少年报》上发表，这是新中国第一篇有影响的科幻小说。

1955年

郑文光的少儿科幻小说集《太阳探险记》由少年儿童出版社（上海）出版。

1956年6月1日

中国少年儿童出版社（北京）成立，这是共青团中央领导的中国唯一的国家级专业少年儿童读物出版社，成为孕育中国少儿科幻小说的温床。

1956年

鲁克的《到月亮上去》发表。

1956年6月

迟叔昌的科幻小说《割掉鼻子的大象》发表。

1956年

儒勒·凡尔纳的科幻小说《格兰特船长的儿女》由中国青年出版社出版。

1957年

郑文光的科幻小说《火星建设者》在世界青年联欢节上获得了科幻小说奖。

1960年

《我们爱科学》杂志创刊，并组织发表少儿科幻小说。

1960年

童恩正创作的《五万年以前的客人》在《少年文艺》1960年第三期发表。

1960年

童恩正的《古峡迷雾》由少年儿童出版社（上海）出版。

1960年

王国忠的《海洋渔场》发表。

1961年

刘兴诗的《地下水电站》发表。

1961年

儒勒·凡尔纳的科幻小说《海底两万里》由中国青年出版社出版。

1962年

刘兴诗的《北方的云》发表。

1962年

郑文光的《布克的奇遇》《奇异的机器狗》发表。

1965年

江苏人民出版社出版萧建亨的科幻专集《奇异的机器狗》，这是十七年初创期出版的最后一本科幻读物。

1976年

叶永烈的少儿科普型科幻小说《石油蛋白》在《少年科学》创刊号上发表。

1977年

叶永烈的《世界最高峰的奇迹》在上海《少年科学》1977年第二期、第三期上连载。

1978年

郑文光的《飞向人马座》出版。

1978年

童恩正的《珊瑚岛上的死光》由少年儿童出版社（上海）出版。

1978年

叶永烈的《小灵通漫游未来》由少年儿童出版社（上海）出版，发行了150万册，后累计发行超过了300万册。

1979年3月12日

当时的文化部和中国科学技术协会隆重举行大会，授予叶永烈"全国先进科学普及工作者"光荣称号。

1979年

四川省科普创作协会主办的《科学文艺》杂志（《科幻世界》前身）创刊。

1979年

萧建亨的《金星人之谜》在《科学文艺》创刊号上发表。

1980年

萧建亨的《金星人之谜》、迟叔昌的《割掉鼻子的大象》的日译本在日本出版。日本太平出版社出版了一套八卷本的《中国儿童文学》，第一卷、第二卷分别为萧建亨、迟叔昌的少儿科幻小说。

1980年

刘兴诗的《美洲来的哥伦布》由四川人民出版社出版。

1982年

郑文光的长篇少儿科幻小说《神翼》出版。

1982年4月24日

《中国青年报》的"长知识"副刊刊发鲁兵《不是科学，也不是文学》一文，批判叶永烈的科幻小说《自食其果》。

同年12月21日《中国青年报》的"长知识"副刊刊发文章，同时批判叶永烈和童恩正。

1983年

《中国青年报》的《科普小议》栏目继续发表批判叶永烈、童恩正、魏雅华等的文章。

1984年

《科学时代》停刊。

1986年5月

《智慧树》杂志停刊，中国只余《科学文艺》一家杂志刊发科幻小说。

1987年

张之路的长篇科幻小说《霹雳贝贝》由少年儿童出版社（上海）出版。

1988年

《霹雳贝贝》被中国儿童电影制片厂改编成电影，上映后受到小观众欢迎。

1988年10月

《课堂内外》小学版开辟《科幻小说》专栏，举办"少儿科幻小说征文大赛"。

1990年

张之路的《魔表》被中国儿童电影制片厂拍摄成电影上映。

1991年

张之路的长篇少儿科幻小说《魔表》由湖南少年儿童出版社出版。

1991年5月

规模宏大的世界科幻协会年会在成都召开，开幕式上举办了"星座奖"颁奖典礼，并于会后出版了《星座奖获奖作品集》。

1995年

杨鹏在《东方少年》杂志上发表科幻短篇《装在口袋里的爸爸》。

1998年

杨鹏针对小学高年级及初中学生创作的少年科幻小说系列《校园三剑客》出版。

1999年

中国福利会儿童艺术剧院推出由杨鹏、李涵编剧，根据《校园三剑客》改编的大型科幻舞台剧《带绿色回家》，该剧为新中国成立五十周年上海市晋京献礼剧目。

2001年

张之路的长篇少儿科幻小说《非法智慧》由北京少年儿童出版社出版，获第五届全国优秀儿童文学奖科学文艺专项奖。

2004年

张之路的《极限幻觉》由湖北少年儿童出版社出版。

2004年

大型儿童科幻电视剧《快乐星球》在中央电视台黄金时段播出，引起热烈反响。

2007年

《极限幻觉》获第七届全国优秀儿童文学奖科学文艺专项奖。

2009年

《校园三剑客》动画片在中央电视台一套六一儿童节黄金时间播出。

2013年

第四届全球华语科幻星云奖设立最佳原创少儿科幻图书奖，杨鹏的《超时空大战》获金奖，伍剑、超侠、程婧波、陆杨的作品获银奖。

2014年

大连出版社启动"大白鲸"原创幻想儿童文学奖评选活动，至2021年，该活动举办了八届，评选出大量优秀少儿科幻作品，特别是重文学流派作家马传思、王林柏等的优秀少儿科幻作品。

2014年

第五届全球华语科幻星云奖少儿科幻图书奖在北京颁奖，杨鹏的《校园三剑客》获最佳原创少儿科幻图书金奖。

2014年

第一届"大白鲸"原创幻想儿童文学奖颁奖典礼在辽宁省大连市举行，王晋康的少儿科幻小说《古蜀》获特等奖。

2015年

第六届全球华语科幻星云奖少儿科幻图书奖在成都颁奖，左炜的《最后三颗核弹》获最佳少儿图书金奖。

2015年

第九届全国优秀儿童文学奖颁奖，刘慈欣的《三体Ⅲ·死神永生》获奖。

2016年

第七届全球华语科幻星云奖少儿科幻图书奖在北京颁奖，周敬之的《星陨3：沙漠的狼与公主》获最佳少儿图书类金奖。

2016年

第三届"大白鲸"原创幻想儿童文学奖颁奖典礼在辽宁省大连市举行，王林柏的少儿科幻小说《拯救天才》获特等奖。

2016年

全国中学生科普科幻作文大赛组委会与全球华语科幻星云奖联合推出最佳青少年作品奖，并在全球华语科幻星云奖颁奖典礼上颁奖。

2017年

第八届全球华语科幻星云奖少儿科幻图书奖在北京颁奖，马传思的《冰冻星球》获最佳少儿中长篇小说金奖。

2018年

第九届全球华语科幻星云奖少儿科幻图书奖在重庆颁奖，马传思的《奇迹之夏》获最佳少儿中长篇小说金奖。

2018年

第五届"大白鲸"原创幻想儿童文学奖颁奖典礼在辽宁省大连市举行，马传思的少儿科幻小说《奇迹之夏》获特等奖。

2018年

第十届全国优秀儿童文学奖颁奖，王林柏的长篇少儿科幻小说《拯救天才》和赵华的长篇少儿科幻小说《大漠寻星人》获奖。

2019年

第十届全球华语科幻星云奖少儿科幻图书奖在重庆颁奖，徐彦利的《心灵探测师》获最佳少儿中长篇小说金奖。

2020年

第七届"大白鲸"原创幻想儿童文学奖颁奖典礼在辽宁省大连市举行，周昕的少儿科幻小说《手机里的孩子》获特等奖。

2021年10月

首届和第二届少儿科幻星云奖在重庆颁奖，马传思的《奇迹之夏》、吴岩的《中国轨道号》分获首届、第二届少儿中长篇小说金奖。

2021年

第十一届全国优秀儿童文学奖颁奖，马传思的《奇迹之夏》和吴岩的《中国轨道号》获奖。

本卷主要参考文献

1. 迟叔昌，于止. 割掉鼻子的大象[M]. 北京：中国少年儿童出版社，1956.

2. 郑文光. 黑宝石[M]. 北京：中国少年儿童出版社，1956.

3. 童恩正. 古峡迷雾[M]. 上海：少年儿童出版社，1960.

4. 凡尔纳. 神秘岛[M]. 联星，译. 北京：中国青年出版社，1957.

5. 迟叔昌. 大鲸牧场[M]. 北京：中国少年儿童出版社，1963.

6. 叶永烈. 小灵通漫游未来[M]. 上海：少年儿童出版社，1978.

7. 童恩正. 谈谈我对科学文艺的认识[J]. 人民文学，1979（6）.

8. 萧建亨. 梦[M]. 南京：江苏人民出版社，1979.

9. 肖建亨. 金星人之谜[J]. 科学文艺，1979（1）.

10. 郑文光. 飞向人马座[M]. 北京：人民文学出版社，1979.

11. 童恩正. 古峡迷雾[M]. 上海：少年儿童出版社，1987.

12. 谭力，覃白. 太空修道院[J]. 科幻世界，1991（1）.

13. 鲁迅. 《月界旅行》辩言[M]//王泉根. 现代中国科幻文学主潮. 重庆：重庆大学出版社，2011.

14. 叶永烈. 是是非非灰姑娘[M]. 厦门：福建人民出版社，2000.

15. 刘慈欣. 从大海见一滴水[M]//刘慈欣. 白垩纪往事魔鬼积木. 武汉：长江文艺出版社，2008.

16. 吴岩. 科幻文学理论和学科体系建设[M]. 重庆：重庆出版集团重庆出版社，2008.

17. 尹传红. 让艺术给科学插上翅膀[J]. 科普研究，2008（2）.

18. 尹传红. 用文学的笔触来释读科学[J]. 科普研究，2009（1）.

19. 萧建亨. 布克的奇遇[M]. 武汉：湖北少年儿童出版社，2009.

20. 叶至善. 叶至善序跋集[M]. 北京：首都师范大学出版社，2009.

21. 罗伯茨. 科幻小说史[M]. 马小悟，译. 北京：北京大学出版社，2010.

22. 吴岩. 科幻文学论纲[M]. 重庆：重庆出版社，2011

23. 长山靖生. 日本科幻小说史话：从幕府末期到战后[M]. 王宝田，等译. 南京：南京大学出版社，2012.

24. 董仁威. 穿越2012：中国科幻名家评传[M]. 北京：人民邮电出版社，2012.

25. 董仁威. 中国百年科幻史话[M]. 北京：清华大学出版社，2017.

26. 姚利芬. 中国科幻[J]. 科普研究，2020（4）.

27. 董仁威. 中国少儿科幻文学大家谈[M]. 武汉：长江少年儿童出版社，2021.

28. 吴岩. 20世纪中国科幻小说史[M]. 北京：北京大学出版社，2022.

第二卷

中国当代
少儿科幻面面观

当代少儿科幻发展概况

– 马传思 –

近些年，少儿科幻的发展出现两个比较明显的现象：一方面，越来越多的儿童文学作家加入少儿科幻创作队伍；另一方面，也有许多之前主要从事成人科幻创作的科幻作家试笔少儿科幻，尝试开拓新的个人写作路线。由此，少儿科幻呈现出更加多元化的发展态势。

在这样一种新的形势下，我们该如何从总体上去把握少儿科幻的特征，进而引领其向更高水平发展？

具体来说，在我们探讨少儿科幻的发展时，究竟应该从儿童文学的视角，还是从科幻文学的视角切入？从创作主题还是作品属性上去分析，才更能抓住其核心脉络？不同作品的风格特征如何去把握？对这些问题的思考将影响我们对当代少儿科幻发展的理解。

几年前，在中国少儿科幻还刚刚呈现出蓬勃发展的态势之初，我曾和董仁威老师对这些问题做过一番探讨，并写过一些文章相互呼应。时至今日，当初的一些观点仍然没有过时，但需要根据这些年少儿科幻的发展进一步丰富内涵。本文竭力探讨一二，以期抛砖引玉。

1　衡量少儿科幻的三大维度

从文本的角度来说，衡量一部少儿科幻作品的维度何在？在我看来，最基本的三个方面仍然是：（儿童）文学性维度、科学性维度和想象力维度。

少儿科幻作品的读者定位在15岁以下的青少年和儿童读者群。这个群体处于与成人世界关系紧密，却又具有独立自存性的特定人生阶段。他们有看待人生与世界的特定视角（万物有灵论与去魅意识的张力、自我中心与社会意识的张力），有特定的心理特征（不稳定性、可塑性和成长性），也有特定的精神和情感需求（游戏性、探索性与自我实现的愿望，对依赖、归属与认同的追求）。所以少儿科幻作品与其他类别科幻作品的区别之一，就在于作家笔下演绎的故事需要坚持少儿的视角，契合少儿读者的阅读趣味和心理特征，关照少年儿童的心灵成长，进而能引起其心灵的共鸣。

由此，少儿科幻的文学性维度这一话题其实有着丰富的内涵：少儿科幻不管是作为"属于儿童文学的科幻"，还是"属于科幻的儿童文学"（姚海军语），它都需要从儿童文学这一门类中汲取大量的营养，诸如更加多样化的叙事风格和更加个性化的语言风格，美和善的价值赋予，熏陶与引领的功能赋予，等等。

所以，从这个角度而言，少儿科幻与儿童文学在本质上是一脉相承的，这是我们看待少儿科幻时不可忽视的第一大维度。但少儿科幻区别于其他儿童文学门类，进而建构起自身独立价值体系的关键何在？这就不得不提到它的科学性维度。

　　少儿科幻作为幻想儿童文学中的一大门类，它的幻想是建立在"客观真实"和"假想真实"之上，这两种真实感就是由它的科学性维度赋予的。简单地说，少儿科幻作品往往是从某种科学知识、科学理论、科学规律或者科学假设的"真实性基础"出发去架构故事，至少故事的发展不能够违背科学常理。这就让少儿科幻在创作上具有极大的自由度——它并不如很多成人科幻作品一般，非要有过硬的科学内核。但不管如何，少儿科幻之"科学性维度"的存在，赋予这一文学门类以独特的价值——传播科学知识、培养科学思维与科学精神。

　　此外，少儿科幻对科学知识和科学精神的传播，是通过幻想故事的载体进行的。由此，"想象力"是我们分析少儿科幻这一文学门类时需秉持的第三大维度。

　　想象力是人类精神自由发展的一个重要工具，它意味着思维边界的拓宽，它是创造性行动的精神来源。少儿科幻因其对想象力的张扬而拥有无可比拟的独特价值。

　　科幻文学（包括少儿科幻）中的想象力，往往以"科幻创意"的方式呈现，进而上升为"科幻思维"。所谓科幻思维，简单地说就是科学与想象力结合而形成的一种思维方式。科学强调理性、严谨，强调对事物千差万别的表象之下规律性的内在真实的探寻；而想象力的特点是跨界与跳脱。两者结合起来，从一种科学所强调的内在真实和想象力所赋予的无限宽广的时空维度去思考问题，大概就可以称为科幻思维。

　　当然，长期以来，我们对少儿科幻中的科幻创意和科幻思维并没有过高的要求。但这并不能否认一个事实：优秀的少儿科幻作品因其对想象力的张扬，同样可以生发新颖的科幻创意，催生科幻思维。

2 当今少儿科幻的三大主要类型

优秀的少儿科幻作品中，文学性维度、科学性维度和想象力维度一定是和谐共存的。但是由于不同作家对少儿科幻不同属性的坚持和探索，当今少儿科幻总休上呈现出三种主要类型特征：科学型少儿科幻、人文型少儿科幻和科普型少儿科幻。

第一，科学型少儿科幻。

这类少儿科幻作品侧重在科学性和想象力的基础上，生发出足够好的科幻内核，进而去讲一个精彩的故事。这类作品往往带有核心科幻的特征，但不同的作家写作风格各异，有的笔法通俗，有的风格严谨，有的谐趣幽默，有的简练明快，不一而足。

在这类少儿科幻作品中，王晋康的一系列作品值得关注。身为中国当代科幻的代表人物之一，王晋康将其核心科幻的理念贯注于少儿科幻创作中，作品笔法严谨，科幻内核坚实。比如其作品《寻找中国龙》，讲述中学生龙崽和他的伙伴在家乡潜龙山发现了两条真正的中国龙，他们勇敢探索，终发现了两条龙是通过基因改造而成的。作品根据基因合成技术构建了一个足够"硬"的科幻内核。即使从成人科幻的角度来说，这个科幻创意也足够硬核，同时它又是一个适合少年儿童读者阅读的科幻故事。

此外，著名科幻理论家吴岩在少儿科幻创作方面的成就同样值得重视。其少儿科幻作品具备严谨的科幻构思，同时注意营造故事性和可读性。比如其主要作品之一的《生死第六天》，通过少年张潮思的寻父之旅，讲述了人类在宏观世界和微观世界两个相互转换的世界之间逃亡的故事。该小说运用了关于婴儿宇宙、多维时空的科学理论，又提出"霍金转移"等科幻创意，并将之完美融入故事之中。

老一辈科幻作家中，董仁威的少儿科幻作品虽然数量不多，但科学理论扎实，情节冲突性强。其作品《分子手术刀》通过一系列充满情节冲突的科幻故事，成功地铺陈了关于生命科学的一系列科幻创意，虽然故事情节和科幻设定在今天看来充满时代感，但放在40多年前的时代背景下看，却充满创造性。毕竟，我们无法脱离时代背景去衡量一部作品的价值和水准。

杨鹏是一位在少儿科幻方面创作风格成熟，成就突出的作家。其作品想象力丰富，同时善于通过对故事节奏、语言风格等方面的娴熟把控，深度契合少年儿童的阅读兴趣。其主要作品《校园三剑客》系列图书畅销数百万册，产生广泛的社会影响。同时，其作品的创作风格，比如人物形象塑造、科幻创意运用等，也影响了一批新锐少儿科幻作家。

超侠同样是一位值得关注的少儿科幻作家。其作品充满汪洋恣肆的想象力和幽默谐趣的风格特征，镜头感和画面感非常强。其主要作品《超侠小特工》系列成功塑造了奇奇怪等具有鲜明时代感的中国少年英雄形象。

另外，核心科幻代表作家之一江波的《无边量子号》系列，是他向少儿科幻领域拓展的一次尝试。这位作家和他的作品同样值得关注。

第二，人文型少儿科幻。

与上述作家对故事中的科幻创意的追求有所不同，有一类少儿科幻作家，他们侧重在充满传奇色彩的少儿科幻故事中去呈现儿童的心灵成长，去引起儿童对人与人性的思考，以及重视作品的审美价值。

值得一提的是，这类作品离儿童文学的距离相对较近，于是有部分作品可能在科幻创意上没有太多探索，甚至只是套用了一些旧的科幻创意，但讲出来一个纯正的儿童文学故事。当然，其中一些佼佼者，其创作往往力图实现科幻性与文学性的圆融对接。

本人也致力于这种类型少儿科幻的创作，但成果仍然不够丰硕。当然评论界还是给予了足够的褒奖，认为我的少儿科幻作品充满独特的诗意风格，强调作品思想内涵的丰富性与多元性。主要作品《冰冻星球》《奇迹之夏》比较成功地讲述了两个不同世界观背景下的科幻故事。故事背景虽然不同，但用意都在于从一个宽广的时空维度去呈现儿童的心灵成长。新作《图根星球的四个故事》和《蝼蚁之城》竭力在叙事风格、思想主题和科幻创意上做出新的探索。但这些褒奖很大程度上应该被视为鼓励和期许。

赵华是该领域中一位比较成熟的作家，其作品注重思想内涵，语言凝练。主要作品有《疯狂外星人》系列。虽然外星人题材屡见不鲜，但作者用逻辑自洽性很高的科幻创意赋予这个题材以新鲜度，更重要的是，作者力图以外星人为参照系来思考人类和人性。

作为一位在儿童文学领域拥有比较高知名度的作家，彭绪络近年出版了部分少儿科幻作品，比较有代表性的是《重返地球》，这部作品通过一个宇航员回到人类消失之后的地球的故事，向小读者展现了作者对未来的展望和思考。

获得第十届全球华语科幻星云奖最佳少儿中长篇小说金奖的《心灵探测师》（徐彦利著）则竭力以科幻的方式，从少年的视角探讨人性。

在老一辈科幻作家中，张静的作品充满丰富的想象力，注重对亲情主题的描写。主要作品《K星寻父记》是一部优秀的少儿科幻小说。

此外，王林柏的《拯救天才》有一个"适合儿童"的科幻创意，但作品真正的亮点是其对儿童文学创作风格的运用，特别是语言和情节的幽默性，达到驾轻就熟的程度。在《儿童文学》等纯文学期刊上，不时会有优秀的作者和作品出现，比如获得第十届全球华语科幻星云奖最佳少儿短篇小说金奖的《百万个明天》（秦莹亮著）。

第三，科普型少儿科幻。

在这类作品中，不同的作家往往有不同的创作风格和文学追求，比如有的作家致力于书写纯正的科幻故事，有的作家在科幻、童话交融的泛幻想领域自由游弋，这类作品都有一个共同点——作者力图在幻想故事中彰显"普及科学知识，提升科学素养"的功能价值。

少儿科幻作家陆杨这些年主要从事这类科普型少儿科幻的创作，作品充满奇思妙想，并能坚持科普属性。其主要作品《小鱼大梦想》没有刻意强调科学幻想和童话幻想的区别，因此使得作品充满丰富的想象力。

另外一位科普型少儿科幻作家姜永育，以严谨、系统的天文学、地理学知识，去编织充满探险色彩的科幻故事。其主要作品《探秘绝密谷》体现出上述鲜明的特点。

特别值得一提的是中科院国家空间科学研究院研究员吴季的新作《月球旅店》，该作品很有霍金的《乔治的宇宙》的风格特征——在严谨、扎实的科学知识基础上，构建了一个吸引人的幻想故事，科学知识与幻想故事的充分结合，某种程度上可以视为近些年科普型少儿科幻领域的典范之作。

3　不可忽视的科学童话

科学童话属于广义的科学文艺作品，与少儿科幻关系密切。它以童话故事为载体，以科学知识为幻想元素，是适合低龄儿童读者的特有文学类型。它以这个阶段儿童读者喜闻乐见的方式传播科学知识、培养科学精神，避免了阅读中的知识障碍和过于复杂的故事造成的文本障碍。

在科学童话创作领域，当前比较活跃的几位作家有：霞子（《酷蚁安特尔》）、李毓佩（《数学童话集》系列）、李丹莉（科学童话绘本系列）。

特别值得注意的是，著名儿童文学作家杨红樱在近些年也开始创作系列科学童话故事，并以其巨大的市场影响力，在社会上产生了不小的影响。

4　结语

中国当代少儿科幻正呈现出蓬勃发展的态势，势必成为继成人科幻之后文化产业领域的又一个热点。期待着在社会各界的关注和共同推动下，这一天能够早日到来。

蜕变、分化与成长：
中国少儿科幻小说发展研究

– 姚利芬 –

少儿科幻小说，是指为少年儿童创作的，适合其年龄特点、阅读欣赏水平与审美需求的科幻作品。该类小说以适宜少儿理解的科学设定为基础，铺设引人入胜的故事情节，除了具有一般文学作品的功能外，还有培育少儿科学态度、科学思维以及对想象力进行锻炼的功能。在中国现代文学中，儿童文学常常被归入副文学（paraliterature）的等级秩序。波尔蒂克（Baldick）认为，副文学指的是位于文学秩序的边缘地带，虽不乏具有与"正典"相似的文本特征，但仍被贬为次等的文学[1]。沿着这个逻辑继续推衍，少儿科幻小说在儿童文学这一"副文学"中的等级秩序，也处于"副"的、"非主流"的坐标系。这种"双副"的处境，使得少儿科幻小说的历史关注度极低。

然而，随着科幻小说、科幻电影近年的走热，尤其是2019年春节《流浪地球》的热播引发的溢出效应，少儿科幻小说板块整体销量飘红。由小当当童书馆出品的《流浪地球》收录《超新星纪元》《流浪地球》等小说，在当当童书畅销榜上遥遥领先[2]。

据笔者初步统计，近三年来，每年以"少儿科幻小说"为名的首版或再版图书计有百余种。本文在回顾少儿科幻小说发展史的基础上，从当前少儿科幻小说图书的出版、作品奖项的设置，以及人才培养等外部环境的发展状况入手，力图展现少儿科幻小说的栖居生态，并试图分析当前少儿科幻小说创作涌现出的主题及审美特质。

1 逐渐走向分野的少儿科幻小说

新中国成立之初的中国科幻小说，受政治、文化、科技政策的影响，不以少儿为潜在阅读对象进行创作的作家，可以说基本没有。当时，创作类型多为"科普式科幻故事"。进入新时期后，科幻小说创作较"十七年"间，呈现出更为丰富的样貌。如果说，20世纪五六十年代的科幻小说大多还是基于某个科普点而衍生出来的科幻故事，那么，到了改革开放的新时期，在"科学的春天"这一社会语境下的中国科幻小说的第二次发展高潮中，创作者则开始试图摆脱科普与少儿定位的限制，向社会化时期过渡，朝着成人化（抑或"无龄化"）的文学场位移，着力创作故事性、文学性、可读性强的科幻小说作品。科幻小说的亚类型（科幻悬疑小说、科幻侦探小说等）作品骤然增多。从 20 世纪 80 年代科幻界的"清污运动"开始，直至20世纪90年代上半叶，科幻小说创作整体上遭遇冷冬，少儿科幻小说创作更是青黄不接。具体表现为老作家苦撑局面，而新生创作力量迟迟难以出现。这种冷寂的局面直到20世纪90年代后半叶才略有改观。一方面，科技开始逐渐脱离人类的驾驭能力，核裁军、基因工程、千年虫等科技新现象的出现，无疑是对科幻小说创作的一种助推；另一方面，创作赛事等活动的开展，也有助于对少儿科幻小说作者的发掘。1997年，由文化部牵头，希望出版社具体组织，14家少年报刊社联合举办了"中华少儿科幻小说大赛"。大赛历时一年，收到来自全国21个省、市、自治区的5万份成人作者和少年儿童的来稿。

后来，这次征文结集为《"克隆"太阳——中华少儿科幻小说大赛获奖作品集》出版。

就当时的少儿科幻小说创作来看，除了已到中年的作家张之路仍在进行创作，并连续摘得全国优秀儿童文学奖中的"科学文艺专项奖"外，吴岩、星河、杨鹏等作家也加入了创作队伍，各有少儿类科幻小说作品产出。吴岩与郑文光合作创作的《心灵探险》，将超心理学运用到了科幻小说创作之中，对少儿科幻小说作品的创作题材是一大开拓。星河则将自己的童年与少年时代的生活经验融入了《网络游戏联军》的幻想写作之中。杨鹏是这几位作家中明确以少儿读者为对象来进行创作的作家，他于1995年发表的《校园三剑客》系列小说，设计了二男一女组合的校园少年形象。杨歌和张小开分别是具有超能力和电脑技术过人的少年，少女白雪精通生物知识，"三人组"勇往直前、无坚不摧，揭开百慕大、尼斯湖水怪等各种世界级难解谜团（《生死百慕大》《尼斯湖怪兽》），解决由玩偶引发的"人偶之战"（《北京玩偶》），奔向未来，去探索N代后人类的生存困境（《终极幻想》）。杨鹏坚持以市场为导向创作，因此，他"生产"出的类型小说，具有批量工业化产品的特点，重视情节的铺叙，疏于个体人物的刻画，人物形象公式化、符号化，却也因此更容易令读者识记。

进入21世纪，科幻小说创作在1980年代初发展的基础上，进一步走向读者细分，关于成人科幻小说与少儿科幻小说的议题，争论得较以往更为激烈，其分野也愈发明显。2003年8月6日，葛红兵在《中华读书报》发表《不要把科幻文学的苗只种在儿童文学的土里》一文，他认为，儿童文学的土壤不够肥沃——作品大多幼稚、缺少深度，不可能长成科幻文学的参天大树。[3]韩松则发表了更为激进的《科幻，拒绝为少儿写作》一文，试图为科幻"正名"[4]，表明了身为一名科幻作家力求摆脱"少儿"文学束缚的立场。由上述现象可以看到，评论界、创作界意识到了科幻文学长期以来被归在儿童文学旗下所带来的诸多问题，并试图以矫枉过正的激烈姿态，将科幻文学从少儿文学的"母体"中剥离出来，尽管这种剥离的过程充满偏见。

2　涌动的少儿科幻小说潮

步入21世纪的第二个十年，尤其是在《三体》摘得"雨果奖"之后，科幻文学越来越被关注，这为少儿科幻小说营造了良好的发展环境。少儿类科幻图书出版渐呈丛书化、系列化的趋势。笔者初步统计，近五年有近 50 家出版社在出版少儿科幻小说丛书，2017年和2018年都有几十种少儿科幻小说类图书出版。例如"小飞龙少儿科幻""清华少儿科幻系列""新锐科幻作家系列""中国当代少年科幻名人佳作丛书"等。然而，对于出版市场和庞大的阅读消费市场而言，中国从事少儿科幻小说创作的作家基数仍然有限。于是，出版社将面向成人创作却又相对适合少儿阅读的科幻小说作品重新包装，编入"少儿科幻系列"。其中，被编选作品最多的作家无疑是刘慈欣。不过，刘慈欣称自己没有专门为少儿创作过科幻。2015 年，广西师范大学出版社出版《刘慈欣少年科幻科学小说系列》，将刘慈欣之前出版过的作品进行了重新包装，然而，该套书"科幻科学小说"的命名从侧面反映了编者在科幻文类认知上的犹疑和随意。《超新星纪元》经常被选入各大出版社的"少儿科幻系列"之中，对于这部小说，刘慈欣在接受笔者专访时称，《超新星纪元》就像《蝇王》，虽然写的是发生在少儿身上的事情，但不能因此就认定是少儿作品。由此可知，选择儿童视角切入，可能只是作者的叙事策略，为了更好地推进思想实验，由此进行人性的探讨。

　　少儿科幻创作赛事和培训也在近十年步入常态化，发掘了一批有志于从事少儿科幻创作的成人作家和少儿作者。由中国作家协会主办的全国优秀儿童文学奖从第九届（2013年）开始，不再设立"科学文艺专项奖"，改设"科幻文学"奖项。有意思的是，刘慈欣的《三体Ⅲ·死神永生》摘得第九届全国优秀儿童文学奖"科幻文学"奖项。《三体》获"儿童文学奖"，一是由来已久的历史性渊源。新中国成立以来，科幻文学就被归入儿童文学麾下，中国作家协会相关建制、赛事也依循此例。二是由于科幻文学与生俱来的"儿童性"，诸如对新世界的向往、对宇宙奥秘的好奇、对未来的展望，在很多人看来，科幻文学中成人、少儿的分界并不像主流文学中的分野那么明显。

　　此外，影响力较大的还有专门针对科幻文学设立的"全球华语科幻星云奖"。该奖从第四届（2013年）开始，设立了"最佳少儿科幻图书奖"，并延续到第七届。从第八届开始，少儿科幻类的奖项细分为"少儿中长篇小说奖"和"少儿短篇小说奖"两类，门类的细分对少儿科幻创作者无疑是一大鼓励。专门针对中学生，尤其是以高中生为主的"全国中学生科普科幻作文大赛"旨在发掘新秀创作力量,该奖由中国科普作家协会主办,清大紫育承办,自2013年推出,设置了科普、科幻两组奖项,每年吸引了超过10万的学生参加。针对幻想文学设立的"大白鲸"原创幻想儿童文学奖,旨在"保卫想象力",其中包括对科幻文学稿件的征集。2019年,未来事务管理局与中国广核集团、新浪微博联合发起"中国青少年科幻作品征文大赛"活动,发动全民参与寻找6位"中国最科幻少年"。与各类奖项相映生辉的是,针对科幻作家的培训项目也如雨后春笋般出现。中国科普作家协会自2017年组织实施"科普文创——科普科幻青年之星计划",通过竞赛和培训促进交流,支持青少年创作。科幻世界杂志社、未来事务管理局、微像文化等机构,也陆续推出了科幻写作培训班、科幻作家工作坊等项目,为少儿科幻小说的发展打下了良好的基础。

3 当前少儿科幻小说的创作主题与审美特质

2010年之后,少儿科幻小说与成人科幻小说的分野愈加明显,从作家作品数量、活动赛事等方面来看,均较以往有很大突破。与以往的"少儿科幻小说"不同的是,这一时期初步形成了"专业"的少儿科幻小说创作群体,他们有明确的"为孩子写作"的意识,秉承的创作理念多是"文学本位",而非"服务科学"。目前,从事少儿科幻小说创作的作家主要分为四类。第一类是有明确的少儿科幻小说的创作意识、为儿童写作的成人作家。马传思、杨鹏、超侠、陆杨是代表人物。第二类是主要从事成人科幻小说创作的作家,偶尔进行少儿科幻小说创作。第三类是主流儿童文学作家,偶尔进行科幻文学创作。例如葛红兵、郑渊洁、赵华都创作过少儿科幻小说。也有作家在主流儿童文学和少儿科幻小说创作领域都取得了很大的成绩，张之路是其中的代表。第四类是自己创作少儿科幻小说的少年儿童。根据王晋康对"核心科幻"的界定来看，这一时期的少儿科幻属于远离"核心"，略具有科幻特征，本质上更接近纯文学一端的"类科幻"[5]。

科学设定逸出了科普导向，更像是演绎情节的道具，俯拾即是的"黑匣子"也成为少儿科幻创作中的一大特征。此时的少儿科幻小说，还常与童话甚至神话等文类发生交叉，形成科幻童话、科幻神话等跨文类文本。黄海曾一针见血地指出："少儿科幻是一种具有童话特质的文学。"[6]就少儿科幻小说的亚类型而言，最为集中的有以下四种。

（1）"超人"类少儿科幻小说。

"超人"意象是少儿科幻小说中常见的主题。20世纪五六十年代科幻小说中的"超人"，主要借助科技力量催生。郑文光《海姑娘》中的姑娘小雪青，依靠人工腮下海遨游。童恩正的《电子大脑的奇迹》以一位在3个月里一共借走9万册各种文字的图书，平均每天阅读1000册的"超人"大学生杨琪设疑，随后揭晓谜底，这些书原来是给"超人"——电子大脑看的。电子大脑植入了精密的输入、翻译、归纳、演绎、推理等系统，阅读完书，还能对内容进行整理、筛选，剔除冗赘无用的，留下有价值的信息。人们有需求时可询问电子大脑。这些科幻小说作品实际上意不在写"超人"，而是歌颂"超科技"，颂扬科技的伟大与神奇。这种现象在20世纪80年代的少儿科幻小说创作中已有改变，作家开始在"人"的形象上倾注笔力。张之路的《霹雳贝贝》中饱满、生动的"超人"——"带电的小男孩"的形象，已成为科幻创作史上一个经典符码。可以说，当前的少儿科幻小说创作，几乎没有不重视人物形象的，这与刘慈欣提及的科幻意不在人物形象的刻画，而更着意于世界形象或是种族形象相迥异——实际上，刘慈欣这里更多的指向是成人科幻小说。尽管大部分少儿科幻小说中的超人形象好像出自同一作家之手，看上去似曾相识，极具雷同性，就像英国小说家福斯特所言的类型化、漫画式的"扁平人物"，在小说叙事中更多是助推故事情节的棋子。不只是超人形象的类似，就连围绕"超人"展开的故事形态也很相近：领受超能力（变身超人）——困于超能力（不能积极有效地驾驭超能力，因此闯祸）——与坏人搏斗，施展超能力（升格为超人英雄）——遇险获救——灾难解除——超人被解救——坏人受到惩罚——超人被认可——摆脱超能力（或与超能力和谐相处）。

王晋康的《少年闪电侠》和杨鹏的《超时空少年》都是写在超能力少年身上发生的故事。《少年闪电侠》中的朱小刚，因为偷喝了父母发明的能够迅速提升神经速度的"神力1号"，变身"超人"闪电侠，文能考试"落笔如飞"，武能与邪教展开斗争。《超时空少年》是杨鹏《校园三剑客》系列中的一个故事。杨歌是"三剑客"之一，因为偶入四维空间的时间隧道，身体发生变异，由普通孩子变成超人，他借助超能力轻松地制伏银行劫匪。在这类小说中，儿童凭借机械、未来科技、特异功能、变异、外星文明获取某种超能力。如果说，20世纪五六十年代的科幻小说仍然是人物和科技"两张皮"，到了当下，科技等"异己超级力量"已经侵入人本身，二者做到了内嵌式无缝融合。诸种幻想均潜含同一心理倾向：靠超自然能力可瞬间达成愿望，不需要经历漫长的成长、教育的拓展、社会经验的累积等方式。

如此，现实原则在少儿科幻小说这里被悬置，儿童本我唯上的"愉悦原则"跃居首位。如此，"超人"类作品以科学之名构建起了少年儿童的"超能力图腾"，其积极意涵如陈恩黎所指出的："科幻小说中的机器图腾不是关于科学的，而是关于童年欲望的。当'永恒男孩'在机器图腾的庇护下游戏，并且用游戏战胜那个不道德的成人世界时，童话充满了'波莉安娜'（Pollyanna）式的对技术的崇拜。"[7]然而，"永恒男孩"的"超能力图腾"终究只是一场意识形态框架内的游戏——对超能力的"滥用"必将回归正途，一场场"超能力大作战"背后不变的是拯救、友谊与对正义的颂扬。

（2）生态类少儿科幻小说。

灾难主题的科幻小说创作在19世纪早已有之，古巴导弹危机使得科幻作家的目光从核问题投诸世界环境问题。20世纪90年代，生态科幻小说悄然成长为一支值得瞩目的文学流脉。许多作家开始倚借科幻小说的形式，进行生态思想实验，主张生态整体主义思想，思索人在自然中的位置、人与诸多物种的关系，探析生态危机的根源以及解决路径。意大利科幻作家弗朗西斯科·沃尔索由生态主义思想，提出"太阳朋克"的概念，其高效、低耗能、可持续的特征，旨在倡议对生态环境施以积极的影响。在生态主义思潮的影响下，一些少儿科幻小说作家也开始在作品中表达作家对生态环境、生态伦理的思考。郑重、彭绪洛、陆杨、王国刚都有生态主题的少儿科幻小说作品，涉及环境灾难、移民开发、物种关系等问题。郑重的新作《大海啸》依托"异时空"（即与现实空间处于不同空间的幻境）木星展开生态叙事，思考的是人类移民木星星系后，应当怎样对待新家园的问题。保留木星星系的原始状态，还是进行开发？两大政治派别——空派和海派展开了殊死卓绝的斗争，背后是作者对生态问题的辩证思考。彭绪洛的《重返地球》通过离开地球427年的宇航员再返家园的故事，折射了作者的种种思考：环境恶化带来社会群体的加剧分化，人类的消失使得污染问题得以解决。陆杨的《绿星少年》以夸张和反讽的手法写了科学家们为了开采"绿星"上的植物能源，在森林里建起了很多植物能量的提取工厂，而这最终导致了整个星球的爆炸。这些生态故事以未来幻想空间的生态恶化来反思现代文明，背后是作者的现实焦虑。作家将故事发生地置于拟想的外星球世界，实际却是地球故事的另类演绎，如王国刚在小说《天地奇旅》中对璨星人曾生活过的哲星星球的描述，令我们感到似曾相识：哲星人因为不重视生态环境的保护，妄自发展，导致其赖以生存的生态圈急剧恶化，人口无节制增长，对自然资源的需求剧增，最终掠夺性开发行为致使哲星上森林、山河黯然失色。这不是在写我们的地球吗？作者只不过是新瓶装老酒，将地球故事平移到了乌有乡里的哲星上。这些小说大多仍然保持着凡尔纳式的乐观主义基调：灾难危机势必化解，环境恶化必然扭转，不同物种间必然能和谐相处。对生态危机的书写，本质上并未超越"现实＝生态危机""幻想＝和谐大同"的二元思考模式。

（3）成长类少儿科幻小说。

张国龙将成长小说以广义和狭义进行二分，他认为，广义的成长小说指以成长主题为主、旨在书写成长的历时性脉络的小说；狭义的成长小说是指对青春期发生故事的摹写，或者说书写青春期少年繁复心路的文学。[8]成长是主流儿童文学经常涉及的一个主题，但在少儿科幻文学中鲜有狭义上的成长小说，多数着眼于情节而非人物，更遑论去关注人物内心情感世界的成长。近几年出现的作家马传思打破了这一局面，他入行较晚，起点较高，从创作起始就一直关注少年儿童成长的描写。作品以绮丽的幻想、百转千回的故事情节、鲜明的人物性格、饱满的"儿童性"，赢得了广大读者的喜爱。从《你眼中的星光》，再到后来的《冰冻星球》《奇迹之夏》《图根星球的四个故事》《蝼蚁之城》，马传思塑造了邂逅章鱼形外星人、正在经历着母亲患病的少女小凡，在冰冻星球上经历了亲人离去、家园消失、被"自己人"欺骗、被敌人追杀，最后踏上一条前途未卜之路的塞西，"奇迹之夏"中邂逅史前生物的少年阿星等形象。"超人"主题与成长主题的科幻小说分别朝向"轻"与"重"两种维度，在"轻"的一极来看，"超人"主题的科幻将人从"生命不能承受之重"中解脱出来，彰显出生命本真的狂欢和游戏的精神；在"重"的一极来看，成长主题的作品强化了科幻作品的哲思意识：直面个体生命必须面对的诸般困顿考验，每个人都必须直面死亡、疾病、孤独等生命沉重的部分，担负起对生命伦理与历史记忆言说的重任。[9]马传思在小说中处理"生命之痛"时，能以诗性、优雅、含蓄、空灵的方式表达残酷，书写苦难，描写成长，表现出一种轻逸之美。他在作品中常会为"待成长"的少年设计一位引路的长者，这些长者通常是离开（患病或是去世）的结局，由此引出少年如何对待死亡、疾病的思考。马传思的成长小说深化、开拓了少儿科幻小说的主题，使得少儿科幻小说有了更丰富的言说维度。

（4）侦探、悬疑、恐怖、探险类少儿科幻小说。

20世纪80年代初掀起的通俗小说热，带动了科幻小说亚类型的发展，即在20世纪五六十年代的科普型科幻故事之外，将科幻与侦探、悬疑等元素结合，发展出惊险科幻小说、科幻侦探小说等子类型。叶永烈的"金明系列惊险科幻小说"是那一时期科幻侦探小说的代表，塑造了"科学福尔摩斯"

金明这一侦察英雄形象，涉及脑电波研究、克隆熊猫等众多高科技领域，小说节奏明快、紧张，每节都解决一些问题，又留下新的悬念，尤得古代章回小说的神髓。当今，这种更具通俗意味的亚类型科幻在面向少儿的创作中继续发展。放眼今天的少儿科幻小说，很容易找到这种风格的作品，超侠、谢鑫、姜永育、彭绪洛等是这一亚类型的代表作家。超侠的小说具有突出的超文本的特征，集悬侦、恐怖等元素于一身，在《超侠小特工》中塑造了破解一个个世界奇案的小学生侦探奇奇怪怪的形象；在《校园奇蝠》中出现了神秘的历史老师、被吸血蝙蝠袭击的少年以及渗出鲜血的神秘黑包。超侠奉行的是一种极度张扬的"狂欢"化、娱乐化叙事，近于悬疑或是恶搞本身带来的乐趣，动机和意义相对情节而言被刻意简化，道德或情绪上的意涵也因此淡化。不过，悬疑或恐怖本身抑或不是这类作品容易"失度"的根本症结，"鸡皮疙瘩"系列丛书的作者R.L.斯坦认为，"和成年人一样，甚至更甚，儿童普遍喜欢历险、悬念、刺激和一定程度上的惊恐"[10]，这也成为这类图书在少儿市场卖座的原因之一。然而，即便是恐怖美学亦有"度"在内，否则就不能称之为美学。诚如方卫平所言："真正成功的儿童文学恐怖艺术，长处并不在于一味突出恐怖骇人的叙事因素，而是借用恐怖的叙事策略来达到一般叙事所难以企及的故事效果。如果一部儿童文学作品仅以渲染恐怖为叙事定位，它一定不会是一部成功的作品，甚至会给儿童读者造成难以抚平的心理伤害。"[11]

彭绪洛主打探险小说，他将科幻与探险元素融合，其作品《宇宙冒险王》写了四位勇敢的地球少年在探索宇宙新能源的道路上发生的故事，颂扬了勇气、智慧与友谊。与超侠、彭绪洛天马行空的想象相比，谢鑫显得"中规中矩"。谢鑫以科幻侦探小说见长，遵从"本格推理"的原则，作品思维缜密，逻辑严谨。他尤擅创作微型科幻，也是为数不多的还在创作科普型科幻故事的作者。《乔冬冬的校园故事》收录了30多个微型科幻故事，围绕着主人公乔冬冬的生活经历，设计了一个个富有想象力的科学小点子，读来饶有趣味。就题材来看，成人科幻小说涉及的元素在少儿科幻中均有体现：机器人、人工智能、时间旅行、太空旅行、赛博空间等均有书写。

总体来看，近些年少儿科幻小说创作呈现出与以往不同的新样貌。这一时期的作家开始突破以往的想象框架，尝试在小说中架构全新的异世界。少儿科幻小说开始出现越来越多的，不仅仅是儿童科幻故事，而且是更具备小说特质的文本，甚至是综合了童话、奇幻的超文本。所谓科幻的边界正在溢出，呈现出活泼、跳脱的特质，形成了少儿科幻小说独特的审美特征。就其效能而言，跳出了新中国成立初期科幻的"实用"（科普）功能，更强调科幻场域下的美感传达——基于读者层面的美感传达，是一种密集且有组织的、特别的体验，是感官的、心智的、情绪的，并由此产生对社会的深刻了解。

科幻小说有天然的"儿童性"，其主要读者对象是青少年。忽视这一点，就会缩小科幻小说的发展空间。令人欣喜的是，当前无论是出版界、创作界、学界，还是教育界，都意识到了少儿科幻小说的巨大创作及产业发展空间。尽管少儿科幻小说总体创作水准仍有待提升，但当前无论是从创作队伍，还是作品数量来看，都初步形成了一定的规模，涌现出上文论及的以超人、生态、成长、悬疑等主题为主的科幻小说作品。这些作品不再像以往那样重视科学知识的传达。虽然目前对少儿科幻小说的分类有重文学流派和重科学流派，但实际上这一分类对成人科幻文学或许适用，对少儿科幻小说却并不太适用。少儿科幻小说多属于"重文学类的科幻"，要将少儿科幻小说的坐标系对准现代科学的概念或理论，几乎不可能，也过于僵硬。少儿科幻小说创作有某种本质的、可辨认的特质，除了像一般儿童文学那样有自己特定的读者对象，儿童式灵动、跳脱的语言，充满童趣的故事情节和有教育启蒙意义的内涵外，更重要的是其对少儿科学态度、科学思维以及想象力的激发培育。少儿通过阅读故事可以被激发起对人与科技、未来、自然关系的关注与思考，而这，也正是少儿科幻小说的独特魅力所在。

参考文献：

[1] 波尔蒂克. 牛津简明词典——文学术语[Z]. 上海：上海外语教育出版社，2000.

[2] 张北. 2019会是科幻出版的新纪元吗？[J]. 出版人，2019（4）.

[3] 葛红兵. 不要把科幻文学的苗只种在儿童文学的土里[N]. 中华读书报，2003-08-06.

[4] 韩松. 科幻，拒绝为少儿写作[EB/OL]. http：//www.pkusf.net/readart.php？class=khll&an=20040824190046，2004-08-24.

[5] 王晋康. 漫谈核心科幻[J]. 科普研究，2011（3）.

[6] 黄海. 科幻与儿童文学的迷思[A]. 吴岩. 2006年度中国最佳科幻小说集［C］. 成都：四川人民出版社，2007.

[7] 陈恩黎. 大众文化视域中的中国儿童文学[M]. 杭州：浙江大学出版社，2013.

[8] 张国龙. 成长小说概论[M]. 合肥：安徽大学出版社，2013.

[9] 方卫平，陈恩黎. 儿童文学中的轻逸美学[M]. 郑州：海燕出版社，2012.

[10] 斯坦. 鸡皮疙瘩系列丛书[M]. 北京：接力出版社，2002.

[11] 方卫平. 儿童文学教程[M]. 上海：复旦大学出版社，2015.

浅谈儿童文学与科幻小说

– 姚海军 –

2021年8月，第十一届全国优秀儿童文学奖公布获奖名单，吴岩的《中国轨道号》、马传思的《奇迹之夏》两部小说作为"科幻文学"荣列其间。这是这一竞争激烈的文学奖项连续两届用两部份额的方式对科幻文学日渐火热的创作现状作出的积极回应。

近年来，不仅《科幻世界》这样的传统出版机构动作频频，各种新兴出版平台或产业机构组织的科幻征文也层出不穷，呈现出新人不断涌现、作品发表量逐年递增的态势；与此同时，科幻的"吸纳"效应也日渐显现，一些主流文学作家或非科幻类型作家开始涉足科幻小说创作，与国际上一些重量级非科幻作家石黑一雄、艾尔维·勒泰利耶纷纷切入科幻写作的潮流形成有趣应和。

儿童科幻创作也已经成为一片热土，这同样是多种力量聚合的结果。首先是张之路、吴岩、杨鹏、星河等一批科幻作家在这一领域内的长期耕耘，他们分别从儿童文学与科幻小说两个主体出发，探索了儿童科幻写作的诸多可能性和基本原则，加上郑文光、童恩正、肖建亨、叶永烈、刘兴诗那一代作家的探索，这一过程可以说持续了将近七十年。虽然科幻的发展起起伏伏，在"文化大革命"十年也有中断，但儿童科幻却是科幻文学中持续最久的一脉。

其次，近年涌现出一批专攻儿童科幻写作的新秀，如王林柏、赵华、马传思等，他们为儿童科幻创作注入新鲜血液，带来了新的变化与生机。其中，王林柏和赵华已经分别凭借《拯救天才》和《大漠寻星人》获得第十届全国优秀儿童文学奖。

与此同时，还有越来越多的成人科幻作家开始涉足儿童科幻写作，如多次获得中国科幻银河奖，以太空歌剧、硬科幻著称的江波已经出版了两部儿童科幻小说，《三体X》的作者宝树也出版了一部儿童科幻小说。

在第十一届全国优秀儿童文学奖获奖的两位作者中，吴岩在20世纪90年代就创作出版了儿童长篇科幻小说《心灵探险》和《生死第六天》，而且他的相当一部分短篇作品也可以划归到儿童科幻范畴。吴岩不仅是一位作家，还是一位科幻理论家，是我国第一位科幻博士生导师，《中国轨道号》标志着他在长期从事教学与研究后创作的回归。

《中国轨道号》围绕着将空间站"中国轨道号"送上100千米绕地轨道而展开的一系列技术攻关展开。这些技术攻关包括"中国轨道号"的舱门设计、"中国轨道号"宇航员的备用通信设备和非硅计算机研究（先是溶液计算机，后转到生物计算机方向）等。十岁的小主人公"我"虽然无法直接参与这些工作，但与参与攻关的科研工作者有着密切联系，成为一系列事件的观察者（甚至不仅仅是观察者）。在科研攻关进程中，小观察者当然性地选择了他最感兴趣的那部分加以记述，加之一开场他还作为核心人物完成了对北京地下水系的探索，让故事充满了童心、童趣和一丝超越时空的怀念。

《中国轨道号》成功塑造了一系列关键人物，军事装备所果绝的新领导顾阿姨，争强上进、有些固执的王选，情感火热内敛的周翔，甚至包括有智力缺陷的冬冬，每一个人都性格鲜明，跃然纸上。其中，老汪可以说是这些人物当中最为典型的一个，他是大院中的科学怪人，不善与人交往，却思维活跃、观念超前，为解决宇宙飞船降落通过黑障区时的通信问题提出了超越时代的科学理论。但也正是这种超越性，导致了他人生的悲剧，使他最后郁郁而终。

《中国轨道号》很好地处理了科幻小说创作中的一个普遍性问题——幻想与现实的衔接。作者没有像大多数科幻作家那样将故事发生的时间放在未来，而是巧妙地放在已成过去的1972年，作者的亲身经历，让小说极具生活质感。作者充分考虑到科学幻想与时代的兼容性，让读者虚实莫辨，以至于在评奖过程中，有评委还因此产生了"这是不是科幻小说"的疑问。

将比较前沿的科学幻想融入儿童文学之中是具有挑战性的。针对儿童这一特殊读者群体，作者必须解决前沿科技所带来的疏离感。成人科幻要保持甚至主动建立的疏离感，儿童科幻却要主动去消弭它。这是所有儿童科幻作家要面对的问题。一般而言，儿童文学出身的儿童科幻作家在此问题上往往表现出更强的本能；成人科幻出身的儿童科幻作家却往往需要强化这种自觉。吴岩和马传思通过自己的创作，为儿童科幻写作当中这一问题的解决树立了典范。

与吴岩不同，马传思是2015年才通过"大白鲸世界杯"原创幻想儿童文学奖（后更名为"大白鲸"原创幻想儿童文学奖）征文闯入儿童科幻界的新人。此后，他很快凭借《你眼中的星光》《冰冻星球》连续两届获得这一征文的一等奖，成为一颗耀眼的科幻新星。

马传思的写作风格还未定型，对于儿童科幻写作，他也有着强烈的探索意愿，在《你眼中的星光》中，我们感受到的是恬淡和美好，甚至是一种诗意；科幻与现实水乳交融，融合出一种独特的意象。在《冰冻星球》中，他试图将强概念设定融入儿童科幻，小说中的儿童文学属性有所弱化，但科幻感却得到加强。而在《奇迹之夏》中，他又试图在儿童文学与科幻之间寻找平衡，在回归纯真的同时，展现世界的复杂性和对抗宿命的勇气。

《奇迹之夏》的故事由雾灵山上的神秘闪光引发少年阿星的好奇开始，写阿星与史前穴居人女孩望月的一段短暂交往。望月穿过时空裂隙来到现代人的世界，阿星则帮助望月寻找到回家的路。阿星在最后时刻才知道，望月要回的那个远古世界，穴居人与我们人类的祖先正在进行着最后的决战。虽然结局不言自明，但望月还是毅然选择走向时空裂隙。尽管阿星的眼中充溢着泪水，但他也深知，正如赫拉婆婆所说："生命终究是一个人需要独自面对的事情。"

《奇迹之夏》是纯净的。它简化了事物之间的因果互动（这在一定程度上违逆了成人科幻的写作原则），最大程度展现出了人性的光明。在对科幻写作的持续探寻中，温暖、纯净，已经成为马传思科幻的鲜明标记。

虽然吴岩与马传思的作品呈现出明显的差异性，但他们的艺术追求却有相近相通之处。首先，他们都致力于让儿童科幻带上足够的科技感和未来感。因为读者的特殊性，现在市场上不少儿童科幻小说中的科幻创意都是已经高度普及的设定，比如时空门、外星人等等，很多时候，其中的未来科技也被魔法化，沦为一种道具。《中国轨道号》和《奇迹之夏》则重新找回了科幻小说特有的那种科技炫酷感和科学探索的乐趣。毋庸置疑，这是他们对儿童科幻文学的突出贡献。

其次，他们在书写的过程中都充满了爱意。茅盾文学奖得主阿来曾说过这样一句话："小说的深度不是思想的深度而是情感的深度。"这句话或许会引发不同的意见，但我觉得，最起码对儿童文学是切中要门的。正是爱，建构起《中国轨道号》和《奇迹之夏》广阔的文学空间，让我们意犹未尽、流连忘返。

近些年，我参加了不少围绕儿童科幻创作开展的研讨活动，我在感受儿童文学界对科幻文学的殷切期望的同时，也一直在思考一个问题：科幻能够为儿童文学增添些什么？

这个问题的答案见仁见智，丰富多样，但至少应该有这样三个选项：想象力、好奇心和探索精神。

爱因斯坦说"想象力比知识更重要"。我们都知道这句名言，但对想象力的重视却并不够。在我们以往的教育中，想象力很多时候被排在具体的知识之后，少年儿童的想象力甚至呈现出与年龄成反比的态势，"保卫想象力"已经成为我们必须认真对待的课题。科幻小说探讨未来的各种可能性，解决"如果……会怎么样？"的问题，它的核心正是想象。儿童文学对科幻小说的吸纳，无疑增强了儿童文学的科学幻想基因，有助于少年儿童做好迎接未来的准备。

科幻小说纵横古今时空，又多以神秘、悬疑切入，并辅以科学之美、逻辑之美、科技之玄妙，对读者的好奇心的调动是其他文学形式不能比的。而好奇心，尤其是对科学的好奇心，对儿童成长是非常紧要的。它就像一粒神奇的种子，只要播下，就会在合适的条件下生根发芽，从而改变人的一生。让孩子们对世界、对科学充满好奇心，应该成为儿童文学的一个使命。

在好奇心之后，则是对探索精神的激发。尤其是在当下这样的时代背景下，我们的少年儿童更应该多增加一点探索精神，这是阳刚之气的重要组成部分；少年儿童应该逐渐成长为行动派，勇敢地面对未知，去探索科学、探索世界，或者为将来的探索做好准备。能够让小读者受到探索精神感染与熏陶的优秀儿童科幻小说，是对偏重柔美的儿童文学的重要补充。

原载于《天津师范大学学报》2020年第3期

技术启蒙、类型化写作与多元化美学
——2019年儿童科幻小说创作述评

– 姚利芬 –

题记

　　人工智能、太空、外星人题材是2019年儿童科幻文学创作的重点。对"儿童与机器人""儿童与外星人"等关系的构拟，有助于培养儿童博大的生存哲学意识。科普型科幻的重提、个性化写作的尝试丰富了儿童科幻作品的样貌。伴随着作家数量、作品类型、题材、风格的拓展，儿童科幻文学的商业化写作倾向开始凸显。如何书写社会转型时期的儿童精神生活内容的变化，是创作者接下来的挑战。

　　2019年共有60余种中长篇、90余种短篇原创儿童科幻小说出版发表，涉及40余家出版社，近30家期刊。作品数量、出版发表平台较以往稳中有升。这些出版社以中央和地方的少年儿童出版社和科技类、教育类出版社为主。一些出版社已将儿童科幻小说当作一个重要的品牌来经营，设立专门的科幻编辑部，依托科幻创作赛事，打造品牌儿童科幻图书产品线，每年固定出版一批科幻图书。较有代表性的如中国科学技术出版社的新锐系列、安徽少年儿童出版社的时光球系列、广西师范大学出版社的神秘岛系列、希望出版社的三点系列等。刊发儿童科幻短篇的期刊涉及科幻类、科普类、纯文学类、漫画类期刊等，《科幻世界·少年版》仍然是刊发儿童科幻作品的重镇，其他还有《科学启蒙》《东方少年》《课堂内外》《知识就是力量》《漫客·小说绘》《科学画报》以及以刊发纯文学作品为主的《十月·少年文学》《中国校园文学》等。

从2019年度儿童科幻小说创作的作者群来看，出现了较明显的"位移"。除了像杨鹏、赵华、马传思、陆杨、超侠、彭柳蓉、徐彦利、小高鬼等有明确"儿童科幻作家"身份的核心作家之外，凌晨、江波等以创作成人科幻为主的作家以及从事儿童纯文学创作的作家、畅销书作家也自主地或是在出版社编辑的策划组织下加入了儿童科幻的写作阵营。除此之外，中国台湾地区多年致力于中文科普科幻推广工作的叶李华、马来西亚儿童文学作家许友彬均开始进军儿童科幻。

具有不同文化背景作家的介入丰富了儿童科幻作品的价值体系和艺术准则，使得2019年儿童科幻作品渐呈现出纷繁多元的面相：有基于对科学与儿童关系的反思批判而构织的温情、趣味兼具的科幻故事，也有将科幻、探险、战争、悬疑等元素融合在一起的游戏化超文本科幻。这两种创作分野与日本以及西方一些国家关于"艺术的儿童文学"和"大众的儿童文学"的划分遥相呼应。

2019年的儿童科幻小说题材除了继续书写常见的异时空世界、克隆人、脑科学之外，对人工智能的关注有所增加；人物塑造多围绕几种典型的科幻形象——机器人、外星人、克隆人、隐形人等展开，由此衍生出对人工智能、超能力与儿童关系的探讨；儿童科普型科幻开始被重提并得以发展。长篇儿童科幻小说系列化、套书化出版现象明显，但也不乏商业化注水之作。相较而言，短篇科幻反倒涌现出不少佳作。

1 人工智能的儿童化书写

王泉根认为，"智人体"是幻想文学的一类典型形象，主要存在于科学幻想文学中，包括机器人、外星人、克隆人等形象[1]。人工智能是继外星人、克隆人等常见的科幻题材之后，于近年涌现的科幻文学创作热点，也是儿童科幻近年来创作较为集中的题材，主要围绕"人工智能能否变成拥有自主意识的存在""人工智能能否战胜人类""人工智能和人类共处的关系""意识储存与转移的可能"等思考展开故事的架构。儿童科幻作品关注机器人对儿童的影响，对孤儿、亚孤儿、有孤独症的儿童等弱势儿童群体的生活、学习介入弥补的可能性，拟想机器人的介入对儿童人际信任安全感和心理健康等带来的可能影响。

刘芳芳的短篇《他是我爸爸》写了患有脚疾的"亚孤儿"小尼，先是父母离异、父亲组建新的家庭，之后母亲因病去世，与外祖父一起生活。父母的缺位使得少年小尼的家庭教育处于不充分或缺失的状态，外祖父为了弥补这一缺位，给小尼打造了一名机器人父亲——卢卡。卢卡的脑芯装有身为人父的责任与意识，一步步带领小尼由原本孱弱、自卑的小男孩逐渐成长为一名真正男子汉，小尼与卢卡的关系也经历了拒绝—被迫接受—融洽相处的过程。小说刻画了聪明、可爱的机器人形象卢卡，他对小尼的教导既有程式化的责任感，又不

乏温暖动人的情愫。这篇小说是同类作品中的佳作，但美中不足的是，小说的前半部分结构略显失衡，花太多笔墨铺叙了小尼的家庭背景。

陈茜的《道格的秘密》以抽丝剥茧的"破谜"之笔层层切入，少女一雪到最后发现真相：由病转好的金毛狗玩伴道格、陪伴自己多年的父母均为仿真机器人，而亲生父母早已在一雪幼年时的一场车祸中去世。作者"安排"一雪对这一切选择了接受——"她才不在乎他们皮肤下是血肉还是金属呢，他们是陪她长大的人，有无数共同的回忆，将来还会有更多。"小说中的仿真机器人与自然人类并无二致，几乎可以完美地成为人类的替代品。

丙等星《"忠实的"伙伴》是一篇饶有趣味、耐人寻味的作品。小说围绕少年儿童与机器人玩伴的关系展开构思，构想了当机器人玩伴作为一款儿童玩具类的产品被普及，会发生怎样的链条反应。小说塑造了萧镜与唐轩这对因隙而疏的朋友，萧镜有了父母赠送的机器人玩伴小鹏后，一度沉迷其中，小鹏能在语言和行为上刻意讨好主人，让人觉得它是世界上最棒的朋友和伙伴。直到某一天，萧镜得知这款产品的负面效应：使用者会过度沉迷于这款产品所构建出来的所谓顺畅自如的讨好型虚拟世界，甚至逐渐丧失在人类社会中的社交能力。相比自然人类的复杂情感，与电子产品交流显然会轻松很多。作品富于哲学思辨意味，思考了人类与机器的一种关系型：人类自以为拥获"机器挚友"之际又何尝不是被机器反控制之时？

攸斌《我的神秘同桌》刻画了"我"智商高、情商低、不懂变通的机器人同桌杜小度。该作者的另一篇作品《智"逗"机器人》写了机器人与人较量的小故事，机器人在脑筋急转弯、魔术等"把戏"上败北于人。两篇故事充满谐趣，隐含的共通设定是机器人变通性不够，不可能全然超越人类。除了专门以机器人为主角来塑造的作品外，还有一些作品将机器人当成一种推进情节进展的符号性装置。何涛《唤不醒的机器人》借一个因不满地球生态恶化而自我关闭、若干年后被唤醒的机器人的视角，表达了对生态环境向好的惊异感，也隐含了对当前地球生态恢复的期冀。

长篇小说对人工智能的书写多结合历险、侦探、战争等元素展开。姜永育的《大战超能机器人》讲述了机器人金刚不满于人类的奴役，与其创造者杰姆博士斗争的故事。机器人金刚外表看上去与人类无异，具备人类独立思考、对各种事物做出判断和应急反应的能力，更重要的是还拥有智慧和情感，它对人类主人的叛逆和反抗的形象俨然如孙悟空一般跃然纸上。姜永育的作品富于理趣，致力于讲好精彩的科普科幻故事，不太重视人物形象的刻画以及心理、情感描写。

《开心机器人》系列是科幻作家凌晨2019年的作品，也是其类型化写作的尝试，包括《神秘机器人》《黑暗大冒险》《重返旧时光》三部小说。该系列主要人物是三个性格各异的五年级学生，好脾气的徐小胖、学霸张小磊、小霸王宋东。这与致力于儿童文学类型化、商业化推广的杨鹏的模式化设定一致：一般设计三名少年人物形象。《开心机器人》中的三名儿童无意中闯入"未来无限智能机器人制造基地"，利用带回的零件组装了名为"开心"的机器人，它可以随环境的变化而改变自身的形状和颜色，且智力在不断增长。三个孩子跟随"开心"经历了外星旅行、穿越时空，将报废的汽车改造成低空高速飞行器等，游历了未知世界。小说的情节设定符合类型化儿童科幻作品的一般模式：因某种契机，主人公获取超能力，或拥有了具备超能力的玩伴，由此开启历险之旅。

马来西亚作家许友彬创作了人工智能科幻三部曲《听说你欺骗了人类》《醒来还能见到你吗？》《你在我的宇宙里仰望火星》，其中前两本已由浙江少年儿童出版社于2019年引入出版。该系列作品围绕儿童的家庭、校园生活设定了AI母亲、AI保姆、AI秘书形象，与不同境况的儿童相映成趣：童童与AI妈妈，AI保姆杏仁与孤儿甄聪明、甄美丽，小学生米糊与AI秘书，由此，探讨人工智能技术可能给孩子成长带来的影响。该系列小说将温情、悬疑、幻想等要素融在一起，故事较为吸引人。相关题材的作品还有牧铃的《智能少年·心灵大盗》《智能少年·人脑联机》、王勇英的《雪山上的机器人》等。

2 ｜ 长盛不衰的外星人书写

太空题材是科幻作品中的经典类别，阿瑟·克拉克（Arthur Clarke）、艾萨克·阿西莫夫、拉里·尼文（Larry Niven）、罗伯特·海因莱因（Robert Heinlein）、波尔·安德森（Poul Anderson）等科幻作家均有经典太空类作品问世。这些小说多描绘精彩曲折的太空历险，体现了深刻的探索宇宙的精神。外太空以及外星人是儿童科幻创作中经常书写的元素，2019年儿童科幻小说相关主题的中长篇代表作有江波的《无边量子号·启航》、彭柳蓉的《我的同桌是外星人》、杨鹏主编的《大战外星人》（国际版）、小酷哥哥的《神奇猪侠：外星人入侵地球》、杨华的《少年、AI和狗》等。短篇有赵华的《除夕夜的礼物》《阿尔法泡泡》、刘芳芳的《倒着生长的星球》、翟攀峰的《恐龙星球》、陆杨的《萨嘎星的蚂蚁人》等。

《无边量子号·启航》是江波初试儿童科幻的一次尝试，以他擅长的太空歌剧叙事展开。故事从一场发生在22世纪的全球性毁灭开始，人类被艾博人工智能几近灭绝，幸存的人类被迫离开地球，进入太空生存。他们的第一站，是建设太空城和火星基地。少年李子牧和阿强在这种背景下登场，他们通过月球上的深井测试，闯过了成为无边量子号实习船员的第一关考验，后又经过射击考核、快速反应、飞梭驾驶、迷宫穿越、诗歌背诵等数轮考验，终于成为代表人类出征第二地球的一员。该小说显然受到了《安德的游戏》（Ender's Game）的设定和架构的影响，因袭痕迹较为明显——遴选出优秀的儿童出征，率领人类舰队对抗虫族或邪恶的人工智能。不过，江波对太空题材的科幻故事显然驾轻就熟，想象汪洋恣肆，在主打软科幻的中国原创儿童科幻作品中，其小说为不可多得的硬科幻作品。

杨鹏主编的《大战外星人》（国际版）系列是国内作家首部与国外儿童文学作家、科幻作家联合创作的具有全球化视野的儿童科幻作品，意在尝试新的童书产业化路径。国际版的作者是由杨鹏及其团队从世界儿童文学作家和科幻作家中挑选出来的15位组成的创作团队，2019年推出的国际版是作为同名书系的第二辑推出的。此次推出的国际版由来自美国、英国、博茨瓦纳的5位作家创作而成。小说延续第一辑杨鹏国内版的主题，围绕"外星和外星人""保卫地球""保卫人类"展开叙事。每本作品的主人公是11—15岁的孩子们，他们不但拥有对抗外星人的超能力，而且智慧、勇敢、团结、有责任感。塑造这样一群拯救地球的少年英雄，无疑暗合了每个孩子内心深处潜藏的英雄情结。杨鹏早在2015年就在北京师范大学出版社推出了《大战外星人》，2018年，该套书由湖南少年儿童出版社再版。杨鹏多年来一直致力于儿童文学的"大众化""类型化"写作，充任儿童科幻文学"商业化"运作的"急先锋"，其做法成效显著，但也招来不少非议。此次尝试的积极意义在于，一定程度上丰富了儿童科幻文学的品种结构。

彭柳蓉的《我的同桌是外星人》是写给小学低年级儿童的科幻童话，类型化构思明显。作者将科幻元素与校园生活和家庭生活结合，讲述一个外星小男孩在地球的经历以及与一个普通的地球小女孩之间的一段特殊的"星际友谊"。主人公是名叫朵朵的7岁小女孩，她与来自潘多拉星球的阿尔法既是邻居，又是同班同学，还是好朋友。她在阿尔法的带领下增加了许多新鲜有趣的体验：星际旅行、到月球上玩、合作变魔术等。外星男孩阿尔法在作品中是近乎魔法师的形象，具有不断制造惊异感的能力。而他与地球人之间基于不同背景的相互审视，造成了审美上的间离效果。

实际上，很多标为"儿童科幻小说"的作品，尤其是以中低年级为读者对象的作品是科幻与童话的杂糅，即科幻童话——一种交叉混合性幻想文体。小酷哥哥的《神奇猪侠：外星人入侵地球》讲述了偶然吃掉无限神果的安小帅，突然变成了一个长着猪头的人，拥有了千变万化的神奇技能，惹来了潜入地球的外星人的注意，由此引发一连串的故事。在该作的故事链条中，"无限神果"的设置具有夸张性和神奇性，符合童话的文体特质。台湾儿童科幻作家黄海认为，儿童科幻作品，十之八九为科幻童话。首先，幻想的边界性并非截然清晰的，而是模糊的、漫漶的，甚至经常是溢出边界的；其次，面向中低年级的作品中科幻童话居多，因为这个年龄段的孩子不易理解繁复的科学设定，重"趣"胜于"理"，因而也不需要详尽叙述情节背后的科学支撑，这也导致儿童科幻作品中的"黑匣子"比比皆是。沐沐的短篇

《记忆碎片》，写到克隆体为了拯救地球，以飞船撞向小行星的情节，作者并未交代是如何撞击的，究竟能否改变小行星的轨迹？这种设定不在于"理"，更多是为了服务于故事情节构思。逻辑上的断节牺牲了科学性，导致故事叙事的随意性增加，但也使得故事读起来有随时可能爆发的惊喜感。

赵华在众多儿童科幻作家中一直显得很特别。这种特别基于两点：一是他的作品极为关注弱势群体，经常设定一个相对完满的结局，《猩王的礼物》中的脑瘫儿加西亚、《外星瞳》中的盲女贝蒂等皆是此例；二是作品的背景设定尤为钟情于他的故乡，选定西北贫瘠乡村，多以贺兰山为坐标，如《除夕夜的礼物》《世界第一朵花》等故事的发生地均为西北贫瘠干旱的简泉村，这种安排无疑增加了叙事的惊异感，也是作者在科幻书写中的中国化尝试；三是他的科幻作品既非类型化、商业化创作路线，也不汲汲于对科技感的追求，更侧重对人物情感的刻画与描写，这与他以主流儿童文学作家的身份切入科幻写作的路径也有关系。外星人在他的作品中更多是推进故事发展的辅助性元素，他的短篇《除夕夜的礼物》《来自波江座》构思相近，均写到了误入地球的外星人，赵华无意于深入外星生命群落去探求可能的链接与逻辑关系，他更多将其视为一种闯入式的异己力量，笔墨更多倾注于地球生命，探索地球生命与外星力量的关系。

3　儿童科幻书写的多元化尝试

2019年的儿童科幻创作除了围绕上述两种习见的科幻题材展开外，还出现了拆解科幻构想、极富科学思辨意味的科普型科幻作品。该类作品门槛较高，要求创作者有坚实的自然学科知识背景，刘慈欣对于科普型科幻这支"消逝的溪流"一直大力提倡[2]。台湾科幻作家叶李华多年从事科普科幻的推广工作，近两年开始着手原创儿童科幻小说的创作。加州大学伯克利分校理论物理博士的学科背景，加之自幼饱受科幻的浸润，使他的创作充溢着浓郁的理趣。他在2019年发表了《独树一帜》《隐形奇案》《生日礼物》《爷爷的心事》《明明知道》5个短篇儿童科幻作品。《独树一帜》写了"我"在与爸爸妈妈的共同讨论中，如何分别围绕太阳、小行星、导航卫星构织一篇合格的科幻小说的故事。其中"爸爸"是科学家的形象，不断纠正并引导"我"往一篇标准的科幻小说的方向去构思。该篇小说将科幻构思层层拆解，有一种反叙述化倾向，即把叙事行为作为被叙述的对象，讨论如何构思、铺陈情节。综合来看，叶李华的小说有着坚实的科学理论支撑，多以人物对话推进，充满对硬核科学思辨的乐趣。然而，这种对话录式的不重情节推进及矛盾冲突的写法，也导致了小说的弱情节性，而其中的知识块则需要读者具备一定的知识储备方能消化。

如果依据面向的读者年龄段对儿童科幻小说进一步细分，我们会发现绝大多数作品是以小学阶段7—12岁的儿童为潜在阅读对象而创作的，该类作品大多具有溢出边界、卡通化、童话化、游戏化、商业化的倾向。面向13—17岁读者的少年科幻作品数量较少。马传思近年涉足少年科幻的创作，佳作频出。2019年出版的《图根星球的四个故事》《蝼蚁之城》均是他写给少年读者的科幻小说。《图根星球的四个故事》由四个小故事组成，更像一组有象征意味的科幻寓言故事。少年马塬、雌性图根人"艾玛"、壮年期的"士兵"、老年图根人"萨布"、智能生命"后羿"各代表生命的不同阶段，小说以这几个人物的视角，讲述了他们各自关于"寻找"的故事。现实在几个人物各自的想象中幻化成了一个颇具荒诞派戏剧的叙述情境，在互文互融中构织成复调的关于信仰的言说。马传思一贯坚持将其对生命的思考融入创作之中，他的小说沉潜而诗意，结尾常常步入卡尔维诺式的轻逸之境，试图解构思考带来的沉重感。

超侠于2019年推出新作《功夫恐小龙》，讲述了未来世界因环境极度破坏发生灾难，在垃圾场长大的野孩了小龙接受孔星子的指导，野性渐收，为了改善环境，获取更多的食物供给村民们，前往垃圾山峰鬼蜥洞寻找能源的故事。小说将科幻、悬疑、武侠、冒险等元素融合在一起，具有热闹、游戏、大话、戏仿的超文本狂欢化叙事特征。其作品胜在天马行空的想象力，但整体叙事稍显粗疏。小说善用悖论式叙事策略设置情节：烤猪会说话、克隆孔星子和天宇恐龙、小孔星子复活了、天上掉下一堵墙、穿过村主任的躯体、恐怖的山路、能吞掉恐龙脑袋的大嘴巴……悖论是有意识地在叙事文本中将两个相互对立的主题（观点）、表现手法、叙述方式等共时态地呈现出来[3]，从而造成一种矛盾、荒谬的镜像，有助于增加阅读的参差体验。

书写新科技、新发明在当前生活的应用并描述其产生影响的"技术型科幻"，是新中国成立之初的主要科幻类型。在2019年的儿童科幻创作中，仍然延续着对科技发明式科幻的书写传统，刘金龙的《我的魔法笔》《会发热的发卡》均为这一类型的科幻。此外，小高鬼、徐彦利等水平较为稳定的儿童科幻作家，也均有新作推出。小高鬼的《完美缺陷》为儿童构织了变身"超人"的梦想，通过服用药物获取超能力，进而实践超能力，不过，这类"超人型科幻"大多不再止于"十七年时期"对科学的膜拜，而是在变身超人后转而反思其负面作用。

4　儿童科幻创作的症结、反思及走向

综合来看2019年儿童科幻的创作，人工智能、太空、外星人题材仍是儿童科幻文学的选题重镇，这对主流儿童文学一直过于强势地对"儿童社会"和"人与人"关注未尝不是一种反拨与开拓。对"儿童与机器人""儿童与外星人"等关系的构拟，有助于培养儿童博大的生存哲学意识。科普型科幻的泛起、个性化写作的尝试也让我们看到儿童科幻更多可能的空间。不过，伴随着作家数量的增多，作品类型、题材、风格的拓展，也出现了一些需要警醒的态势及反思的症结。

首先是商业化、产业化创作模式凸显。由于科幻近几年趋热，不少主流儿童文学作家、畅销书作家、媒体从业者等纷纷加入儿童科幻文学创作中。类型化创作无疑是最易模仿的一种路径，诚如杨鹏所言，类型化的文学作品，由于数量庞大、结构简单，重创意而不重文学性，是一种格式化的写作，更容易衍生模仿[4]。如此，出现大量披着科幻外衣却缺乏创意、雷同化的构思也不足为奇，这种趋同化写作使得科幻故事呈现平面化、碎片化、快餐化的特征，科幻不过是开启狂欢和游戏的装置。故事中的儿童形象塑造标签化、脸谱化，尽管其对儿童的主体性（冒险精神、超人之力等）极力彰显，但始终缺乏撼动人心的力量。遗失了童年精神中本质意义的审美品质，人物形象的内涵是概念化、虚空的，缺乏把人带往更高境界的精神力量[5]。我们需要警惕的是，商业化写作、产业化IP打造在儿童科幻创作中的扩大化趋势，

这种商业化意识如果变成作家、出版商、文化经纪人以及广大读者都乐在其中的集体意识，会进一步挤压其他类型的生存空间。

其次是科幻想象创新性不足，科幻的核心构思、科幻原型等方面因袭痕迹明显。在2019年的科幻故事中，很容易找到对《盗梦空间》《隐形人》《机器猫》等欧美、日本习见科幻元素的模仿，也不难见到趋同化的构思。这一方面是类型化创作的影响，另一方面与作者创作价值取向、科学想象力不足有关。在通俗性、消费性儿童科幻文学作品中的因袭现象较为常见，文本营造的气氛浅显而喧嚣，科幻意象可以被随意拼凑，接近现代传媒学中所说的"拟像"，最终成为失去所指的能指，漂浮的能指[6]。读者阅读这类作品，无法体验到科学所带来的思维上的乐趣以及崇高的美感，祛除了理性的束缚，看似在一定程度上解放了儿童，但是，这种漂浮又在很大程度上让儿童失去根基[7]。如何在继承的基础上紧抓当前的科技发展开拓创新，创造出新的具有中国儿童特色的科幻构思，需要创作者切入当下儿童生活情境。作者步入科幻特定的时间和空间时，如何切入儿童生活的"当前时间"，从而引导读者认识到他们当前的生活状态的变动、重构与复数化？科幻作家应当如何书写社会转型期时的儿童精神生活内容的变化也许是接下来的挑战。

参考文献：

[1] 王泉根，赵静. 儿童文学与中小学语文教学[M]. 广州：广东教育出版社，2006.

[2] 刘慈欣：大力发展儿童科幻和科普型科幻　避免把美国科幻衰落的原因当成经验汲取[EB/OL]. （2019-11-03）.

[3] 李遇春. 悖论中的《扎根》和《扎根》中的悖论[J]. 小说评论，2005(4)：45-49.

[4] 李学斌. 沉潜的水滴：李学斌儿童文学论集[M]. 北京：接力出版社，2009.

[5] [6] [7] 吴其南. 成长的身体维度——当代少儿文学的身体叙事[M]. 上海：复旦大学出版社，2017.

原载于《科普创作》2020年第4期

中国少儿科幻的"当代"观察

— 崔昕平 —

中国当代文坛上，科幻文学无疑是一个新崛起的热点。中国当代文坛上，儿童文学也无疑是一个热点。近年来，二者正逐渐呈现出热点的"交集"。儿童文学视野中的科幻文学，被简称为"少儿科幻"。有观点认为，中国当代科幻文学的起点，就源于儿童文学，因为我国"当代"视野内的第一代科幻作家，即20世纪50年代开始科幻文学创作的作家们，如郑文光、童恩正等，最初都是被纳入儿童文学视野、参评并获得儿童文学奖项的。这一问题，此文暂不追溯，但是，有一点却是非常肯定的：在中国当代儿童文学的发展历程中，对少儿科幻的关注从未缺席。

1 中国少儿科幻的"当代"开启

1955年，是一个标志着中国当代儿童文学健康开启的关键年份。1955年9月16日《人民日报》社论《大量创作、出版、发行少年儿童读物》与1955年《中国作家协会关于发展少年儿童文学的指示》，发挥了极为重要的引领作用，促成了中国当代儿童文学的第一个蓬勃发展期。这两个重要文献都专门提及了少儿科幻的创作问题。《大量创作、出版、发行少年儿童读物》提出："中国作家协会还应当配合中华全国科学技术普及协会，组织一些科学家和作家，用合作的方法，逐年为少年儿童创作一些优美的科学文艺读物，以克服目前少年儿童科学读物枯燥乏味的现象。"《中国作家协会关于发展少年儿童文学的指示》提出："作品的形式和体裁应该丰富多样。不仅要有小说、故事、诗歌、剧本，也要有童话故事、民间故事、科学幻想读物。"并且专门强调："应该特别注意发展为广大少年儿童喜爱而目前又十分缺乏的童话、惊险小说、科学幻想读物、儿童游记和儿童剧本。"在这两个重要文献中，为少年儿童读者提供科学文艺读物，受到了高度的关注。前者使用了"科学文艺"，将科普读物涵盖其中；后者则侧重少儿"科幻文学"这一文学范畴。20世纪50年代，郑文光、童恩正的科幻文学创作，高士其的科普童话、科学诗创作，都为中国当代少儿"科学文艺"的文体发展提供了成功的文学样例。

进入"新时期"，文学创作领域全面复苏，少儿科幻文学领域也出现了以叶永烈的《小灵通漫游未来》为代表掀动的巨大科幻创作热潮，少儿科幻小说、科学童话、科学诗、科幻电影、科学戏剧、科学相声各种文体百花齐放。叶永烈曾经撰文《儿童科学文艺漫谈》，对中国当代少年儿童科学文艺在20世纪70年代末80年代初迎来的创作发展，以及逐步形成的文体分支，做了非常全面、非常有针对性的论述。但是儿童文学领域内"科学文艺"的"繁荣"态势，也迅速陷入1983年"精神污染重灾区"论争造成的负面影响，逐步走向沉寂。但是，从国家层面，广义的科学文艺或狭义的科幻文学基于儿童的意义，从未被忽视。以中国儿童文学最高奖、中国作家协会主办的全国优秀儿童文学奖评奖历程看，1986年首届全国优秀儿童文学奖就设置了"科幻小说"奖项，郑文光的《神翼》获奖。之后，因受到科幻文学创作整体进入严冬期的影响，科幻小说创作出现断层，优秀作品匮乏，二、三、四届的该奖项均空缺了。

2　21世纪少儿科幻的"身份"之思

21世纪以来，与中国当代儿童文学整体加速发展的时代相呼应，中国少儿科幻文学应进一步得到重视成为共识。2001年1月13日，中国作家协会第五届主席团第八次会议通过《中国作家协会关于进一步加强儿童文学工作的决议（2001）》，十条具体举措中，就专列一条："与中国科协密切合作，做好文学家与科学家优势互补的联姻工作，共同促进科学文艺创作的发展。"世纪之交，少儿科幻文学的创作样貌也逐渐丰富，20世纪80年代，因少儿科幻电影《霹雳贝贝》而深受小读者喜爱的张之路的少儿科幻文学创作极具代表性，他的《非法智慧》《极限幻觉》《小猪大侠莫跑跑·绝境逢生》先后在全国优秀儿童文学奖第五届、第七届、第八届评选中获"科学文艺"奖。此外，在第六届评奖中，赵海虹的短篇科幻小说《追日》获"青年作者短篇佳作——科学文艺奖"。

进入21世纪，世纪初的科幻文学研究具有了理论属性，这归功于吴岩教授在这一领域的专注研究与基础性深勘。科幻小说的概念阐释、科幻小说在中国的百年发展史等问题，都以论文、专著的形式，构成了中国科幻理论体

系的初步架构。张之路在2000年全国科普创作及科学文艺研讨会上的发言
《繁荣科学文艺的几点思考》（《人民日报》海外版，2000年4月17日），
分析了阻碍科学文艺发展、造成优质的科学文艺作品严重匮乏的原因，既谈
到了20世纪80年代那场论争带来的创作桎梏，也冷静分析了少儿科幻创作自
身对"幻想"的放纵。关于科幻的"身份"问题，尤其是科幻文学与儿童文
学的关系问题，也曾引起广泛关注，葛红兵撰文谈《不要把科幻文学的苗只
种在儿童文学的土里》（《中华读书报》，2003.08.06），王泉根撰文回应
《该把科幻文学的苗种在哪里？——兼论科幻文学独立成类的因素》（《中
华读书报》，2003.08.27）。这一论争聚焦于科幻文学的未来发展，也显示
了科幻文学圈内部对少儿科幻部分地存在排斥心理。

　　显然，将科幻小说的发展，放置在儿童文学的视域，是我国当代科幻文
学发展极度"边缘化"时期的一种过渡性举措。但在科幻文学的"常态化"
发展中，极为重要的一支，必然是少儿科幻。科幻文学与儿童文学的"外在
呈现"的一致性，源自"幻想"的艺术形式，科幻文学与儿童文学"内里"
解决问题呈现出的一致性，则在于"朝向未来"的精神归属。儿童以其身处
衔接人类世代代际传承者、维系人类生命与人类文明延续者的特殊身份，被
儿童文学与科幻文学赋予了与希望、与未来的最密切关联。人类物质世界与
精神世界的拯救者或者说拯救的希望，均同一地指向了儿童。历代文学作品
常常在极度的绝境中、在极致的恶面前，寻求以儿童的天真纯善的真童心，
唤醒成人世界的浑噩与迷失，如泰戈尔、华兹华斯的诗作，诚挚赞美"儿童
的天使"，感叹"儿童是成人之父"。科幻文学常常在假设的地球即将毁灭
的绝境中，描绘如何保护儿童，如何保存人类文明。在多代、多位作家的科幻

作品中，绝境中的突围，也恰恰是靠突破思维定式的儿童、无惧无畏的儿童达成的。如刘慈欣的《超新星纪元》、王晋康的《宇宙晶卵》等作品中，儿童是未来走向的决策者，儿童是可能灾难的突围者。因而可以说，无论是在外在幻想色彩抑或内里精神气质上，二者都呈现着某种天然的、密切的关联性。

面对当代文明，努力与少儿科幻"撇清"，已经是一个"过去式"，就像努力与儿童文学"撇清"已经成为"过去式"一样。问题的背后，其实同样包括对待儿童、儿童文学的态度和认识。随着人类文明前行的脚步，对儿童文学的狭隘化、"小儿科"的界定已经逐渐被驱离人们的头脑，儿童文学所独具的文学意蕴与价值已然为越来越多的人认可；优质的儿童文学所标识出的儿童文学艺术标准与创作难度，也已然为越来越多的人认同。为儿童创作科幻文学，也已然不是羞于启齿之事，而是如何驾驭之思。

3　新时代少儿科幻创作的多维拓展

新的时代呼唤丰富的、优质的少儿科幻作品。人类文明走入当代，科学技术以前所未有的深度融入了儿童的日常生活，并成为他们生活本身的重要组成部分。科学技术有着与这一代儿童最为亲近的心灵距离，这就决定了他们紧密追踪的兴趣点不再是过去的田园、乡村，而是时刻与他们发生关联、带来改变、产生共鸣的科学技术。因此，"少儿科幻"成为"科幻文学"与"儿童文学"的子门类，存在着巨大的阅读需求。

21世纪的第二个10年以来，少儿科幻文学受到的重视度与实际的创作量，都呈现出加速趋势。仍以全国优秀儿童文学奖考察，第九届、第十届两届评奖，均为少儿科幻文学设置了两个奖项份额。刘慈欣的《三体》、胡冬林的《巨虫公园》、王林柏的《拯救天才》、赵华的《大漠寻星人》这四部获奖作品的科幻样貌非常丰富，也表征了少儿科幻文学创作逐渐多点开花。

科幻文学领域内，董仁威、姚海军、吴岩等均已敏锐感受到了少儿科幻应有更大的发展空间，并且开始在"全球华语科幻星云奖"中设立"少儿科幻"奖项，成都《科幻世界》承办的国际科幻大会开始设立"少儿科幻"分论坛，促成了在科幻文学圈内部对少儿科幻的关注与聚力，一批坚持从事少儿科幻创作的作家有了创作归属感与交流的契机。另外，一个面向未出版作品的"大白鲸"原创幻想儿童文学奖优秀作品征集活动自2013年启动，至今已坚持6个年头。因其中专设"科学幻想"类型，它成为一个"少儿科幻"原创力量汇聚的平台，6年间问世了多部具有标杆意义的少儿科幻作品，时间穿越、多维空间类型的如王林柏的《拯救天才》、马传思的《奇迹之夏》，生态毁灭类型的如左炜的《最后三颗核弹》、马传思的《冰冻星球》，人类进化、人机共处类型的如王晋康的《真人》、杨华的《少年、AI和狗》等，文化反思类型的如赵华的《除夕夜的礼物》、源娥的《时间超市》等，极大丰富了少儿科幻文学的创作样貌。

王林柏的《拯救天才》，以时间穿越的科幻模式讲述一系列拯救天才的故事，而这种穿越型幻想因为建立在广博的文化史、科学史基础之上，所以超越了一般意义上的穿越类故事，严谨、丰满而睿智。马传思的《冰冻星球》《奇迹之夏》，以饱满的信息量与具有可信度的科学思索，既开拓着孩子们的想象视野，又传递了以科学认识世界的思维方式，更借此展现出了知识的魅力。王晋康的《真人》，以前瞻性的科学想象，假想了在科技高度发达并完全介入人体甚至参与到人类的繁衍的时代，"人"之为人的标准将向何处去。杨华的《少年、AI和狗》对少儿科幻创作"硬科幻"作品的尺度与技法做出了非常有益的实践。作品选择把AI（人工智能）这一备受科技界关注的前沿科技之一写入少儿科幻，在少年与AI的人机对话中，AI传递了大量航空航天的科学知识，科学成分饱满扎实。赵华的《除夕夜的礼物》有着较为成熟的"科幻"思想方式，作品透露出来的对科学与人类、人类与可能的外星生物的"关联形式"的思考深度，是对少儿科幻普遍流于对科幻元素概念化植入的有力反拨，是对一些少儿科幻创作以科幻为"摆件"实则大展魔法想象的简单化操作的有力反拨。

上述作品，均以较高的品质获得了不同奖项的认可，如王林柏的《拯救天才》荣获全国优秀儿童文学奖，马传思的《冰冻星球》《奇迹之夏》获得全球华语科幻星云奖。2019年获第十届全球华语科幻星云奖最佳少儿短篇小说金奖的秦萤亮的《百万个明天》，推想了AI进入人类生活后可能出现的人类如何对待智人的情感问题。描写细腻，情感动人，既描绘了人与智人相处的百万种可能，也在人与智人的交互中，给予了"爱"的定义外延的百万种可能。该作品随后荣获2019年陈伯吹国际儿童文学奖。多维度的获奖，显示了各奖项与活动对少儿科幻发展形成的凝聚、推动作用，也印证了当代少儿科幻正在迎来文体的日益自觉与创作中的创新意识。

4　面对新的机遇更需新的警惕

在当下这种时代趋势和主流社会的关注下，可以预见，少儿科幻迎来了良好的发展契机。潜藏、散在的创作力量正在不断聚集，"跨界"创作的趋势也已逐步呈现。但是于整体科幻文学发展与整体儿童文学发展而言，当下少儿科幻创作的发展仍是相对薄弱的。这就需要一种严谨的、努力的创作态度，去补充、拓展少儿科幻的艺术样貌。

在儿童文学领域对少儿科幻的屡次表述中，交替出现了"科学文艺"与"科幻文学"，实际显示了"少儿科幻"的广义与狭义之分。儿童文学视野中的"科学文艺"是广义概念，内含科幻小说、科学童话、科普故事、科学诗、科学剧、科学绘本等。"科幻文学"则指称了狭义的少儿科幻，不包括科普类读物，单指文学类读物。二者的评价标准是不同的。此处暂且不谈科普类少儿读物的创作标准，单就狭义的"文学"领域来看，当代少儿科幻创作在逐渐升温的同时，也呈现出相关的、需要警惕的问题。

部分少儿科幻创作对"幻想"的运用，存在"杂糅"。作品的"科幻"含量稀薄，杂糅了"奇幻""玄幻""魔幻"以及"打怪升级"等"类型"元素。这种杂糅，降低了少儿科幻创作的难度，也导致少儿科幻面目的模糊。20世纪70年代，加拿大的达科·苏恩文（Dazko Suvin）对科幻有一个界定，科幻是"以疏离和认知为宰制"的。"疏离"强调了科幻作品需营造陌生化的生存环境、科技背景，"认知"则强调了对"陌生化"要有理论解释，并且建立在科学前瞻性假想的基础之上。"疏离"和"认知"并行，方可称为"科幻"。"魔幻"或"奇幻"，则是可以摆脱因果链推导的非逻辑性幻想，因疏离而产生的陌生化是有的，但其中的幻想是不需要寻找某种科技理论的自洽，甚至往往不需要解释，是所谓从心所欲，以"奇"制胜。摆脱因果链的幻想，在儿童文学的一种重要体裁——童话创作中，是经常被运用的。

科技理论在科幻作品中的支撑力与密度，将科幻文学区分出"硬科幻"与"软科幻"。科幻文学作家面对突飞猛进的科技发展速度，开始慨叹科技前瞻的难度，慨叹真实的科技有时甚至反超了科学幻想，一些新生代科幻作家的创作呈现出更加稀薄的科幻密度，更多朝向某种人文性的思索，甚至有青年科幻作家用"稀饭科幻"来进行自我指称。那么，以此类推，少儿科幻的科幻味儿，是不是可以再稀薄一点，达到"米汤科幻"即可？于是，披着科幻外衣的魔幻小说、披着科幻外衣的童话故事，成为少儿科幻创作领域随处可见的作品样貌。

与科幻圈内曾经对少儿科幻的回避不同，这是另外一种对少儿科幻创作的"轻视"，是一种轻视"科幻"的创作态度。少儿科幻虽然因为面对儿童受众这一读者定位，在科技理论的密度与难度方面，需要有意识地做一些降低，以确保儿童阅读的可读性与适读性，但是，少儿科幻与科幻文学一样，同样追求幻想内里科学精神的灌注，同样应该承载对未来科技发展，对人类文明走向，对宇宙命运、生命关系的前瞻与思考。少儿科幻应该始终对科学幻想与童话幻想、神话幻想等幻想文体的杂糅保持高度警惕，应该始终有明晰的创作分野。虽然上述幻想文体都拥有想象的特权，但童话、魔幻等是可以随意驾驭因果关系的任意结合式想象，科幻却必须具有科学推演的认知基础。杂糅的创作，势必对小读者造成"误导"。久而久之，极有可能再次触发"精神污染"的论争。

返回童年之旅——少年科幻小说创作漫谈

−杨　鹏−

　　所有的写作，都是对写作者心灵深处某种情结的拷问、追索与释放，少年科幻小说作为科幻小说的一个重要分支以及文学的一个独特品种，也不例外。

　　每一种文本的创作，都受制于受众的审美趣味和接受能力，少年科幻小说作为比其他文体对受众依赖性更强的儿童文学的一个特立独行的品种，同样不能例外。

　　从文体的特性来看，少年科幻小说与适合成人阅读的科幻小说（即主流科幻小说）有许多共性，但是，从受众的特性来看，少年科幻小说与主流科幻小说几乎没有什么相似之处。比如，主流科幻小说是"小众文学"，可以为了某种带有先锋目的的写作放弃情节性、消解意义和瓦解权威主体，而少年科幻小说则强调小读者（即受众）的惊奇感、夸张性和少年英雄主义情怀。

　　由于以上原因，少年科幻小说在创作技巧上与主流科幻小说相比，可谓大相径庭，少年科幻用主流科幻的技法来写，或者主流科幻用少年科幻的方式来创作，都将南辕北辙、一败涂地。从这一点上来说，少年科幻和主流科幻是两种完全不同的文体，许多人在写作少年科幻或成人科幻时会误入歧途，就是因为对这一点完全没有看清楚。

每一次创作少年科幻小说的过程，都是一次返回童年的过程。你必须将童年和少年时代的兴奋、好奇、渴望、梦想……完完全全地从你的记忆库中调出来并用文字进行呈现。如果你做得不彻底，如果你的想法还带着成年人的杂质，如果你不能将自己还原到14岁之前的状态，如果你的写作充满了功利心……那么，我可以百分之百地告诉你，这条路对你来说是死路一条，你永远摸不着它的门，你永远不能以它为敲门砖来敲开受众，也就是你的读者的心扉。

写少年科幻，你必须有14岁情结，你必须对14岁或者更小的孩子喜欢的事情津津乐道，你必须接纳奥特曼、E.T.外星人、超人等对主流科幻来说极其幼稚的元素，你必须使用被主流科幻用滥了的桥段来讲述可以让少年热血沸腾、浮想联翩的故事……返回、返回再返回，直到完全地返回童年时的状态，你才能在记忆中获得新生，你才能成为14岁时的那个热血、激情、纯粹、充满梦想的少年。

你还要建立自己独特的，但又适合少年阅读的话语系统。这种话语系统，会丢失主流科幻的文学性、人文性和前瞻性，它必须向少年看齐。你所使用的语言，必须是他们所熟悉的语言——注意，不仅仅是网络语言，更重要的是他们生活当中经常用到的语言，比如"蟋蟀""超漂"等；你所运用的结构，必须与现代主义和后现代主义以及形形色色的先锋文学和文学实验完全地划清界限；你必须以小读者喜闻乐见的方式，比如快速、动感、悬念、惊险、青春、校园、动漫、游戏等，去推进情节。否则，不是你在抛弃读者，而是读者会马上抛弃你。

少年读物的竞争极其残酷无情，它不像某些被冠以先锋的成人读物，哪怕你写得什么都不是，只要架势足够唬人，语言足够花哨，总能得到一些"皇帝的新装"式的喝彩，少年读物出版后被放在书架上，要经受小读者数秒钟内"见血封喉"式的检验，如果你的作品不能在极短时间内吸引读者的注意力并激发他们阅读的好奇心，那你就死定了，你的书只能等待着被下架，被退回出版社，被送到废纸处理厂去压成纸浆。

虽然主流科幻的创作者以及读者对少年科幻充满了文本歧视，但是，它却是人类精神中一个无法被抹去的存在。如果你能真正地返回童年，并成为你的读者拥护的创作者，那么，你的创作才是有价值的，你才能真正地被称为少年科幻小说的创作者，你才能在这条历久弥新的通天大道上越走越远……

当然，凡事都有例外，某些给较大孩子看的少年科幻小说，从文本上来讲，有时也可以与成人科幻接近，甚至让人难以区分它究竟是少年科幻小说还是主流科幻小说。比如卡德的《安德的游戏》和《安德的影子》，我曾不止一次地看到一些评论否认它是少年科幻小说，但事实上，这两部作品的许多英文版本都会在封面注明它适合12岁的读者阅读。此外，从我个人创作经验角度来看，其覆盖了少年科幻的各个创作点，比如自卑与自强、压力与反抗、少年英雄主义、小孩子救大世界、游戏与战斗、激情与梦想、反成人控制等等。从文本的角度上说，它们是中规中矩的少年科幻小说，和《机动战士》《七龙珠》《风之谷》等少年热血动漫一样伟大。

14岁以前的少年与14岁以后的青少年及成年人，是两种完全不同的动物，他们有着完全不同的价值观、审美观、世界观。如果你有意成为少年科幻的创作者，那么你只有一条路——重返童年。除此以外，没有捷径。

怎样创作少儿科幻小说？

-凌　晨-

　　近年来，少儿科幻小说受到多方关注，也涌现出了许多优秀的作品。这就不能不提及两个重要的活动，一个是"大白鲸"原创幻想儿童文学奖优秀作品征集活动，一个是全球华语科幻星云奖。

　　"大白鲸"原创幻想儿童文学奖优秀作品征集活动是从2013年开始的，当时，科幻作家杨鹏和大连出版社提出了"保卫想象力"的口号，向全球征集优秀的幻想儿童文学，尤其是少儿科幻小说。它成为一个"少儿科幻"原创力量汇聚的平台，虽然从启动至今只短短几年，但评选出多部具有标杆意义的不同题材的少儿科幻作品，极大丰富了少儿科幻文学的类型。

　　2010年由世界华人科幻协会发起的全球华语科幻星云奖，经过十年发展，已经成为国内重要的科幻奖项，它根据国内科幻创作的情况，在第八届设立了最佳少儿科幻作品的中长篇和短篇奖项，并在第十一届将少儿科幻内容分出来单独设立少儿科幻星云奖，细分少儿科幻的类型，促进少儿科幻创作。

　　但是，少儿科幻小说创作仍处于起步阶段，存在着诸多问题。首先，作家和作品数量在儿童文学中所占比例很低。2019年，少儿科幻作品长篇（图书）、中长篇与短篇总共194种。而2018年，我国少儿图书新书的品种数就达到了22791种。

其次，少儿科幻作品不仅仅数量少，还有许多并不是严格意义上的科幻小说作品，存在着披科幻皮讲奇幻、魔幻故事的现象，也就是作品中的"科"与"幻"，往往"幻"占比更大。很多传统少儿文学作者看到市场对少儿科幻作品的渴求，也来写少儿科幻。但他们并不了解少儿科幻作品的创作特点和规律，往往写出的作品没有"科幻"的味道，只是把科学知识和幻想故事生拉硬扯在一起。

再次，少儿科幻缺乏评论体系和质量标准。这是一项需要长期进行的工作。好在科幻人已经注意到了这个问题，相信少儿科幻星云奖的创立能促进相关评论体系的建设。

最后，通过对科幻阅读人群的分析，我发现初中阶段的读者最缺乏适合他们阅读的读物。而这正是一个人最重要的成长阶段，这个阶段的阅读兴趣、阅读习惯帮助他们塑造审美观、价值观。在这个阶段阅读科幻小说和言情小说的人，兴趣点的差异真的可以决定人生方向。

我创作的少儿科幻小说不少，中长篇有《鬼的影子猫捉到》《海平面下》《凌波斗海》，短篇有《火舞》等。2019年我的《开心机器人》系列出版了3本，其中的第一册《神秘机器人》有幸入围了首届少儿科幻星云奖。这部小说讲述3个小男孩儿和1个机器人的时空冒险，体现了我对少儿科幻创作的一些想法，就是创作者要贴近读者，以孩子的心态、语言和思维体系来讲故事，故事不一定就要反派和成人的参与。

我用一个具体的例子讲述我怎样创作少儿科幻小说。

创作最重要的是选题，它既要有科学的基础，还要有幻想的外延，并且要小朋友们喜欢。我选取火星为小说的主题。为什么选择火星？因为火星从来就是科幻小说中的热门话题，太空和宇航这两种类型都喜欢用火星作为故事背景。今年火星就更热了。2020年火星运行到了距离地球最近的地方，趁此机会地球人接二连三发射火星探测器，我国的"天问一号"火星探测器也在其中，值得"科幻"一把。火星话题为什么会长盛不衰？当然是由于火星和地球太相似了，人类很早就怀疑它上面有生物，还有浑身绿色的火星人。在科幻小说中，火星人的样子五花八门，千奇百怪，写啥的都有，就是没几个人写的火星和真实火星相像。这和科学家们对火星的认知逐渐改变有关。人类渴望登上火星，对它荒寂的平原进行改造。对于少年读者，火星工程师是很酷的职业，需要掌握卫星定位、寻找并且净化水源、创建生态系统、利用太阳能发电等技能。

那么火星科幻写什么呢？从地球人类的角度出发，可以从火星探险一直写到移民火星，这个漫长的时间中可以发生无数故事。我的短篇小说《火舞》就发生在人类初登火星已经建立了营地的时间点上，和父母一起登上火星的主人公，一心想在火星的天空下做一次滑翔伞飞行。主人公不畏艰难努力实现自己愿望的态度，积极乐观。这是给少儿写故事必须牢记的原则，就是要积极向上，不能宣传"丧气"的悲观态度。

如果从火星人的角度来考虑问题，那是对地球人友好呢，还是干脆俘虏地球人做人质，侵略地球？不同的叙事角度会给读者带来截然不同的火星故事。

　　少儿科幻小说的本质是冒险和成长，于是我的主人公会去挑战平凡，去冒险，在实现目标的过程中成长起来。

　　少儿科幻小说的语言要尽可能贴近孩子，结构清晰；在科技理论的密度与难度方面，需要有意识地做一些降低，以确保针对儿童的可读性与适读性。但是，千万不要低估少儿的智力水平和知识储备量，将少儿科幻低幼化，在小说中犯幼稚病。好的少儿科幻作品让孩子们对科技产生兴趣，不一定非要让其理解科技理论。

　　我在创作少儿科幻的过程中，是把作品的趣味性放在第一位的。作品没有趣味，就无法吸引读者，那再深刻的内涵也无法被读者体会了。少儿的兴趣点和成人有很大不同，而且变化很快，因此研究流行潮流就成了我的一项重要工作。对我这样童心未泯的假大人来说，研究本身就充满了乐趣。

少儿科幻创作之我见

- 彭绪洛 -

早些年我写过一些短篇科幻，近几年又创作了多部中篇、长篇科幻小说，我就自己的创作心得和思路，谈谈个人对少儿科幻创作的见解。

1　关于少儿科幻小说的分类

少儿科幻，我觉得有多种分类方法，除了之前已经有的科学型少儿科幻、人文型少儿科幻、科普型少儿科幻外，还可以有以下分类：

（1）以人设分类

如果从人设来分，可以简单地分为两类：一类是主人公为少年儿童，作者在写作之初就明确作品是给孩子阅读的，读者年龄有一定的针对性。另一类，作品在创作之初并不是专门写给孩子的，主人公不是少年儿童，作品中也没有孩子的角色和故事线，但是孩子们可以读懂，是抓住少儿的心理特征和阅读兴趣点，并且还能引起少儿读者心灵共鸣的科幻小说。这类作品成人和少儿皆宜，没有明显的年龄针对性。

（2）以科学知识分类

从小说内容中涉及的科学知识来分，可以分为三类：一是少儿自然科学科幻小说，二是少儿社会科学科幻小说，三是少儿思维科学科幻小说。当然，这个分类法也适用于成人科幻小说。

自然科学包括天文学、物理学、化学、地球科学和生物学等。目前我们熟知的科幻作品大多是自然科学类的作品。

张之路老师在《霹雳贝贝》中讲到人体带电和导电、塑料手套绝缘等，这些知识都属于物理学科知识。在儒勒·凡尔纳的《海底两万里》中，那艘结构奇异的潜艇，特制的金属舰身、利用海水发电、所用的海底航海技术皆涉及海洋科学以及物理学科的知识。同类作品中有名气的还有叶永烈的《小灵通漫游未来》、安迪·威尔（Andy Weir）的《火星救援》、刘慈欣的《流浪地球》等。

在迈克尔·克莱顿（Michael Crichton）的《侏罗纪公园》中，科学家从一只吸了恐龙血后被困在树脂化石中的蚊子身上提取到了恐龙的DNA，然后复活了恐龙，修建了侏罗纪公园，之后发生了一系列不可思议的事。皮埃尔·布尔（Pierre Boulle）的《人猿星球》讲的是猿人进化成高智商动物，反过来控制了人类，主宰了人类世界。这些作品都是以基因、物种变异、生物进化等生物科学知识为幻想的依据来展开故事的，同类作品中知名的还有赫伯特·乔治·威尔斯的《隐身人》、漫威旗下的《X战警》、比尔·布龙（Bill Broun）的《夜袭动物园》、埃德加·莱斯·巴勒斯（Edgar Rice Burroughs）的《人猿泰山》等。

在斯图尔特·席尔（Stewart Schill）担任编剧的科幻电影《回到火星》

中，主人公加德纳出生在空间站中，后来他找机会回到地球，可因为心脏无法承受地球的压力而逐渐衰竭，他面临死亡，最后他为了继续活下去，不得不回到火星。在笔者的小说《重返地球》中，主人公"我"和一个国际组织一起去外太空寻找新的可供人类生存的星球，后来发生了意外，等"我"醒来时，发现飞船已经从外太空回到了太阳系，但回到地球后，"我"发现人类已经消失，地球已经是另一个模样。上述作品不仅涉及空间站、火星、超光速、核动力飞船等天文学、物理科学知识，也涉及生物生存环境、核污染致使生物变异、基因遗传学等很多生物、化学科学知识。同类作品中知名的还有理察·麦森（Richard Matheson）的《我是传奇》、吉恩·罗登贝瑞（Gene Roddenberry）的《星际迷航》等。

社会科学是用科学的方法研究人类社会各种现象的科学，涵盖的学科极广，包括经济学、政治学、法学、伦理学、社会学、心理学、教育学、管理学、人类学等。

郝景芳的《北京折叠》就是典型的社会科学科幻小说，作品中涉及经济学、伦理学、法学等诸多门类的社会科学。龙一的《地球省》讲述随着人类科技不断进步，资本家借助互联网操控等级森严的未来世界，即将面临"自然死亡"的乔伍德和马莉金渴望改变自己的命运，被卷进一场直指残暴统治巅峰的战斗中。作品涉及社会学、法学、管理学、人类学等多门社会科学，也是典型的社会科学科幻小说。这类作品中具有代表性的还有乔治·奥威尔（George Orwell）的《1984》，以及诺贝尔奖作家威廉·戈尔丁（William Golding）的《蝇王》、刘慈欣的《超新星纪元》、艾萨克·阿西莫夫的《银河帝国》等。

思维科学是研究思维活动规律和形式的科学，研究内容包括社会思维、逻辑思维、形象思维和灵感思维。思维科学对智能计算机和机器人的发展具有重要作用。

珍妮特·阿西莫夫(Janet Asimov)和艾萨克·阿西莫夫合著的《机器人诺比》就是一部思维科学科幻作品。他们笔下的机器人改变了原来科幻小说中机器人老套的奴隶工具或人类敌人的怪物面目，机器人开始成为人类的亲友。艾萨克·阿西莫夫在科幻小说中设定的"机器人三定律"一直被奉为机器人科幻的经典，它几乎成了科幻作家在创作有关机器人的作品时必须遵循的法则。这类作品中具有代表性的还有斯坦尼斯拉夫·莱姆（Stanislaw Lem）的《机器人大师》、丹尼尔·威尔森（Daniel Wilsen）的《机器人启示录》等。

社会科学科幻小说和思维科学科幻小说可以说还是一片"荒地"，目前这两类作品不是太多，这也就意味着科幻作家可以大胆地尝试创作这两个类别的作品，去开垦这片"荒地"。

2 少儿科幻小说的四大元素

对于少儿科幻小说，我一直以来理解为"写给孩子们的，用科学思维去想象的作品"。它包含多个元素：一是科学幻想，二是儿童本位，三是冒险精神，四是文学素养。

（1）科学幻想

"科学"和"幻想"是两个词语。科学，就是科学知识、科学常识，或者可以理解为科学思维。幻想关乎想象力，奇幻、科幻、魔幻都属于幻想的范畴。当"科学"和"幻想"两个词组在一起时，我们可以将其理解为"用科学思维去想象"。

大家都知道，人类的发展离不开创造发明，可创造发明却是对目前未实现的事物进行想象和研究，并通过一系列的尝试、实验、探索，最后走向成功，把通过科学思维想象出的东西变成现实的东西。

科学幻想、发明创造，都是对未知的世界进行探索的过程。其实，这也就是一个理论与实践相结合的过程。简而言之，就是先想到，再去尝试着实现。

科学幻想和阅读科学幻想文学作品，都可以培养孩子们的想象力，让他们的思维更活跃，也可以激发他们的思考能力。

幻想能力其实是我们每个人与生俱来的，只是在成长过程中，很多人的这种能力慢慢被磨灭了。大家都知道保卫幻想能力的重要性，可是究竟如何才能保卫孩子们的幻想能力呢？

首先要有怀疑精神，对我们目前所了解、所学到的知识敢于怀疑，然后通过自己的钻研去验证。你会发现这个验证的过程就是学习的过程，也是自我成长的过程。

其次是要敢于展开天马行空的想象。我们所学的很多知识都是前人总结出来的，或者是他们通过观察发现的。有没有他们没能发现和总结的东西呢？这就需要我们大胆想象，再去寻找答案。

最后还要敢于做"白日梦"，说不准在某一天，幻想就能成为现实，例如我们的通信卫星、潜艇、无线电、航天器，它们的发明，都源自人类的幻想。在很久很久以前，它们都是"白日梦"。

少儿科幻小说最先需要具备的就是科学幻想元素，要培养孩子们的怀疑精神，让他们敢于展开天马行空的想象，敢于做"白日梦"。

（2）儿童本位

这里提到的"儿童本位"并不是指小说的主人公必须是儿童，或者是故事情节中必须有儿童存在，而是指儿童能够理解、能够阅读，并且能够产生共鸣的内容和视角。

少儿科幻小说的创作，我一直认为非常有难度，既不能过于浅显，比如写超人打怪兽、外星人来了，那样孩子们会认为太无趣，甚至是低估了他们的智商；但又不能太过于深奥，因为受年龄的限制，他们所学的科学知识还非常有限，如果我们写的是量子力学、基因编辑、霍金辐射、氦-3能源、中微子束、推重比等这些更加专业的科学知识，那小学生读起来又会有一定的难度。如何把握这个度，对作家来说是大挑战。

所以，在创作少儿科幻小说时，我们一定要考虑孩子们已经掌握的科学知识，以及目前能够理解的科学原理，还有可以延伸的想象空间，否则就很有可能写出让孩子们感到似懂非懂、难以理解的作品。

（3）冒险精神

科幻和冒险都是对未知的世界进行探索和发现。每一个孩子的心里都有一颗渴望冒险的种子，或是对大自然的向往，或是对新事物的好奇，或是对未知世界的期待和渴望。渴望冒险其实是人类的一种本能，更是孩子们的天性，是孩子们成长过程中的一个永恒主题。

可现在的孩子们大多出生和生活在城市，他们离大自然越来越远。他们坐在课堂里学习自然科学知识时，觉得那些知识是多么遥远和抽象，他们无法理解大自然的神奇和力量。

当孩子们没有更多的机会去体验真实的冒险，他们就极其希望通过另一种方式来释放这种渴望，释放的途径有三种：一是玩电子游戏，二是看动画片，三是阅读相关的文学作品。相信绝大多数家长都希望自己的孩子选择第三种方式。而可阅读的作品又有两类：一是传统的探险小说，二是少儿科幻小说。孩子阅读这两类小说都可以从中体验到冒险的畅快感。

在少儿科幻小说中，主人公大多具有冒险精神和胆识，又或是在被动的情况下，为了活下去或者找到真相，逐渐具备了冒险精神和胆识，开始主宰自己的命运，探索未知，并获得一定的控制风险的能力。

人类的发展历史其实就是一部探险史和冒险史。少儿科幻小说中的冒险精神是推动人类发展进程的重要动力之一。

（4）文学素养

少儿科幻小说，不管是作为"属于儿童文学的科幻"，还是作为"属于科幻的儿童文学"，都需要文学素养来支撑，否则就会失去其存在的价值和意义。它与其他儿童文学一样，都要给孩子们提供文学的养分，只是表现形式、载体不一样而已。

　　少年儿童因为年龄小、阅历少，还不具备成年人那样的明辨是非的能力，正处于世界观形成的阶段，所以少儿科幻作品有必要传递真、善、美和健康向上的正能量，帮助孩子们树立正确的人生观和价值观。

　　再者，少年儿童处于学习和吸收知识的初级阶段，少儿科幻小说需要在表达方式以及作品结构上尽可能注重文学性，为培养孩子们的文学素养起到一定的引导作用。

　　少儿科幻小说多样化的叙事方法、个性化的语言风格，以及特有的科幻思维方式，传递给孩子们的是一种独特的文学素养。

（发表于2020年7期《长江丛刊》上旬刊）

中国的少儿科幻文学在哪里？

–尹　超–

　　近几年来，中国科幻发展迅速，掀起了一股又一股热潮，先是刘慈欣的小说《三体》盛行，成为当代名著，还获得了有科幻界诺贝尔奖之称的"雨果奖"，然后是改编自刘慈欣小说的影视作品《流浪地球》系列，引发观影轰动，成为中国影史票房大片，获奖无数，开启了中国硬核科幻重工业电影大片时代，于是，许多地方政府将资源和目光投向中国科幻领域。这对科幻迷、科幻作家、编剧、科幻工作者来说是好事，现在是最好的机会，也非常符合我国现在的发展。"人类命运共同体"，这也是科幻里经常出现的概念，就如《流浪地球》讲述的不再是我们单一的、民族的命运，而是我们整个人类、整个地球的命运；它具有广阔的包容性、令人震惊的科幻创意和无比宏大的想象力；它有最扎实、最尖端的高科技方面的表现，同时又有最中国化、最纯粹化、最与众不同的世界表达。《流浪地球》系列电影真正做到了向世界讲好中国故事。我想说，科幻这一门类的艺术，将随着科学的进步和发展，以及人类永不枯竭的好奇之心，成为在想象和创意的大海上那艘永远不会沉没，永远乘风破浪，永远在寻找科学创新、幻想之美的巨轮。

　　其实，科学幻想最能吸引的对象，就是孩子们。孩子们思维还没有固化，他们非常喜欢问"为什么"，他们还有童心和好奇心，他们想知道这个世界的真相，而要知道这个世界的真相，就必须去认识世界，学习知识，了解科学。但如果只单一地纯粹地普及科学知识的话，可能会有些枯燥。所以，那些新奇、好玩，有想象力，又承载着科学知识点的作品，就成了他们目光凝聚的地方，这是他们天生热爱科幻作品的原因，尤其是那些站在他们的视角，他们能理解，贴近他们的心灵的科幻，那就是少儿科幻。

　　许多科幻作品，比如刘慈欣的一些作品，虽然不是专为少年儿童创作的，但是非常适合少儿阅读，所以当出版商给它冠以少儿科幻或者少年科幻的名义出版后，也深受孩子们欢迎，成为畅销书。到现在为止，凡尔纳的许多作品的各个版本，在市面上畅销，长盛不衰。究其原因，一方面，作品里边有对科学真相的追寻探索和惊心动魄的冒险；另一方面，它又非常贴近孩子们对世界真相与知识无穷无尽的渴望，这是一种进入科学构建的未来异世界的强烈渴望。所以，这些作品非常适合少年儿童阅读，在世界范围内俘获了一代代少年的心，取得了巨大的成功。科幻对孩子们的吸引力是永恒的，在20世纪80年代，张之路编剧的电影《霹雳贝贝》同样引发轰动，特别是在那一代孩子的心中，留下了不可磨灭的印记，点燃了无数人心中的外星梦、超能力梦、科幻梦。电影以一种简单明了的方式来展现外星人跟人类的不同与互动，以孩子的视角讲述了一个获得外星超能力——能发电的孩子，在生活中的烦恼和成长过程，非常贴近孩子们的心灵，也抓人眼球。我小时候看这部电影，看了一遍又一遍，对于我来说，那就是世界上最好看、最神奇的科幻片。张之路老师后来的一系列作品，都带着强烈的科幻色彩。他本身就是一位非常优秀的儿童文学作家，所以他写的科幻作品非常优秀，有童心童趣，有思考，也有科幻内核。

到了20世纪90年代，杨鹏横空出世，他本身是看着科幻、动漫、卡通长大的新一代少年，所以他的创作就充满了动漫的炫酷和幻想色彩。而且他对各种类型的少儿作品都有深入的研究，他和孩子们沟通之后，发现实际上孩子们对科幻作品当中那些过于复杂的科学原理，可能没有那么大的兴趣，甚至会有阅读障碍，特别是年龄小的孩子。孩子们反而更喜欢那些科幻元素、道具、设定等产生的神奇效果，比如说超能力、变异、神奇的超级武器等。所以，他利用这些科幻元素，再加上天马行空的想象力、精彩抓人的情节，创作出独具特色的儿童科幻作品，他称之为"少年科幻"或者"少儿科幻"——专门与少儿侦探、少儿惊险、少儿悬疑、少儿军事等门类区别开来，成为单独的类型。他赋予作品对人性的洞察和对世界的讽刺，加上作品背后深刻的教育意义，使得作品既精彩好看，又有文学水准和思想深度，成为畅销、长销书。他是所有20世纪90年代及以后出道的科幻作家中，真正最先拿到高额版税的畅销书作家。

张之路和杨鹏的科幻作品，主要是为孩子们而写的。在20世纪90年代，核心科幻开始萌芽、成长、崛起。许多科幻作家认为科幻是科幻，跟儿童毫不相干，要有全新的、给成年人看的硬核科幻。但中国作家协会的奖项设置，一直以来都是把科幻放在儿童文学里面，因为老一辈的文学家可能认为科幻天生就适合儿童，况且在20世纪70年代科幻的繁荣中，许多作家的作品都是针对青少年创作的少儿科幻、科普科幻，所以科幻便被放在了儿童文学的门类中。当许多作家在创作中发现科幻不仅仅要为孩子写，还要有更加深层次、更高要求的科幻创意，有更复杂的表达时，他们便认为把科幻放在儿童文学里显然不合适，于是就提出了许多反对意见，也引发了一些争论。这些争论对科幻的创作产生了两种影响，一种要把科幻文学和儿童文学完全割裂开来，一种则要继续拥抱儿童。这两种方式都有自己的立场，其实它们所说的科幻并不是同一种科幻。你想想，《三体》和《小灵通漫游未来》、《黑客帝国》和《奥特曼》，能算同一种类型的作品吗？它们都应该算是科幻，但严格分的话，又是不同的科幻类型，一种是具有哲学思考的科幻，一种是具有儿童特色的科幻。成人的兴趣和儿童的兴趣是不同的，不能互相鄙视，特别是成人，成人也是从孩子走过来的，不应该蔑视自己的童年。

实际上，科幻文学作品，特别是其中的优秀作品，本身就应具有非常硬核、脑洞大开的科幻创意，以及非常精彩的故事，而这样的作品，如果也适合少年儿童看的话，它就能在成人科幻和少儿科幻领域实现双赢！就像《安德的游戏》，你可以说它是一部科幻，也可以说它是一部儿童文学作品，这并不影响它在科幻迷心目中的地位。它描写的是一个天才少年在残酷的训练和特意的打压之下，最终带领一群少年打败了整个虫族的故事。但他在成功之后，内心又感到非常后悔和痛苦，因为他灭绝了一个种族。后来，他便带着虫蛋飞向宇宙。这部小说写得非常精彩好看，而且延续成了一个很长的系列，它用的是儿童视角，但也相当残酷，科幻设定巧妙，故事扣人心弦，它可以说是少儿科幻，却也获得了所有人的喜欢。基于原著拍摄的电影表达出了一些原著的精髓，但可能因为时间久远，类似的创意已经被另外一些科幻大片提前用过了（当然最早的出处是这部作品），所以电影就没有那么精彩和好看，票房也不太高，但实际上我觉得它还算一部很不错的科幻电影，而且是一部真正意义上的少年科幻电影。所以我们可以说，好的少儿科幻作品一定是好的科幻作品，但是好的科幻作品不一定是好的少儿科幻作品。之所以这么说，是因为有很多科幻作品，非常优秀也非常吸引人，但是它们可能并不适合少年儿童阅读，比如《万有引力之虹》《差分机》《光明王》这样的科幻作品，肯定是不适合小孩读的，但是它们毫无疑问是科幻文学史上的杰作。

对于一部优秀的少儿科幻而言，它比成人科幻更多的限制是，要在避免那些少儿不宜的叙述的同时，以儿童的视角来进行表达，但是又必须表现出科幻的魅力，所以实际上它是一种更高维度的创作，不但是"戴着脚镣跳舞"，而且是"戴着手铐跳街舞"。因此，少儿科幻并不是要降低你的创作维度，用一些老生常谈、老套的科幻创意，甚至增加许多魔幻、奇幻的元素去吸引儿童。它和成人科幻是一样的，必须建立在科学逻辑的基础上，再怎么天马行空，最后总有一根线把你拉回现实，它还要有儿童能理解的表达——这样一来，创作难度会更大。最优秀的少儿科幻作家，像杨鹏老师，在很多方面都做得非常出色，包括想象力、创意，特别是故事情节的设计，最重要的是，作品对少年儿童有很强的贴近感，所以作品深受孩子们的欢迎。这一类作品也被他定名为"少年科幻"，以便与成人化的作品区分开来。

后面又出现了陆杨、超侠等少儿科幻作家，他们在杨鹏老师的基础上进行了各种不同类型的挖掘和延伸。

陆杨已经创作了138部儿童文学作品，且大部分都属于少儿科幻类，他的作品的数量、质量以及销量在所有少儿科幻作家中都是名列前茅的。他的作品有时候更贴近于童话和科普，一方面让孩子们在一个好玩、有趣的幻想故事里面获取科学知识，另一方面又在贴近孩子们心灵的同时，不着痕迹地灌输深层的寓意，做到寓教于乐，因而深受儿童与家长的欢迎，非常畅销。比如《小鱼大梦想》是用科幻童话式的冒险故事来阐释人生道理，同时普及了科学知识，这种创作与20世纪80年代家喻户晓的《黑猫警长》一脉相承。他是真正为小读者进行创作，走近孩子的作家。遗憾的是，少有评论家关注到他的创作并多给予一些研究和评论。

超侠的科幻作品融合了多种精彩元素，形成了复杂有趣、意蕴悠长，恶搞中有深刻，爆笑里含眼泪，冷酷中有温情的风格。首先，在科幻创意方面，他往往寻找别人不曾用过的前沿科技来定下整部作品是少年硬核科幻的基调。作品大多讲述的是少年英雄的故事，让孩子们拥有一种身为正义一方的代入感，充满不屈不挠、誓不低头的豪情，在科幻的江湖里行侠仗义，快意恩仇。其次，作品里的许多科幻创意都非常过硬，非常耐看，非常前卫，甚至在成人科幻作品中都没有出现过。在此基础上，超侠加强了内容的娱乐性和幽默感，使故事充满悬疑反转，扣人心弦。

后来出现的马传思的作品虽有少儿科幻的外壳，其中却蕴含着高深的思想和重大的意义，这种思考跟文学的母题是一脉相承的。它用儿童的视角去表达人与人之间最纯粹的爱与痛，去理解生命，去尊重生命，同时它又是非常硬核的科幻故事，在科学幻想方面，也非常独特。所以在文学与科幻的少年式的表达上，马传思的作品达到了极高的水平。如《冰冻星球》，其实是通过讲述冰冻星球上发生的灾难，来影射我们整个地球文明的未来，有绝望，也有希望，像一部正宗的科幻大片。而在《奇迹之夏》里，史前生物和现代人类的碰撞与相互理解，表现的又是人类对一种与自己不同、对立的生命的尊重。这些作品都展现了其作为"科幻"作品的独特魅力和视野。如果把里边的科学元素剔除，换成奇幻或者童话，就很难达到作品呈现出来的那种震撼效果。所以说，科幻的表达是这种少儿科幻小说中不可或缺的元素。这样的作品，是纯正的科幻作品，也是最适合少年儿童阅读的少儿科幻。

少儿科幻类型多样，比如彭绪洛写的探险类的少年科幻，在图书市场上非常畅销，深受小读者喜爱。彭绪洛本身就是一位探险家，曾经徒步穿越罗布泊等无人区，对野外生存、极限挑战、危机求生等都有亲身体验。其作品在科幻与探险之中，融入了真实的体验感和扎实的知识，所以在他创作的少年科幻里，我们经常看到主角在世界各地，甚至宇宙中进行探险，许多细节都写得非常逼真，因为许多情节都是他亲自去经历过、体验过的。这也是作家深入生活进行创作的一种体现，殊为不易，值得敬佩。他把少年科幻探险类小说写到了一个较高的境界，拓展了少年科幻的边界。

还有另外一位颇具开创性的作家，便是谢鑫。他主要写的是少儿推理，但是作品又带着强烈的科幻色彩，甚至许多时候，可以算是正宗的"科幻+推理"作品。我们可以把它称为"少年推理科幻"。谢鑫的作品里有很多的科学知识、科学道具，写得也比较贴近现实。因少儿推理小说本身对谋杀案件的限制，作者无法过于深入地去描写案件，所以对他来说，科幻的表达是一个非常不错的选择。他也写了不少幽默的科普型科幻，写得非常有意思，让小读者们能够在一个颇具创意的科幻故事里会心一笑，学到科学知识，领会科学思想、科学精神。

关于科学知识，其实在科幻的创作当中，运用到大量的科学知识是必须的，而且作家也会情不自禁地进行这项工作，其描述原理的过程，已经起到了科普的效果。虽然科幻不是为了科普，但是科幻创作天生就自带科普性。相反，如果是科普型科幻的话，它本身的目的非常明确，就是要让你去了解科学知识，它用故事、幻想将科学知识串联在一起，就像我们小时候看过的《黑猫警长》，其中的《螳螂谋杀案》，公螳螂和母螳螂结婚之后，公螳螂突然死了，原来是被母螳螂吃掉了。我们小时候看会觉得不可思议，破案之后，才知道这是螳螂的天性，是真实存在的生物学知识。小孩子对世界充满了无穷的好奇，遇到不明白的，就要问为什么，所以这一类的科普科幻作品也是非常受欢迎的。

除此之外，还有许多优秀的少儿科幻作家，他们不出手则已，一出手就一鸣惊人。比如王林柏的《拯救天才》这样幽默幻想型的科幻故事，除了本身精彩好看之外，又蕴含了大量的科学知识、历史知识、国学内容等，深受读者欢迎，且获奖不少。

赵华是一位被低估的优秀少儿科幻作家。他的作品大多讲述人和外星人的接触，从中展现人性，表现出温情及对生命的尊重。他的故事主人公有的并不是小孩而是成人，但他通常会用一种天真烂漫的语调去描述，并展现各种各样的外星人，由此引发各种奇异的故事，赋予作品文学的深度，因此得到了主流文学界的认可，获奖无数。

小高鬼是近年来非常活跃的少儿科幻作家，他的作品往往是向后看，追溯历史，比如说探索历史上那些神话传说，用当前的科技去解释那些不可思议的古代事件，所以他的小说常常被称为"少儿科幻探秘小说"。

写青春小说和少儿小说的畅销书作家彭柳蓉创作了很多作品，其中面向低幼读者的作品，销量非常不错。

凌晨是一位成熟的科幻作家，有许多优秀的科幻力作，获奖无数，近年来创作了《开心机器人》这样幽默、带科普性质的少儿科幻，获得了许多小读者的喜爱。

小酷哥哥是一位非常会讲幽默幻想故事的青年作家，他常创作低幼类的科幻作品，其科幻童话幽默、有趣，深受小读者欢迎。

姜永育的作品是非常纯正的科普型科幻，他经常从成人的视角来对青少年进行科普和奇观展示。他的作品非常受小孩子欢迎，可能并不是那么"幻"，更偏重"科"，这种科普型科幻作品含有大量的科普知识。

现在我们总结一下，这些目前深受读者欢迎的少儿科幻作品，总体来说，一些偏"科"，一些偏"幻"，一些走的是科普路线，一些走的是奇想路线。创作少儿科幻作品时非常重要的是，一定要保持好奇心和充满想象力，要保持一颗童心，永远跟孩子们在一起。就像杨鹏所说的，他在写作的时候，内心永远是14岁，只有在那个感觉之下写出来的文章，才会获得那么多读者的欢迎。

下面我想谈谈少儿科幻多元化的问题。

少儿科幻其实就是少年儿童的科幻，一种适合少年儿童阅读的科幻，一种专门针对少年儿童写的，以他们为主角，以他们的视角创作的科幻。所以它是科幻和儿童文学的结合，既有科幻的一面，也有儿童文学的一面。科幻作家如何将科幻儿童化，贴近孩子？儿童文学作家如何写出优秀的、带有独创性的科幻作品？能够写好少儿科幻的作家相当稀缺，需要培养。如果没有刘慈欣这样的作家引起大众的关注，科幻文学可能还在某个犄角旮旯呢。科幻作家们应该同心协力，扩大这一门类的影响力，破壁出圈。我们要写的，不是为了科幻而科幻的作品——不是所有的科幻都好看，也不是作品有了科幻元素就会变得好看。我们真正要写的是精彩好看的作品，这样的作品是所有人都喜欢的作品，所有人都爱不释手的作品，科幻的创意与内核会让精彩好看的作品更有思想性。我们一定要写好看的、优质的、读者认可的作品。

中国少儿科幻创作研究报告
（2015—2020）

- 徐彦利 -

少儿科幻是科幻文学的重要一翼，与成人科幻相比有非常明显的自身特征。其中叙述的儿童视角首当其冲，这也是少儿科幻文学的最大难点。少儿科幻作家基本都是成年人，他们拥有丰富的人生经验、社会经验和工作经验，经历了人世沧桑，对成人社会的规则了然于心，生理年龄和心理年龄的双重成熟使得他们难以真正具备童真。儿童的天真稚气与作家的成人身份形成难以调和的矛盾，如同中年演员在影视剧中扮演青少年，往往会在不经意间暴露出许多违和感一样，儿童叙述视角常常被自然流露的成人思维和成人心态打断，使少儿形象带有某种老练与世故，难以引起儿童读者的阅读共鸣。因此，站在儿童的立场用他们的眼睛打量这个世界，并得出儿童式的判断与结论，对成人作家而言是一个较有难度的任务。因此，了解儿童、具备童心、善于站在儿童的角度思考问题，彻底抛弃成人的理性逻辑思维，是对所有少儿科幻作家的巨大挑战，每一个成功的少儿科幻作家无不是迎接这种挑战的胜利者。

中国当代少儿科幻领域汇聚了大量风格不同的作家，大致可分为三种类型：一是一直活跃在少儿科幻领域的作家，如杨鹏、张之路、马传思、彭绪洛、徐彦利、陆杨、超侠、凌晨、谢鑫、彭柳蓉、郑重、王林柏、姜永育、伍剑、小高鬼、赵华、汪玥含、周敬之等，其作品多为少儿科幻小说。二是成人科幻作家带有某种客串性质的作品，如王晋康、江波、董仁威、黄海、赵海虹、郑军等，少儿科幻只是偶尔写写。三是从儿童文学创作领域转向少儿科幻的作家，如秦萤亮、麦子等，其作品有明显的儿童文学特质，只是在叙述中加入了一定的科幻元素。因此，少儿科幻领域中既有风格较为稳定的专职作家，也有各种风格的荟萃，越来越显示出交叉互渗、多元变化的趋势。在题材选择、语言叙述、人物性格、结构设置等方面，这些作家多已形成自己的特色，走向越来越鲜明的个性化叙述。

从少儿科幻发展的大环境来看，欢迎各具特色的科幻小说成为总体趋势。2020年5月，首届少儿科幻星云奖的启动标志着少儿科幻的独立化与细化，除中长篇、短篇和科幻评论奖之外，还分设了三种专项奖，分别为科普型科幻小说专项奖、少年科幻小说专项奖、幼儿科幻小说专项奖。从三种专项奖的设置可以看到该奖项对科普题材的重视和对不同年龄段读者（幼儿园大班、小学、中学）的重视，这是少儿科幻题材近年来最显著的一次细分。

与成人科幻相比，少儿科幻有自己的独特性，除需要特定的少儿视角外，情节要更洗练、更集中、更有趣味性，人物个性更鲜明、更有时代感、更易引起少年儿童的共鸣，并充分照顾少儿的阅读心理，科幻硬度也应适度降低，在貌似叙述自由的表象下潜藏着许多无形的限制。因此，优秀少儿科幻作品的产生谓为不易。纵观2015年以降的少儿科幻作品，可以明显看到人文科幻作品的数量大大增加了。

与20世纪70年代末至80年代初的少儿科幻相比，2015年之后的少儿科幻作品显示出强烈的人文色彩。曾经遍布于少儿科幻中的科普热情、教育、启迪、警醒等功利性价值引导被更为深层的人文关怀所取代。在这些作品中可以看到从少年视角引申开去的人生思考、哲学体味与美学感悟，其背后是大量富于个人特色的代表作家。

杨鹏是中国少儿科幻的领军人物，其作品的数量与影响力在少儿科幻界遥遥领先，创作力令人惊叹，100多部作品，1000多万字，对于一个1991年开始发表作品的作家而言，意味着每年至少要创作几十万字，足足一个超长篇的体量，何况还有其他诸如话剧、动画片、理论书籍、工作室运营等各种工作，其精力之充沛令人惊叹，文弱的外表下似乎有取之不尽、用之不竭的能量，颇似其笔下的"校园超人"杨歌。他是中国首位迪士尼签约作家，在儿童文学、奇幻文学、科幻文学甚至漫画、历史小说中随意穿行。2015年后其最重要的代表作品为《校园三剑客》系列，该系列是校园科幻的代表性作品。

杨鹏将自己的创作定位在"校园""少年""科幻""童心"几个关键词上，奇特的构思、丰富的科幻元素、起伏跌宕的情节、天马行空的想象力、多样的题材、宏阔的体系感，这些内在的气质通过自然流畅的语言糅合在一起，形成独特的创作风格，可谓独树一帜。

《校园三剑客》从20世纪90年代至今已持续创作超过二十年，是杨鹏少儿科幻中体量最大的一个系列。这一系列中科幻元素极为丰富，超光速飞行、异度空间、时空隧道、UFO、星际旅行、人脑控制、生化机器人、克隆复制、未来想象、南美国家危地马拉金字塔中凝固的时间、无限的空间、外星人发来的电子邮件，大量的科幻元素高密度编织在情节中，将冷僻的科学知识深入浅出地讲解出来，读者能通过阅读，完成一次与科学的"亲密接触"。此外，作者还独创出许多自己构思出来的科幻奇物，比如：脑电波解析器——可以使隐身法失效；聪明机——给学生们灌输"知识迷魂汤"，使他们每个人都能成为高才生；阳光罐头——像压缩饼干一样把阳光储存起来，打开盖子，一大束阳光便会从里面迸射出来，可以使用五分钟；时间秘宝——可以控制时间，凭借它能进入任何一个想去的年代，甚至能修改时间和历史；物质复制机——能将任何物质在瞬间复制成千上万份……这些科幻奇思让人耳目一新，大开眼界，开启对未来世界的无穷想象。

杨鹏的小说背景虽多是中国，但从叙述之中却能看到西方科幻对作者的影响。他将制造"未来少女"的人命名为威尔斯，这是对科幻名家的致敬，他还多次提到西方著名科幻小说及电影，如《超人》《蜘蛛侠》等，《保卫隐形人》中戴丽丝的隐形让我们想到威尔斯写的《隐形人》，射进怪物体内的子弹全部飞了出来，又让我们联想到施瓦辛格扮演的"终结者"。虽然受到西方科幻的影响，但杨鹏却一直努力保持着自己的思索，如通过人物之口表达对机器人权利的维护，认为它们不应该被歧视与奴役，应拥有和人类一样平等的权利；还探讨克隆的利与弊、科学的正反两方面作用等等。从中，我们可以发现作者逐步加深着思考的深度。

当然，杨鹏的小说也存在着不足，比如多部作品均采用善恶对峙、正义与邪恶彼此较量的叙述模式，最后正义战胜邪恶，真善美战胜假恶丑，矛盾的解决过程和方式较为简单。与这点不足相比，少年主人公、少年式思维、少年式语言则让人感到别开生面、独步当下。杨鹏的作品对中国少儿科幻界的引领意义及对当代校园阅读的影响不可小觑。

马传思是少儿科幻作家中的代表人物，不仅创作力旺盛，且作品具有一定社会影响。其2015年以后的科幻作品包括《冰冻星球》《奇迹之夏》《图根星球的四个故事》《水母危机》《蟋蟀之城》等。马传思的作品对童心的刻画与描述较为突出，能够通过简单的对话与情节将儿童的纯稚、天真、美好与善良充分展现出来，作品带有某种具有穿透力的洁净与温暖。他在创作过程中一直专注于少儿题材，将科幻创意与少年儿童的心灵成长结合，格外关注他们逐渐走向成熟的过程。

《冰冻星球》描写了拉塞尔星这颗冰冻星球上的故事，在星球上生活的主人公少年塞西和同伴恩雅、伊吉被冰雪暴卷走，被困在巨石阵中。塞西被鸟拖进巨石缝隙，意外发现了一个黑匣子。他们返回家中，却发现家族巢穴被袭击，于是他们寻迹追踪，之后经历了各种奇妙的探险历程。塞西捡到的黑匣子为袭击他们家族巢穴的半机械化生物所有，这些半机械化生物正在寻找黑匣子，但黑匣子到底有什么秘密，人们却不得而知。

当谜底揭开，塞西终于知道，一千多年前地球飞船的降临使拉塞尔星球迅速发展，但三百多年前拉塞尔星球与福特星两者轨道几乎相交，使拉塞尔星遭到巨大冲击，变成了一颗冰冻星球，运行轨道发生偏移。于是有些人躲入地下成为隐居者，将许多科技成果储存在黑匣子中。此后，他们无法适应星球表面的环境，生育力下降，因此制造出能在星球表面生存的生化人，塞西他们便是被制造出来的地表人。现在拉塞尔星面临有史以来最大的灾难，将被另一颗星阿贝尔星吸引过去，发生毁灭性的碰撞，如何躲过这一劫难，成为所有人关注的事情。最终，科学家们召回藏在星球轨道上的隐形飞船，打败土王和邪教组织的进攻后，准备乘飞船踏上前往地球的旅途，寻找生存下去的希望。

马传思的作品既有关于宇宙、星球的恢宏想象，也有人物身处现实中的喜怒哀乐，通过种种奇遇式情节将科幻大背景与现实小人物很好地结合起来。

少儿科幻作家彭绪洛擅长创作少年冒险题材，他的大部分作品均属此类，如《少年冒险王》《楼兰古国大冒险》《郑和西洋大冒险》《虎克大冒险》《宇宙冒险王》《我的探险笔记》等。他是为数不多的创作少年冒险题材的专职作家之一，写作是其人生的主业。而他的冒险题材作品中的情节从不是主观臆想出来的，而是亲自实地考察之后根据真实感受进行的创作。他常常去到沙漠、雪山以及遥远的边陲等荒僻之地，真实的冒险经历使其小说富有真实感和感染力。他曾自驾车行走于荒无人烟的滇藏线、川藏线、青藏线，攀爬几千米高的哈巴雪山，徒步穿越敦煌段雅丹龙城、神农架无人区和古蜀道，也曾到达楼兰古城、塔克拉玛干沙漠、高昌古城、塔里木盆地等人迹罕至的地方，在每一次探险过程中都会忠实记录自己的经历，这些记录最终汇集成厚厚的探险笔记。《重返地球》（2016）、《宇宙冒险王》（2018）、《平行空间》（2020）等小说大多源自他日常探险生活经历，在作品中加入大量地理学、气象学、历史、文化等博物学内容是其创作的一大特色，也正是基于此，彭绪洛的科幻小说显示出极富个人色彩的叙述特征。

《宇宙冒险王》系列是彭绪洛少儿科幻作品中最能代表其个人风格的系列丛书，共有十册。在该系列小说中，科幻元素（虚构）和现实中的冒险情节（真实）结合在一起，加之西方玄幻式风格，使作品具有一种特殊的张力。透过作品，我们可以看到勇敢的地球少年巫子涵、伊赛亚、穆巴砂、白若曦在宇宙探险过程中起伏跌宕的心理活动。面对异星球的敌人，他们爆发出超越年龄的勇敢与智慧，每一次与邪恶的斗争均令人扼腕唏嘘。因为作家有极为丰富的冒险体验，所以心理活动的描写细致入微，小说有强烈的体验感与代入感，易引起读者的共鸣。

小高鬼是小学语文老师，与孩子们的大量接触使其对少儿读者的阅读需求有着很深的理解与认知，长期的专栏作家经历又使其拥有了深厚的创作功力。他在2015年后的主要代表作有《鲸灵人传奇》《捉住一颗星辰》《海风捎来一座岛》《谎言修复师》《时光里》。他的科幻小说带有典型的儿童文学特征并充分注意到情节的趣味性、真实性。他也热衷将中国传统历史文化融入文本之中，在科幻创作中自觉担当起向下一代传播传统文化的责任。"把历史事件、历史人物或现实存在的地理名词科幻化，并与未来联系起来，也就是当大部分科幻都是在向前看、向未来看的时候，我的科幻向后看，回头看……""历史性"与"科幻化"是小高鬼创作的两个特色，也是显示其不与人同的文本特征。我们可以看到《捉住一颗星辰》《中华少年行》系列等作品中呈现出诸多历史人物与历史风貌，极有特色。

《开心机器人》系列是少儿科幻作家凌晨最具代表性的作品，于2019年出版，包括《神秘机器人》《黑暗大冒险》《重返旧时光》三部。小说的主要人物是三个性格各异的五年级学生，好脾气的徐小胖、"学霸"张小磊、小霸王宋东，他们无意中来到"未来无限智能机器人制造基地"，带回一些零件后张小磊便开始着手组装机器人，并为其取名"开心"。"开心"可以随着环境的变化而改变自身的形状和颜色，且智力在不断增长。三个孩子和"开心"一起将报废的汽车改造成低空高速飞行器，经历了外星旅行、穿越时空，游历了奇妙无穷的未知世界。

小说中有探险，有学校生活，有科学发明与创造，有对未来的思索，有同学之间的矛盾和友情。人物以不同的思维方式和行为方式出现在读者面前，互相弥补、互相纠正。情节在三个人物与机器人"开心"的交往和纠葛中向前推进。经过一系列情节之后，我们可以看到人物性格发展合理，脱离了符号化、脸谱化的泥淖。

小说不仅情节跌宕起伏，且并未忘记科幻文学的另一功能——普及科学知识。小说涉及诸多前沿科技知识，如阿尔法狗与人类围棋大师对弈，为孩子们打开一扇认知新科技的窗户。

此外，《开心机器人》系列在小说的结构上也进行了创新，系列中的每本书都由四部分内容构成，除了"说书人"讲述最为核心的故事情节外，又合理地加入了"科普咖""美绘家""番外哥"三种叙述身份。"科普咖"为专业的科学专家，负责对小说涉及的科学知识进行说明，如人类大脑的功能、机器人的知识、计算机的发展等；"美绘家"负责书中所有彩色和黑白的插画、连环漫画的绘制，同时也绘制与情节相关的各种图案，如工厂门上的标志牌、机器狗的模样、核裂变示意图等；"番外哥"负责撰写变换视角后的"番外故事"，将主线外的小故事补充进来，由另外的叙述人——"开心"的机器人好友讲述，有别于正文中的徐小胖视角，带来新的观察角度，读者可以看到那些没有在正文中被提到的情节，比如徐小胖在别人眼中的样子。

作家郑重有文学编辑、记者、大学教师等多种身份，所关注的领域也多种多样，包括社会新闻、风云人物等，科幻创作是他关注人类未来命运的一种方式。而其创作观中又具有传统的科学启蒙精神，他认为"科幻不是妄想，科幻创作更需要尊重科学，需要建立在科学知识的基础上，涉及知识点的运用必须慎重，不能让伪科学混迹其中。对未来科学前景的预见要以已知的、真实的知识为依据，否则这种预见就是无源之水，无本之木，贻害青少年"。这种对科学原理的认真探究，对启蒙责任的明确意识，使其科幻作品带有求真务实、绝不妄言的严谨色彩。

在《大海啸》中，23世纪的人类科学家程思华与女儿华华在海底遭遇了一系列危机，蛙人国、古堡迷宫、黑洞之门、星球爆发、奇异怪兽、时空隧道，每一次都有粉身碎骨彻底覆亡的可能，在种种离奇、荒诞与恐怖的灾难面前，人类与蛙人族携手战胜灾难。小说对各种惊险场面的描述十分细腻，充分调动读者的各种感官，将视觉、听觉甚至嗅觉高度结合起来，使读者蓦然生出一种亲临现场的感觉。小说歌颂了充满正能量的父女二人，他们有美好的精神世界与自我牺牲精神，是完美人类的代表与化身，寄寓着作者对理想人格的想象。

汪玥含的《世纪之约》是一个地球人援助外星人，将其从黑暗势力的侵略中成功解救出来的故事，以儿童的视角反映了宇宙间的友谊与捍卫正义、互相帮助的朴素价值观。

地球男孩小文偶然发现了一个珊瑚构成的星门，从地球穿越到外星球白砾星。这个星球上出产一种砾矿，可以带来巨大的能源，而暗黑王却带着黑暗势力抢夺砾矿，与白砾星人战争多年。当砾矿几近枯竭，白砾星上的谷帝让小文和他女儿，即白砾星公主谷伢回到地球，寻找战胜暗黑王的方法。于是谷伢来到地球。小文的父亲将他们二人带到卫星发射中心，对谷伢进行了仔细的询问，最终决定帮助谷伢，到白砾星与暗黑王战斗，解救她的族人。

他们借助星门来到白砾星，与白砾星人并肩战斗，一起战胜了暗黑王。

小说采用了常见的正义与邪恶相斗争的主线，将地球视为宇宙的一分子，地球生命与异星生命互相沟通，互帮互助，小说将善良、朴实、真诚、友爱的价值观传递给了小读者。

王林柏的《拯救天才》既有丰富的科幻元素，也有儿童文学特有的对孩子成长的关注。因为作者大学期间学的是应用物理专业，在科学知识方面基本功扎实，因此我们在整部小说中可以看到各种物理学名词、物理学名人、物理常识等。偃师、牛顿、阿基米德等名人成为小说中的人物角色，现代少年麦可穿越时空去拯救古代著名的能工巧匠偃师为故事主线。麦可智力超群、知识渊博，却不擅长与人相处，几乎没什么朋友，而乔乔虽平凡却热情，性格温和。在拯救古人偃师的过程中，他们不仅领略了西周的生活环境与人文气息，同时麦可也因古人坚定不移的理想而产生触动，反思了自己的孤僻与骄傲，情商得以提高，变得更加优秀并善解人意。

小说在常见的"穿越时空"这一科幻背景下，真实地反映了现代儿童的性格缺陷和他们面临的友谊缺失等问题。怎样与人沟通交流，怎样将自己的意见和别人的意见结合起来，如何获得友谊等，都是现实生活中孩子们经常面临的问题，《拯救天才》在奇特的科幻情节中提供了可供小读者借鉴的成长范本。

在少儿科幻作家中，有些作家非常难以归类，因为他们的作品常常超越少儿题材，展现出复杂、多元的创作风格，他们能够驾驭多种题材与叙事技巧，超越少儿科幻的边界，向成人科幻发展，或许用"少儿科幻"一词很难概括其创作的全貌。彭柳蓉就是这样的作家。她创作的《怪物》（2016）充满了扣人心弦的科幻惊悚氛围——连环杀手、陨石怪物、人与怪物的基因融合、心灵感应……2018年的《控虫师》曾被归入"言情""网游类""都市类"等小说类型，其中的血腥杀人事件、孕妇的虫胎、人的变异、死人复活等情节与"少儿"范畴相去甚远。

《机甲梦想》是彭柳蓉少儿科幻小说中的代表作品。生活在社会底层的少年苏影学习机械修理，一心想成为父亲那样的农业机甲师，他从机甲残骸中得到梦幻机甲晶核，从而战胜了星际逃犯刺虎。这篇小说里有梦想，有亲情，有勇气，有积极上进的人生追求，为少年读者们树立了英雄榜样。而《我的同桌是外星人》（2020）则带有丰富的童话色彩，是写给低幼读者的优秀科幻小说。作者游刃有余地驾驭针对不同年龄段的读者的科幻小说的创作技巧，体现了科幻与其他类型文学相融合的可操作性，同时也展现了作家在创作方面的巨大潜力。

陆杨的小说善于使用悬念，并多以神秘的异域文化为叙述背景，《探险小龙队》系列是其代表作，该系列围绕古代历史、海洋文化、星际探索、远古文明等领域进行创作。作者在《奇迹之旅》《少年秘境探险》《少年遗迹探险》《星际之旅》《海王号奇幻大冒险》《文明之旅》等作品中描写了埃及金字塔、罗德斯岛巨像遗迹、百慕大、复活节岛巨石阵、古巴比伦空中花园遗迹、已消失的太平洋上的姆文明、中国万里长城，传说中的根达亚文明、亚特兰蒂斯文明以及虚构的太阳系八大行星文明，这些异域文化不仅在小说中创造了亦真亦幻的叙述氛围，更为读者普及了天文、历史、地理、生物和科技等博物学知识。

超侠是一位有童心、创作灵感充沛的作家，作品总字数已超千万。作品含科幻、悬疑、武侠，具有独特的侠义精神，在科幻世界里行侠仗义的少年更是其独具特色的主人公。《超侠小特工》系列是超侠2015年后的代表作品，延续了他作品一贯的悬疑、惊悚、冒险风格。小特工奇奇怪与王牌美少女龙玲珑侦破多起世界级奇案，情节惊心动魄，对话幽默风趣，人物性格积极乐观，在任何情况下都不畏艰险。小说中的人物虽然多是少年，但是非分明、豪气干云，能够扶危济困、帮助弱小、铲除邪恶势力，所作所为体现出传统文化所弘扬的侠义之风。超侠的小说极具画面感，叙述节奏紧凑，非常适合影视化。《超侠小特工》已经改编成动画片，获得了较好的市场反响。

艾天华的哲学硕士教育背景使他不可避免地成为一位颇具思辨意识的作家，在少儿科幻作品中怎样将哲学思考浅显化、趣味化则成为他写作中最为关注的部分。他自2015年以来创作的《臭脚丫惹来大麻烦》《小飞船遭遇大灾难》《泪光陨石》《天香》等作品聚焦生存还是毁灭，发展还是沉沦，欢乐还是灾难等议题。《天香》讲述了外星文明对地球生命的拯救，这篇小说的创新之处是采用诙谐、幽默的叙述方式，从一只象征地球环境被破坏的臭袜子开始，逐步铺陈情节，直至地球人和外星人彼此取得信任、开始交往并且相互拯救的完美结局，情节生动曲折，引人入胜。

徐彦利（笔者）是少儿科幻作家中较为典型的"软科幻"作家，20多年的写作经历与文学博士学历为其创作提供了较大的发展空间，但文科背景本身又成为限制其科学视野的局囿。科幻学者王卫英认为：

"在徐彦利的小说中可以看到丰富的想象力与回避科幻硬核并存的特征。小说往往借由某个科幻创意层层展开，潜入人物内心深处，注重人物形象塑造与性格展示，对人物语言、心理有较好的把握，而对情节中涉及的科学原理则顾及不多。其文学观念认为科幻文学虽然是一种极具特色的类型文学，但应与纯文学保持血脉相关的联系。好的科幻小说在剔除科学性与科幻创意后，情节与人物依然可以打动读者，给阅读以巨大的推动力，而未来的科幻文学必是与纯文学合流的结果，只有将普通读者拉入科幻阵营，才能使科幻文学发展壮大，成为社会阅读的宠儿，过度强调科幻文学的科学性及科普性等，对科幻的发展并非良策。

"徐彦利是少数专注于创作中、短篇少儿科幻小说的作家，2015年后创作的小说主要有《超级病毒》《异太空'蘑菇'》《门卡乌拉的护身符》《虚拟生活》《地幔蹼人》《世界之脐》《我的四个机器人》《心灵探测师》《鬼点穴》《魔鬼之吻》《永生的劳拉》等中篇，以及《我的机器人朋友爱丽丝》《陆士谔的2149》《奇树》《隐身衣》《时间银行》等短篇。观其作品，叙述语言的诗意性、叙述节奏的韵律性及对人物心理活动的挖掘是其特点，其作品从不急匆匆直奔引人入胜的科幻创意，而是聚焦科幻环境中'人'的存在、'人'的思想及'人'的成长，有条不紊地分析人物心理变化、环境对人物的塑造、人物性格与行为的逻辑性。《心灵探测师》中贫儿李小仙代替富家公子进入豪门生活后，内心丰富、纤细的变化，富家公子白浪一无所有后从绝望、恐惧到把握一线生机、拼命努力以扭转命运等都写得入情尽理，较为成功。《我的四个机器人》非常细致地将人与机器人的情感的建立、现代人骨子里的孤独感及对机器人的依赖、主人公心理的种种变化描摹出来。发掘人物心理变化的微妙性、逻辑性是其重要的创作特色，在少儿科幻作家中风格较为独异。"

　　此外，谢鑫的侦探题材《乔冬冬校园科幻故事》、八路的军事题材《海军陆战队》、陆杨的科普型科幻小说《小鱼大梦想》、姜永育的防灾避险题材小说《地球密码：自然灾难大历险》、秦莹亮极具文学性的《百万个明天》等作品也各具特色。可以说许多少儿科幻作家的作品都超越了20世纪叙事风格的"少年化""科普化""知识化"和情节的"单线化""去复杂化"，主题积极进取，呈现出与主流意识形态保持一致的态势，作品的风格也呈现出难以一言尽述的复杂特征，这使少年读者体验多种叙事风格成为可能。近些年来，各种类型的少儿科幻作品不断涌现，包括科普型、人文型、心理型、历史型、文化型、低幼型等，在中国科幻文学的大家庭中，少儿科幻取得了显著的成就，且未来可期。

第三卷

当代中国少儿科幻
经典作品赏析

叶永烈少儿科幻创作综述
——以《叶永烈少儿科幻精选集》为例

– 徐彦利 –

　　叶永烈是当代科幻文坛的先驱和里程碑式人物，也是中国第一批科幻作家中的代表人物。他的科幻作品数量巨大、质量上乘，作品中科幻创意丰富繁杂，人物形象众多。他从青年写到中年，读者遍布社会各阶层，是新时期以来中国科幻文学的扛鼎人物。多少已成为父母或爷爷奶奶的社会精英、普通从业者曾从他的《小灵通漫游未来》《世界最高峰的奇迹》《飞向冥王星的人》等篇目中遥想未来之美。一本书、一篇小说带他们走进奥妙奇异的科学深处，走进璀璨无边的科学海洋，也架构起人生最初的梦想。1979年，媒体提到《小灵通漫游未来》时称赞："展示了20多种科学技术，内容丰富多彩，故事生动有趣，不仅孩子们争相传阅，成年人也爱看。"[1]

　　他的科幻创作见证了科幻这一类型文学在新中国的艰难起步，见证了现实主义文学传统下逐渐催生的浪漫主义幻想格调，也见证了自20世纪七八十

---

[1]　谢军.在困难中奋战——记科普业余作家叶永烈[N].光明日报，1979-2-12.

年代科幻的兴衰起落。可以说，叶永烈的科幻创作折射着中国科幻文学步伐的时代性节奏，它的步履或从容或蹒跚，但从未停止过。

少儿科幻是科幻文学中的重要一翼，它以少年儿童为特定的阅读受众，从题材选择、情节铺排、人物勾勒到主题提炼、思维方式确立，无不以他们为参照。少儿科幻作品或许缺少成人科幻的理性、周全及叙事技巧的花样翻新，它更需要情节链的迅速延伸，在极短的时间内抓住小读者的阅读兴趣，将起承转合与童心意趣完美地交织在一起，起到启发、教育、警醒、娱乐、反思等作用，是体制教育、家庭教育之外有益的补充。叶永烈的少儿科幻作品体现着鲜明的受众针对性及作家的个人特色，在绵延几十年的中国当代科幻发展史上独树一帜，成为不可忽略的存在。

2021年5月，由科学普及出版社编辑出版的《叶永烈少儿科幻精选集》，将叶永烈少儿科幻作品中最具代表性、质量最佳、最适合少儿阅读的作品辑录为十册，共60多篇，120多万字，涵盖了长、中、短篇不同的篇幅，饰以精美的装帧和妙趣横生的插画，在叶永烈先生逝世一周年之际出版发行，带有强烈的纪念意义。可以说这套书的问世不只是一个简单的出版事件，也不只是第一次大规模梳理、归纳叶永烈少儿科幻作品的系统工程，更是一个凝结着几代中国科幻作家和读者记忆的标志性案例，它的问世使我们意识到仔细梳理诸多经典科幻作家的作品十分有必要。本文欲以这套丛书为例，深入探讨叶永烈少儿科幻创作的特色。

1　科技启蒙：软科幻与硬科幻之间

科幻文学不同于其他文学的主要标志在于作品中科学的融入与渗透，少儿科幻区别于成人科幻的标志之一则在于科学硬度的适度性。众所周知，在从小学到中学的学习过程中，少年儿童对世界的理解尚显单维、幼稚，他们没有丰厚的积淀作为认知世界的前提，除了课本上的基础知识和自身朴素的认知外，尚显得十分茫然，成人科幻中那些硬度颇强的概念并不适合他们。曲率飞行、红移蓝移、戴森球、相对论等大部分已超越了他们的理解，变得空洞、不知所云。因此，软硬适度的科学原理是少儿科幻创作尤其需要注意的。过于深奥、晦涩、难以想象会成为他们阅读的障碍，反之，没有什么科学知识的科幻小说对他们而言又缺乏震撼力，与武侠、言情等类型文学的边界模糊，失却自身特色。

叶永烈少儿科幻小说在文本中插入的科学原理往往保持适度的水平，既不过于硬核，也不会软得漫无边际，是充分运用中学课堂上的物理、化学、生物等知识便可理解的程度。引用前沿科技加以生发的想象和完全虚构的科幻奇物，都能切中少儿的接受能力。他写能够探测人的思维的"探思仪"和改进后得到的"窃思器"（《无形窃贼》）；写可以在地下航行的潜地艇（《碧岛谍影》）；写将陆地上普通的牛、马驯养成"海牛""海马"，以有效利用海底资源，同时得到各种牛马制品（《海马》）；写从藤壶对轮船的附着发现它们分泌的奇妙胶水，它甚至可以粘接钢板、水泥、铁轨等（《奇妙的胶水》）；写研制出电子蜜蜂混入蜂箱，报告花开信息，以使蜂蜜的产量大大提高（《奇怪的蜜蜂》）；写新元素"钟"和"铧"的发现

（《乔装打扮》）以及始终能与周围环境保持相同颜色的隐蔽衣（《欲擒故纵》）等。

这些科幻想象为少儿读者打开想象的大门，奇异的未来豁然涌至面前，激起他们进一步了解的渴望。因此，叶永烈的少儿科幻带有强烈的科技启蒙色彩，他努力将故事与科学有机地结合起来，让读者在故事中学到科学、想到科学、用到科学，但又不像课堂学习那般枯燥无味。他会关注最新的科技成果，将各个领域的前沿科技巧妙地融入故事中，促使读者深入思考并提出疑问。代表作《小灵通漫游未来》《小灵通再游未来》《小灵通三游未来》等作品展现的未来奇物、高科技产品，数量之多，遍布各行各业，即使到了科幻文学日渐繁荣的今日，依然未有出其右者。可以说，他写过的科幻奇物在中国当代科幻作家中首屈一指，而这些科幻奇物往往与现实有着密切的关系，甚至作为未来科学研究的方向也无不可。和那些没有任何实现可能性的创意有着极大不同，它们的根深深植于现实的土壤中，以对人类有用、有益为目标，源于生活，但又高于生活。

在《碧岛谍影》中，作者紧密结合情节，插入了金刚石的知识，不仅介绍了它独特的物理特性和化学特性，还介绍了它与石墨的关系，这个世界最坚硬的东西与软软的石墨的化学成分竟然相同——都是碳，在高温高压下可以用石墨制造出金刚石，金刚石也可以在高温高压下燃烧，且烧后什么也不会留下，碳会全部挥发，而人造金刚石的硬度又超过天然金刚石，可以轻而易举地在其上面留下划痕。在《小黑人的梦》中，作者介绍了发现血型的历史、血型的分类、输血的原理、动物的血型、动物能否为人类输血等。《伤疤的秘密》中介绍了钽的物理特性、亲生物性、独特的价值和作用，怎样从蜂蜜中提取出钽，钽和铌的关系等。在《杀人伞案件》中，作者介绍了蛇毒的种类及功能、蛇毒发作的原理、什么动物不怕蛇毒、为什么不怕、通过怎样的试验可以证明。在《蚊子的启示》中，作者介绍了如何通过养蚊子取其唾液提炼血液抗凝剂。这些知识与小说情节有着高度密切的关系，读者在阅读时不会感到枯燥，反倒会感到非常有趣。这对刚刚接触物理、化学课程的读者而言，印象深刻。

叶永烈科幻作品强大的科技启蒙色彩与特定的时代有关。在其创作呈井喷之势的20世纪70年代中后期至80年代中期约十年间，几乎整个中国科幻文坛均呈现出这一特色，同时期的郑文光、肖建亨、迟叔昌、于止等作家的作品中的科幻想象也多是与提高生产力、生产效率，丰富人民物质、精神生活相关的内容。这一特征并非无源之水或偶然趋同，而是源于当时社会对科幻文学的定位。在公众认为"科幻属于少儿文学""科幻必须承担科普功能"等观念下，科幻文学的科技启蒙色彩被不断强调。肖建亨便曾以一个作家的身份对科幻文学进行释义，将科普视为科幻文学的第一要义。"我国的科学幻想小说，从它诞生的第一天起，就是在'科学普及'这面光辉的旗帜下涌现出来的。简言之，我国的科学幻想小说一开始就姓'科'，这是勿容怀疑的历史事实。"[1]这就意味着科幻文学中必须含有一定的科普知识，更有甚者"把'科学文艺'定义为：以文艺形式普及科学知识的读物"。[2]

---

[1] 肖建亨.试论我国科学幻想小说的发展——兼论我国科学幻想小说的一些争论[M]//黄伊,主编.论科学幻想小说.北京：科学普及出版社，1981：17-18.

[2] 武田雅哉，林久之.中国科学幻想文学史[M].李重民，译.杭州：浙江大学出版社，2017：91-92.

　　此时科幻想象的特质远远超过深层科幻原理的探讨，创作有意回避了烦琐的解释、晦涩的理论和幽深的主题，对未来科技的畅想成为创作的核心。叶永烈注意到过"硬"的科幻不宜阅读，从而对过于硬核的科学知识进行了有意回避。他说："在科学幻想小说中，一般只是详细讲述了他所依据的已知的科学事实，绘声绘色地描述了诱人的科学幻想，对于推理过程是十分简略的——因为那是科学家的责任，不是科学幻想小说作者的职责。"[1]他反对有些人对科幻小说过于苛刻的硬核科学知识要求。

　　在这一前提下，叶永烈几乎穷尽了那个时代的科幻点子，它们无论以何种面目出现，基本上都有一个共同特点，就是造福于人类，改善与提高人民生活水平，用科技强劲的力量保证人民过上幸福生活。如：人类怎样改变鲑鱼洄游的路线，轻松得到大量鲜美的鲑鱼（《旧友重逢》）；如何在海底开办冶炼厂（《龙宫探宝》）；开发可以给人理发的机器人（《机器理发店》）；可以让人在海水中自由呼吸的"人造鳃"（《海马》）……这些科幻主题使孩子们对未来科技心驰神往。

　　可以说，叶永烈少儿科幻是历史的见证，每一篇都浸透着时代的烙印。中国当代科幻一路走来并非坦途，它曾努力适应阶段性的政治要求，在汹涌澎湃的现实主义主流话语中奋力生存。因此，新中国科幻文学在发轫期显得小心翼翼，科学创意与故事情节都要反复推敲，而叶永烈正是在这种情势下将科幻创作推向它可能达到的顶峰，将中国科幻推向公众阅读的广阔视野，彼时这种贡献的意义或许超越《三体》之于当下。

―――――――――

[1]　叶永烈．论科学文艺 [M]．北京：科学普及出版社，1980：107．

　　在那个电脑尚未普及，媒体亦不甚发达的时代，叶永烈的科幻小说带着一批又一批年轻人走向他们梦幻的国度，树立起投身科学的志向。在筚路蓝缕、艰苦奋斗的时期，叶永烈的科幻作品无疑成为孩子们的福音，他告诉他们如何用科技改变世界、改变生活，引导他们踏踏实实学习，关注那些与现实生活密切相关的科学，向少年读者们播撒一颗颗理想的种子，并鼓励他们去努力实现。

2 少儿视角：童真趣味与精神向度

　　少儿科幻与成人科幻最大的不同在于其观察视角与思维方式的少儿化，它剔除了成人世界的理性，剔除了那些久经生活考验的固执逻辑与经验，显得感性、天真并富于某种诗意的格调。即使有些波折，善依然最终能战胜恶，美一定能取代丑，积极好过消极，所有美好愿望最终都能实现。它让人感受到风清月明、岁月静好，世界在这里显得单纯透明，充满意趣。因此，少儿科幻应充分注意到少儿视角的独特性，将童真与趣味完整地体现出来。

　　叶永烈擅于在科幻故事中设置悬念，过程抽丝剥茧，节奏不疾不徐，如金明、戈亮探案系列，将悬疑、侦探很好地结合在一起，读者在阅读时注意力始终处于高度集中的状态。突然发现的窃听器、蹊跷的杀人事件、国家机密的泄露等，让人不由得想探本溯源，跟随两位高手破解疑案。其他作品如《奇妙的胶水》，弟弟的手指被胶水粘在了模型上，怎么也拉不下来，怎么办？在《飞檐走壁的奥秘》中，科研人员从壁虎身上想到，能不能像它们一样贴在墙上不掉下来？在《丢了鼻子以后》中，教授被炸掉的鼻子又好端端地回到了脸上，他的新鼻子是从哪儿来的？这些情节的设置别开生面，充满童趣，让人手不释卷。

他的短篇短小精悍、言简意赅、矛盾集中，开篇迅速开宗明义、烘托主题，虽然没有大段的描写和铺垫，但起承转合紧密连贯，科学道理亦浅显易懂。小读者在短短的课间休息时间就能迅速读完一篇，且读有所获。这些作品真正做到了面向少儿、亲近少儿、融入少儿。作品中的人物通常也带有某种可爱的气质，他们单纯善良，热情地面对生活，喜欢学习，偶尔犯一些小错误，但基本上都能知错就改。小主人公们充满孩子的天真与朝气，没有成人的僵化与世故。那些富于少儿色彩的主人公：小胖子、小虎、小燕子、怪老头儿、小马虎等，形象传神，让人倍感亲切。

小说常常采用第一人称叙事视角，使读者有强烈的代入感。第一人称叙述视角拥有极强的说服力，自带推心置腹的语气，甚至将人物曲折幽微的心理活动也一并和盘托出，使读者产生一种确有其事、真实可感的阅读感受。而作者在选择叙述语言与对话语言时，又仔细揣摩小读者的用语习惯，充分的口语化表达，体现出孩子的说话习惯与思维方式，用比喻、拟人、夸张等修辞方法，让小说的风格活泼、有趣。比如：他会说"谁的耳朵最尖"，而不是"谁的耳朵最灵敏"；写时间流逝，"一转眼，地球打了1000多个滚——3年过去了"，而不是呆板地写成"3年之后"；写天气热，"太阳照射产生的热量足以使一根竖立的蜡烛在几分钟内塌下去"，而不是"太阳晒得大地十分燥热"，写"太阳在云朵里进进出出"，而不是"太阳在云朵中穿行"；凡此种种，不胜枚举。另外，叶永烈还常在叙述中加入许多疑问、设问和对话，人物说话的腔调极为传神地反映出其年龄、性格，将少年的莽撞冲动、好奇勇敢、古灵精怪等一一表现出来，带有极强的辨识度。

作为有着丰富科学知识底蕴的科幻作家，叶永烈在宣传科技的同时并未把"技术至上"作为审视世界的原则，而是在少儿科幻作品中努力建构着纯净的精神向度，并使这种风格上升为一种高度的自觉。他重视对孩子们的精神引导，极其关注小说中价值观、人生观、世界观的设置，宣扬人性的真与善，强调科技正面与负面的两重性及人应对科技进行正确使用。其笔下的人物多以正面人物为主，他们生活目标明确，充满积极奋进的热情：有瘦削黝黑，有着鹰一般双眼的侦查处处长金明，他不仅有丰富的科学知识，能够从蛛丝马迹中寻找破案线索，而且意志坚定，不可动摇。有将全部身心投入科研攻关中的科学家陶惠教授，他从自己身上取下细胞，通过单性繁殖技术和催长素刺激，在短时间内培育出一个与自己一模一样的人，让这个替身去代他参加各种会议，自己则争取宝贵的时间用于科学研究（《"逃会教授"的秘密》）。有九死而不悔的爱国志士施宏乐。有在善与恶的交锋中幡然悔悟的浪子王璁……

叶永烈用科幻题材书写着人间正道，用他的作品昭示着科幻并非独立于现实社会之外的存在，同样要接受公众价值标准的检验。他执着地宣扬正确的价值观，歌颂爱国主义，歌颂人道主义，歌颂民族团结；他赞扬互助有爱，赞扬充满正能量的人生；他批判种族歧视，批判极端个人主义，反对溺爱孩子，反对懈怠懒散。每篇小说都有着明确的是非观与善恶观。小说中的人物常呈二元对立模式，正面人物常常是拥有爱国情怀或积极面对困难的科研人员、办案人员、记者、运动员、普通劳动者，反面人物往往是来自国外的间谍组织、恶势力、金融大亨等，很少有介于善恶之间的模棱两可的人物。他借人物之口说出人生存的意义："从小要做大自然中的有心人，只有从小努力学习，刻苦钻研，才能从普通的自然现象中得到启发，才能有所创造，为祖国做出贡献！"

在他的作品中我们可以看到许多痴迷于科学研究的科学家，在大是大非面前立场坚定。他们热爱集体，爱自己的国家，希望将研究成果应用于国家的军用、民用事业的建设上，显示出深沉的大爱；而当世界面临战争、瘟疫等巨大困境时，他们亦能牺牲自我。比如：《神秘衣》中的杨林生教授等人克服种种困难也要把自己研究的变色衣献给祖国；《腐蚀》中的研究人员李丽在生命的最后时刻还恪尽职守；《演出没有推迟》中的中国科研人员将研制疫苗的方法向全世界公布；《爱之病》中我国毫无保留地向世界公布"反滋一号"技术，以共同面对全人类的敌人。这些都显示出科学的至善境界——保护人类、拯救人类。为了人类的整体利益可以奉献自己的一切，显示出人格的高尚与伟大。正是他们的存在，使科学没有偏离应有的轨道，始终在人类可掌控的范围内向前发展。

另外，叶永烈的少儿科幻作品在推广科技、关注科技、彰显科技力量的同时，也郑重地提醒读者一定要重视科技进步带来的副作用，显示出作者对科技被滥用以至畸形发展的隐忧。在许多人的眼中，科学似乎是自由、没有边界的，但叶永烈认为，对待科学的态度应留有边界和余地，既不可掠其所有、取之殆尽，亦不可听之任之、放任自流，更不可以一己之所求为标准，使科学沦为满足人类各种不当欲望的奴隶。他担心克隆人会复制父本恶劣的品质，担心科学技术被有险恶用心的人利用，担心科学技术成为不当得利的手段。他在谈到这些隐隐的忧虑时，往往跳出少儿科幻特有的美好窠臼，去书写人性中的贪婪与残酷。

儿童文学作家肖复兴提到怎样处理儿童文学的美好与残酷的关系时，说"不希望儿童文学写成甜蜜蜜的棒棒糖"[1]，一味夸大生活的美好和甜蜜而没有告诫和警示，不是在保护少儿，而是刻意使他们忽略人世沧桑，以至将来对猝不及防的险恶缺乏必要的甄别能力。叶永烈的少儿科幻小说虽以彰显美好为主旨，但也绝不会将孩子们的双眼紧紧捂住，让他们无法看到生活的真实与残酷，不过他会善意地加一层"薄纱"以淡化它的血腥与恐怖。

3 科幻创意：跨越时间与引领潮流

人们往往对最新的科幻大片或科幻小说更感兴趣，认为其中的科幻想象更新鲜、更有趣，更接近前沿科技。然而现实生活中，科技进步的速度远没有文学中那般神速，它要在扎实的基础研究前提下一步一个脚印地缓慢前行。因此许多时候，科幻文学中的所谓"前沿"不过是"出现频率较低"的代名词而已，绝非现实中的前沿。那些早就出现过的科幻创意也并不过时，完全可以借助不同的叙述角度和情节设置焕发出别样的光彩。如同人类写了无数关于爱情的小说，真可谓老生常谈，但古代、现代、当代的爱情小说各具特色，绝不会因题材的相同而失去可读性。

在此意义上，叶永烈的少儿科幻作品是不会过时的经典，仅就科幻创意而言，便包罗了无数依然处于前沿的科技想象。这些想象没有因时间的推移

---

[1] 肖复兴. 肖复兴：我不希望把儿童文学写成甜蜜蜜的棒棒糖 [N]. 中国青年报，2021-7-6.

而显得老套，反而更加具备了某种现实启示意义，成为现代科学的预言、警钟。巨型机器人、可做窃听器的遥控电子蜻蜓、孵化恐龙蛋、古莲子发芽、外星探险、瘟疫肆虐、从蝾螈和蜥蜴体内提取出可使器官再生的蝾蜥剂、返老还童剂、走壁鞋和走壁手套、"百依百顺"型电子狗和"该说就说型"电子狗……各种各样的科幻创意源源不断地从叶永烈笔下流泄而出，令人应接不暇。无论在科技还欠发达的20世纪70年代，还是在21世纪，嫦娥五号从月球采样返回的今日，这些科幻奇物都带有极强的先锋性与前卫性，不会因时间的推移而显得落伍。

事实上，叶永烈小说中提到的一些科幻想象，在近些年多部科幻大片与科幻小说中依然频繁出现，毫无过时迹象。他写用氩离子激光器照射人们拿过的物品，物品上就会显出清晰的黄色指纹，写仅凭几点干掉的汗斑便可以查出人的血型、性别乃至人种，这些在21世纪初的香港悬疑侦探电视剧《法政先锋》（共四季，2006—2020年陆续播出）中均有提及，并作为高科技鉴证技术出现；他在《小灵通三游未来》中写到的基因编辑，在今天仍被视为生物学王冠上的珍珠，关于基因编辑的任何一点进展无不引起全世界的关注；他描述的抽屉式建筑（《喜新厌旧》），2021年2月在网络视频上以"模块化房屋"这种最新型概念住宅的面孔出现，但叶永烈描述的"抽屉式建筑"功能更多，设计更科学、更方便，也更人性化。

在《自食其果》中，他提到用红外激光照射遗体，使死去的人起死回生，这一创意与2015年的美国科幻大片《起死回生》的创意相同；在《弦外之音》中，欧阳予清把女儿、女婿大脑中的记忆分子注射到外孙女的大脑中，于是外孙女极快地掌握了小提琴的指法、弓法，成为神童和新星。这种记忆移植在2011、2016年的欧美科幻大片《源代码》《超脑48小时》和2021年上映的《缉魂》中均成为核心科幻创意。而在他的《鲜花献给谁》中，换掉损伤的人体器官后，残疾人变成运动健将，这个情景与欧美科幻大片《女神陷阱》所显示的地球2059年的情景相近。

他描写的一些未来科技即使在科幻电影、科幻文学已有长足发展的今天，依然带有明显的先锋性。如怎样使人返老还童——人在年轻时抽取出自己身上的T淋巴细胞，进行人工培养，然后将其冷藏起来，10年后再注回自己的体内，会体验到身体的年轻化，浑身有使不完的劲（《足球场外的间谍案》）。当人笔述、口述都十分困难时，可以让脑部不断发出思维信息波，通过仪器接收到这种信息，然后整理打印，实现用脑写作，脱离笔、手和口的局限（《无形窃贼》）。这些在当今社会远未实现，成为提前为未来科技布置的一项作业，新兴的科幻电影大可以从中吸取优质素材加以创作，吸引观众。

由此可见，叶永烈的科幻小说跨越了时间的限制，仍然走在时代的前列，成为引领潮流的存在。经典作品具有穿透岁月的力量，它不是流行的、时尚的，而是坚挺的、厚重的，可以不断散发光芒，照亮后人。叶永烈的少儿科幻作品既是其奉献给孩子们的优质精神食粮，同时也深深镌刻着时代的烙印，成为极具收藏和研究价值的科幻文学经典。虽然斯人已逝，但其留下的文字却历久弥坚，成为几代人永久的记忆。

幻想天地里的现实行者

——谈杨鹏幻想儿童文学的类型与反类型

- 崔昕平 -

在当代儿童文学创作界，杨鹏是一位旗帜鲜明的作家。杨鹏，福建长汀人，"70后"，"第五代"儿童文学作家中的代表人物。他于1991年以科幻文学开启自己的文学创作，于2005年振臂呼吁"保卫想象力"，到如今，致力于开拓儿童文学幻想世界已20余年，被热爱他作品的孩子们称为"幻想大王"。当他带着故事出现在孩子们中间时，孩子们往往兴奋不已。他的儿童文学作品始终处于一线儿童文学作品之列，不但拥有数千万册的累计销量，而且屡获各类儿童文学大奖。同时，杨鹏又是一位有"态度"的作家，相对独立于儿童文学话语圈。杨鹏的儿童文学工业化观点、类型化理论，包括他的"保卫想象力"宣言，均具有极高的辨识度。而针对杨鹏创作研究的学术论文，数量倒极为有限。深入杨鹏儿童文学创作与理论思索的内里，探讨一些具有意义的关联，有助于客观评价杨鹏作品的存在与意义。

1　幻想儿童文学的本土面貌

在当代儿童文学创作界，杨鹏是始终不遗余力地疾呼"保卫想象力"并身体力行进行幻想儿童文学创作的作家。想象力对于个体成长的重要性、对于群体未来发展的价值是不言而喻的。而在不言而喻的意义面前呼唤不言而喻的理念，在文学的世界里，尤其是在儿童文学的世界里，又是自有一番深意的。

有一个因胡适先生深以为然而广为流传的说法："看一个国家的文明，只消考察三件事：第一，看他们怎样待小孩子；第二，看他们怎样待女人；第三，看他们怎样利用闲暇的时间。"中国儿童自"肩住了黑暗的闸门，放他们（孩子们）到宽阔光明的地方去"等"五四"先驱的疾呼而获得尊重，并由此开启了中国本土儿童文学"光荣的荆棘路"。各国儿童文学的面貌，必然深印着本民族的文化特质。诚如英国儿童文学精于深邃、辽阔的幻想，美国儿童文学充满鲜活的生活气息，德国儿童文学独具深刻的思辨一样，在文化传统与时代规约的影响下，中国儿童文学选择了以现实主义为主流的创作道路。对此，王泉根做出如下表述："这种文学更多地体现为对现实的描摹、反思、评判与想象，追求逼真、传神的艺术效果，侧重于文学的认识作用与教化作用，它主要影响儿童的意识形态、价值取向、国族认同、人生态度。"

中国现代儿童文学发端期的幻想之苗，源自中国首部文人创作童话——叶圣陶展示现实苦难的短篇童话集《稻草人》，它被鲁迅誉为"给中国的童话开了一条自己创作的路"。彼时，大量西方儿童文学译作，如赵元任1922年翻译的《阿丽丝漫游奇境记》、梁实秋1929年翻译的《潘彼得》等，充分展示了西方儿童文学的幻想性特质。但是20世纪30年代的"鸟言兽语"之争，50年代、60年代对文学现实功用的强调等，都使中国儿童文学越来越走向严肃的现实主义。在"新时期"思想界与文艺界的第二次大解放中，儿童文学一方面尝试了多种形式的文学探索，另一方面也因更加被强调"使命"意识而始终选择了现实主义创作。这两种明显具有"成人本位"的、理想主义的、形塑"儿童"与"儿童文学"的愿望，使进入20世纪90年代的儿童文学面临了来自儿童受众的"无人喝彩"的尴尬。儿童文学出版萎缩，不少出版社的儿童文学读物编辑室相继被合并或撤销。

对中国本土儿童文学幻想性匮乏问题的广泛关注，始于20世纪末21世纪初。这基本与儿童受众读者主体地位的回归同时间段。前期的孙幼军、郑渊洁，之后的秦文君、班马、彭懿、陈丹燕等作家纷纷关注幻想文学创作。日益广泛的儿童文学对外交流扩大了作家们的视野，1998年，"大幻想文学"概念借助出版人的力量提出，期冀以此打破儿童文学创作格局、寻求中国儿童文学与世界儿童文学潮流的同步。这次出版人与创作者共谋的出版行为，虽然激起当时多家媒体的争相报道，但囿于长期以来的创作惯性，本土"大幻想"并没有产生出天马行空、令人兴奋的儿童文学佳作，也没有能够从观念上激起儿童受众的认可。

彼时的杨鹏，正在北京师范大学文学院攻读中国现当代文学硕士学位，身处学术前沿的他对此做出了敏锐的反映。20世纪末21世纪初，杨鹏成为屈指可数的、坚持少儿科幻创作的作家，也以自己对于幻想儿童文学的理解，开启了《装在口袋里的爸爸》系列的创作，首度创作的三部作品成为春风文艺出版社"小布老虎丛书"中最畅销的作品之一。

　　21世纪初，人民文学出版社引进了炙手可热的幻想小说《哈利·波特》系列，引起巨大反响。之后，西方幻想儿童文学作品被大量引进，我国儿童文学阅读趣味与世界儿童文学潮流取得同步。与此同时，儿童想象力缺失的问题引起广泛关注，潘家铮在谈为什么给孩子写科幻小说时，提到年轻一代的两个突出缺点之一就是"缺乏想象力"。少儿畅销书排行榜上，引进版幻想小说成为绝对的主角，大大刺激了本土儿童文学。彭懿、秦文君等文学作家均指出，幻想在我国儿童文学创作中十分匮乏，需要奋起直追。《文艺报》撰文《儿童文学应重视幻想》，幻想儿童文学的意义得到空前重视。但21世纪的第一个10年，本土原创幻想文学显出无序发展的乱象，数量膨胀、质量参差，饱受诟病。喧嚣之后，越来越多的作家选择回归现实主义。

　　这样的潮起潮落，杨鹏似乎并未卷入，但又始终"在场"。他并没有追随幻想儿童文学或"魔幻"或"冒险"的潮涨潮落，而是以一种韧性的坚持，笃定地铺设自己的幻想儿童文学创作之路。近20年间，他的《装在口袋里的爸爸》系列显示出持续的文学生命力，截至2018年1月，总印数已达1400多万册，并多次入选国家新闻出版署推荐书目、教育部推荐小学生必读书目；他的《校园三剑客》系列和之后创作的《幻想大王奇遇记》系列也都各据一方幻想领地，共同实践着其"保卫想象力"的文学理想。

2　以"保卫想象力"为基点的多型幻想

　　幻想类儿童文学作品之所以深得儿童喜爱，在于"幻想"与儿童内在心理的呼应。幻想，是儿童早期思维的重要表征，契合于儿童万物有灵的认识世界的方式。中国古典文学著作《西游记》深为儿童所喜爱，成为中国在海外最富盛誉的幻想文学作品，正是源于其超越人、神、物边界的大胆无拘的幻想，以及超越理性思维边界的夸张变形。幻想类儿童文学作品，不但以充沛的"游戏精神"满足了孩子的心理诉求，而且有助于激发和拓展儿童想象能力的发展空间。德国儿童文学作家凯斯特纳把幻想力称为儿童理性和身体之外的"第三种力量"，是儿童的心灵所拥有的力量。对此，杨鹏有深深的使命感。他在多个领域反复倡导保卫儿童的想象力，2006年11月，杨鹏与《小学生拼音报》合作发起"幻想中国·书香校园"活动，以"保卫想象力"为宗旨，开展作家校园行、科幻故事续编、科学故事征文等活动，呼吁社会、学校、家长保卫孩子的想象力，开发孩子的创造力。短短两年内，杨鹏演讲近200场，参与人数超过了10万人。除了宣讲疾呼，杨鹏最直接的"保卫"方式，便是为儿童创作优质的幻想儿童文学作品。

　　一个从事幻想文学创作的作家，是需要有想象天赋的。在身为作家的精神气质上，杨鹏显示出了与幻想文学内在气韵的高度契合。杨鹏的创作思维具备由现实生活一步踏入层叠幻境的能力，他的幻想儿童文学创作路径多元，面貌丰富。结合儿童读者思维能力与审美能力阶段性发展的特点，杨鹏的幻想儿童文学创作集中于"生活型幻想""科学型幻想""狂欢型幻想"等类型，各类又有着自己较为明确的定位。"生活型幻想"大多是为小学高年级读者创作，依托幻想、夸张，帮助孩子认知周遭的社会，既有着扑面而来的生活气息，又充满了满足儿童愿望的童话般的题旨。由"生活型幻想"上升一个幻想层次，"科学型幻想"则以科学精神的注入来引导儿童形成更加开阔的认识世界的视野。再上升一个层面，专注于打开儿童的思维通道，调动他们潜在的丰富的想象力，构成了"狂欢型幻想"创作。各类型创作也都有代表性作品。尤其值得关注的是，杨鹏的三种类型的幻想儿童文学代表作，虽然没有成为动辄年销百万册的超级"畅销书"，却成为少儿书业中持续20多年在销的"长销书"，接受了一代又一代小读者的检验和认可。

《装在口袋里的爸爸》系列，采取在现实生活中开出想象之花的"生活型幻想"，讲述小男孩杨歌和他缩小到拇指大的爸爸经历的一系列生活故事。自2001年出版《爸爸变小记》至2016年，杨鹏共创作《聪明饭》《我是超人》《神仙爸爸》《不会笑的插班生》《我家有棵摇钱树》《我会七十二变》等50部系列故事。所谓"生活型幻想"，在于这种想象完全扎根于现实，借助作家的想象思维，从生活的土壤中生发幻想的故事，既与生活密切相关，又完全跳出生活的常规，以夸张、变形的手法描绘一个亦真亦幻的故事空间。《装在口袋里的爸爸》系列开篇第一部作品《爸爸变小记》的开头是这样的：

> 据说爸爸和妈妈结婚的时候，还是体壮如牛。这种状况一直维持到我上小学一年级。也就是爸爸和妈妈结婚八周年的时候，情况发生了急转直下的变化：一天下午我放学回家，妈妈和爸爸发生了我出生以来的第一次争吵（严格地说，是妈妈在训爸爸）……爸爸被说得面红耳赤，身体顿时矮了一截。

杨歌颇具典型性的"强势"妈妈总是拿爸爸和别人家的爸爸比，稍不如意就出言贬损。爸爸竟然被贬损一次就缩小一点儿，最后从一米八多的大个子缩到铅笔头大小，小到可以装在儿子的口袋里。多么富有创意的想象基点！于是乎，作家一路展开想象的狂欢，故事在现实与幻想间不断穿梭。爸爸变小了，许多对正常大小的人类来讲是易如反掌的事情，对爸爸却是千难万险。比如说，在公司里接电话，爸爸首先得通过椅子的扶手费尽九牛二虎之力爬到桌子上去……显然，爸爸无法外出工作了，只好待在家里。但是，这样身躯的爸爸同样无法胜任家庭生活。有一天，儿子杨歌忘了关水龙头，家里发了水，爸爸非但没有力气关上水龙头，而且，"水池子里流出来的水越来越多，水势非常不乐观。爸爸不得不忍痛舍弃了家，用一把小勺子当桨，坐在一只拖鞋里，划了出去，才算捡了一条命"。无奈间，妈妈把这个小爸爸派给了儿子，让儿子将爸爸装在口袋里，带在身上。

　　每天早晨上学之前，妈妈都要问我：

　　"橡皮带好没有？家庭作业带好没有？家长签字的考卷带好没有？红领巾戴好没有？坐电车的月票带好没有？……带好没有？……带好没有？……带好没有？……带好没有？……"在一百个"带好没有"之后，妈妈就会问我："爸爸带好没有？"

　　我从橡皮、家庭作业开始检查，检查到第一百零一件——爸爸，放在我的口袋里了，妈妈这才放心地让我上学去。

作家从儿童极为熟识的生活场景出发，将充满现实气息的日常与奇特的幻想糅合，驾驭故事在现实与幻想间自如穿梭，既离奇、热闹，又寸步未离真实的生活，形成了一种介于"隔与不隔"之间的虚构尺度，令小读者产生了熟悉亲切而又新奇刺激的阅读体验。与此同时，在夸张与想象的合力作用下，杨鹏的故事呈现出举重若轻的幽默感，常能一开篇便调动小读者的阅读热情。杨鹏跳跃式的想象更是常常跑赢读者，形成一个个接踵而至的"新奇"，吸引小读者一路追随。

　　《校园三剑客》系列则坚持了杨鹏初涉创作的"科学型幻想"路径。杨鹏自20世纪90年代开始进行科幻创作。在科幻文学努力与儿童文学区分壁垒的时代，也许是出于自身文科知识背景和对科学的敬畏，也许是出于"为儿童"的使命感，杨鹏没有在成人科幻文学创作上进一步深入，而是将目标读者年龄段下移，锁定少儿科幻文学创作，以科幻元素与科学精神作为创作的增色剂，以科幻的形式传达基于儿童精神成长的人文关怀。在笔者看来，这应当是一种明智的规避与智慧的选择。刘慈欣所作的评价，"杨鹏一个人撑起了中国少儿科幻的天空"，指出了杨鹏这一文学选择的文学史意义。

　　杨鹏的少儿"科学型幻想"作品题材丰富而多元，怪物入侵地球、机器人进化、时间穿越等题材均有涉猎，而其中最具代表性的当数《校园三剑客》系列。这个庞大的系列自1995年开始创作，延续至今已经达40余册，被叶永烈评价为"百年来中国最大规模少年科幻小说"。杨鹏笔下的"校园三剑客"由"校园超人"杨歌、"电子少女"白雪、"电脑天才"张小开三个形象组成。这三个生活在校园中的孩子个性鲜明，各怀本领：杨歌能驾驭超能力，勇敢果断；白雪聪慧美丽，能驾驭读心术；张小开则幽默滑稽，能化解各种电脑方面的难题。三个角色组成优势互补的三人行动小组，屡次执行重大的地球拯救任务。作品系列化的创作布局，将主角们置于不同的科幻情境中，让他们在强烈的好奇心的驱使下，暂时脱离现实的生活，探索无穷无尽的科学奥秘，也因此牵出一个个惊心动魄的故事。三个鲜明的人物形象贯穿该系列的始终，陪伴了一代又一代的孩子们，杨歌、白雪、张小开，也在儿童文学人物画廊中留下了令人难忘的形象。

　　相较于"生活型幻想"和"科学型幻想"，杨鹏近年集中创作的第三个系列——《幻想大王奇遇记》则呈现出"狂欢型幻想"的特点。从2012年9月开始，《幻想大王奇遇记》系列中《同桌是妖精》《一万个分身》等作品陆续问世，至2015年7月，该系列的销量便突破了百万册。数据清晰地显示了《幻想大王奇遇记》系列在儿童受众间的口碑与热度。"狂欢型幻想"散发着发散思维、求异思维的火花，虽然同样以现实生活为背景，但情节构思凸显了打破常规、冲破传统的意愿，形成了标新立异的思维模式与想象模式，并常常采取幻想小说的"二次元"模式，借助特定的媒介或巧设的机关，跨入奇异的幻想空间。《幻想大王奇遇记》戏仿《西游记》，塑造了三位具有喜感的主人公形象——孙小空、白谷静和朱聪明，组成一个"奇幻三人组"。在拘谨的校园生活中，在繁重的课业负担中，顽皮的儿童与严苛的师长不断"斗法"，人物在现实生活、魔法空间、异星球、精灵世界中穿梭往来，为儿童读者营造了开阔、自由而欢快的想象空间，传达了作家一贯的保护与张扬少年儿童想象力的愿望。同时，该系列集奇幻、幽默、冒险、侦探、魔法等多种类型元素于一体，充满时尚与幽默的气息，具有极强的可读性。

3　追求类型化，又致力于反类型化的个性表达

杨鹏的作品在小读者群体中获得广泛认同，但他又是一个颇具争议的存在。对他的争议，集中于杨鹏对类型化"写作工坊"创作模式的高调激赏与实践。他的作品均以类型化、系列化面貌出现。

杨鹏多次以不同的形式表达自己对于儿童文学娱乐性、类型化创作的认

同。21世纪初，在引进版儿童文学畅销书垄断童书市场的时代背景下，杨鹏以比较的视野，对比外国儿童文学与中国儿童文学创作的差异，敏锐地指出，"所谓的原创童书不应该只是纯文学作品，而应该包括童书作品的方方面面"；而我国童书的空白处很多，比如"类型化的儿童文学作品，像少年科幻小说、少年侦探小说、少年冒险小说、少年惊世小说、少年武侠等"。他认为，正是这些类型化儿童文学的创作空白，才使得引进版儿童文学作品如《冒险小虎队》系列能够长期占据我国童书的销售市场。杨鹏感叹："中国儿童文学发展了近100年，至今没有产生像江户川乱步那样真正意义上的少年侦探小说作家、布热齐纳那样真正意义上的少年历险小说作家、斯坦那样真正意义上的少年恐怖小说作家、罗琳那样的真正意义上的少年魔幻小说作家、赫洛维兹那样的真正意义上的少年间谍小说作家。"对20世纪90年代以来中国儿童文学的发展窘境，他也做出分析："这样一个只有纯文学作品、缺乏市场化的儿童文学体系，如何能与发展了上百年、拥有丰富的市场经验、武装到了牙齿的国外儿童文学相抗衡呢？我们这些从事儿童文学写作与研究的人们，如何还能躲在象牙塔里因为同行的几声叫好和得几个大奖沾沾自喜呢？……除了突围，我们别无选择！"

　　对中国儿童文学发展中存在的问题，杨鹏不但充分表达了自己的忧患意识，而且以最直接的方式投入到了类型化儿童文学创作的突围之中。21世纪初，杨鹏开始大力倡导"文化工业""儿童文学商业化写作"。2002年，"杨鹏工作室"成立，成为国内首个以流水线方式创作儿童文学作品的作家工作室。2009年，杨鹏还出版了专著《科幻类型学》，强调了"文学类型化"是近代文化工业所产生的一种必然的文化现象，也对各种类型科幻写作模式做出了概括，形成了创作实践与理论探讨之间的相互印证与呼应。杨鹏曾高度关注了日本作家那须正干的创作，并做出总结，"作品系列化、图书品牌化、人物偶像化"，"创意必须新颖、情节必须进展快速、故事必须充满悬念"等。这可视为杨鹏对少年科幻小说类型化特点的理解，也成为他在类型化创作道路上的宣言。

关于类型文学的意义，并非一个新鲜话题，却又是一个始终富有争议的话题。类型文学，常常作为与"精英文学""严肃文学"或"纯文学"对应使用的概念出现，显示出鲜明的通俗文学属性，追求大众文化的娱乐功能，其最为鲜明的特征就在于模式化和可复制性。具体而言，其在题材取向、人物设置、结构方式、美学风格等方面均有较固定的模式。文学的类型化创作，"对读者来说，犹如'期待域'，而对作者来说则如同'写作范例'"。大众文化时代，类型文学既能满足读者对"可预测性"和"安全感"的阅读诉求，又能满足读者对"刺激性""风险性"和"出乎意料的感受"的阅读诉求，利于产生符合阅读的"信念"和"快感"，因而，类型文学往往成为"畅销书"的主要来源。与此同时，过于迎合读者、创作的模式化和可复制性，又往往成为类型文学遭受质疑的靶心。

由表及里地看，一方面，杨鹏深谙类型文学创作之道，充分发挥了类型文学的优势，使作品具有了极强的可读性。杨鹏善于讲述"故事"，有开篇不到100字就抓住读者，引人入胜的能力。他的故事往往先爆发激烈的冲突，而后再抽丝剥茧，道出成因。超强的想象力制造出巧妙的情节，不断突破人们的想象定势，在读者的意料之外推进情节。叙事层面，杨鹏从不拖泥带水，快节奏的叙事、密集的情节、迭出的悬念，充分展现了"故事"的魅力。他在人物设置上，直接采取了他本人在《科幻类型学》中对人物配置做出的类型化概括，多数运用"金三角"角色组合，且人物性格也做出类型化的预设，三人角色互补，亦庄亦谐，动静相生。《校园三剑客》系列、《幻想大王奇遇记》系列等均如此。同时，杨鹏作品在语言方面从来都是与儿童毫无隔阂的。在叙述语言上，杨鹏契合少年儿童阅读习惯与审美接受能力，采取了一种介于口语与书面语之间的书写方式，所使用的句式一般不超过15字，时尚的词汇与校园的元素无处不在。作品中的英雄情结、幻想情结，更是直通儿童内心世界的法宝。这一切，构成杨鹏作品畅销20余年的创作秘籍。

继续深入探讨杨鹏作品的意义，我们又会发现，杨鹏的类型化创作是自觉回避那些追逐热点或跟风的"商业味"的。类型化创作与畅销之间的联系，已经成为众多作者和出版机构日益熟谙的法则。21世纪初以来，幻想小说热、冒险小说热、校园小说热等迎合儿童读者阅读口味的畅销书创作潮轮番登场，而身处其中的杨鹏似乎并未为潮流所动。他有自己的思索和定位，始终坚持自己的创作方向与节奏。而更有意思的是，儿童文学类型化创作潮起潮落，许多红极一时的作品已经销声匿迹，杨鹏的作品却畅销20余年，始终能让孩子们追随。

这恰恰构成了杨鹏创作的另一方面的特征：杨鹏是一个在借鉴类型化创作手法之余，始终坚持创作个性与艺术追求的作家。他的类型化儿童文学创作，历经20余年，都已形成了数十册的庞大丛书规模。而他的读者群，事实上也早已换了好几代儿童。不断出新，并且能超越代际、受到每一代儿童的喜爱，实际上是具有极高难度的。惯常讲，类型文学的续集创作有一个"死穴"，就是会令读者感到不如第一部。类型文学创作虽然因其类型化手法而具有了可复制性，但被复制的文本要想获得读者的再度认可，必须要做到质量的自我超越。这其实为创作者提出了创新性上的巨大挑战。同时，一部类型化作品能够突破时代局限，得到不同时代读者的喜爱，也显示了作品内里某种反类型的、超越时代的思想内蕴与该作品所独具的文学价值。

（1）杨鹏作品于夸张戏仿中深含现实批判

读杨鹏的幻想作品，常会联想到袁于令在《西游记题词》中做出的评价："文不幻不文，幻不极不幻。是知天下极幻之事，乃极真之事；极幻之理，乃极真之理。"以《装在口袋里的爸爸》系列第一部《爸爸变小记》为例，杨鹏以人的"异化"开启故事，一米八的爸爸变得只有拇指大小。人物变形，这是幻想儿童文学中常见的手法，但爸爸的变小，并不像《爱丽丝漫游奇境记》中的爱丽丝那样，因为吃了兔子洞里的点心而任意变大变小，更不像《西游记》里的神奇法术，而是因为人类世界的、现实的压力。作品这样写道：

> 妈妈指着爸爸的鼻子呵斥道："你瞧瞧人家陈雪虎的爸爸，比你小五岁，文凭也不如你，现在是总公司的董事长了。看看你，到现在还是一个小职员……"
>
> 爸爸被说得脸红耳赤，身体顿时矮了一截。

接着第二次，是与一位名校的著名教授爸爸比，第三次，是与一位腰缠万贯的总经理爸爸比，第四次……爸爸就这样不断变小，直至缩得只有拇指大小。这个变形，不是单纯游戏意味的戏说，而是携着一股浓浓的生活窘境，爸爸的变形，源自家庭中妈妈的话语暴力。借助夸张手法，作家让这份窘境变形、放大，呈现在读者面前。显然，该系列夸张戏仿的故事源头，是中国部分较为奇特的家庭关系与无限攀比的不平衡心理。在让儿童从中感受趣味性的同时，"口袋爸爸"的系列故事实则充满了成人世界的隐喻，也处处可见指向现实世界的黑色幽默。《聪明饭》中，写到杨歌每晚都在"愚公移山"——针砭现实生活中巨大的作业压力，孩子像愚公一样面对永远写不完的作业山。而爸爸苦心研制"聪明饭"，就是为了让孩子从残酷的竞争中脱颖而出。爸爸还真的成功了，连宠物猪吃了聪明饭都会吟诗作文了。杨歌吃了聪明饭，果然变得神勇无比。作品极度的夸张戏仿，带来了宣泄的快感：杨歌疯狂地刷题，做完的习题册"像鸟儿一样飞起来，令人眼花缭乱"；杨歌面对极其刁钻的文言文，瞬间过目成诵；杨歌扫视满屏数字的股市大盘，轻易发现了一个数据漏洞……陶醉于"天才"感觉中的杨歌，很快"对聪明饭令人作呕的味道忽略不计了"。因为有了吃了聪明饭的儿子，杨歌的妈妈被约稿写了一本《告诉孩子你是天才》，"从妈妈怀孕的时辰、怀孕的时候吃什么、胎教的注意事项……到我小的时候吃什么、什么时候开始会背课文等等事无巨细，统统都被采写成了文章。据说《晚报》的发行量因为妈妈的专栏往上翻了十倍！"

狂热的"成功学"不但绑架了成人，也绑架了儿童，绑架了"成功"的标准。现实讽刺无处不在。而在爸爸被女市长一番关乎全人类幸福的攻心术感动得痛哭流涕，献出聪明饭配方后，人人都变成了天才。更加有意味的夸张再次铺展：之后，股票交易所的大屏幕闪动速度快了一百倍；数学老师成了出题天才，好似"冷面杀手"；语文老师说话速度提升了数倍，短短30

秒细数从古到今一百个著名的文学家。于是，"我"又变回了差生。现行教育体制下，每个孩子无法逃避的攀比、竞争压力，以无限放大的形式呈现在读者面前。杨鹏这样一位冷眼热心的观察者、批判者、反思者，以这样的形式，将儿童所面临的扭曲的教育环境呈现在读者面前。当杨歌发现了"聪明饭综合征"隐患并上报市长后，满大街有了"聪明饭有害健康"的标语，但聪明饭的售卖从未停止。这熟悉之至的标语，让我们瞬间产生"吸烟有害健康"标语的联想，也准确接收到了作家对现实世界的讽刺。《聪明饭》在闹剧般的荒诞情节中结尾，在激烈的社会竞争下，人们明知聪明饭有害健康，甚至导致死亡，却仍在疯狂地高价求购。狂欢化故事背后的深意，使得杨鹏的作品在幻想制造的欢愉之外，具有了可以做出多重阐释的、富于层次感的解读空间，不同年龄的读者都可以从中找到自己的共鸣点。

以《校园三剑客》为代表的少儿科幻作品同样充分显示杨鹏反类型化的现实思索。作品充满了科幻精神指引下对科技与人的关系的思索和对人类未来的悲悯。其中的《冷漠天使》以"未来世界"为主题，以幻想的方式假设了地球因为"人类不断膨胀的野心和欲望，以及不加节制的行事"，逐渐变成"一个物欲横流、情感泛滥"的世界，于是乎人与人、国与国之间的矛盾冲突都不断升级，导致整个地球与人类都陷入灭绝的危机。以拯救人类为口号，"冷漠天堂"教派悄然诞生，宣称"情感是人类一切罪恶的根源"，告诫人类，要想保持永久和平，唯一的办法就是"杜绝一切情感"。通过这样的幻想预设，作家进一步以归谬法推演情节："冷漠天堂"之后发展壮大为一个政党，还在国会大选中获得胜利，"冷漠教主"成为领袖，控制了世界联合政府。于是，各种美味的食物，风格、色彩各异的用品和文学艺术作品都被列为"禁品"，人们的七情六欲也被严令禁止，有专门抓捕"情感罪犯"的"冷漠天使"和"冷漠卫士"。在无限放大的"拟现实"推演中，作家提醒人类反思无限膨胀的个体私欲和可能导致的群体灾难。作品最终托出，人类美、善的"情感"才是"人世间最重要、最美好的事物"。在《激战巨蚊岛》《再生战士》《超时空魔盘》等作品中，如潘多拉魔盒被开启导致的连绵灾难，同样源于人类的自以为是，源于人类对权欲的贪婪。借助荒诞式的夸张，作家虚拟出了令人窒息的灾难感和人类直面灾难时脆弱的无助感。

对科技伦理的人道主义反思，是杨鹏"科学型幻想"作品的显著特征。杨鹏执着于透过现象追求本质的真实，在汪洋恣肆的科学幻想之中，传达科技既能带来快乐也会侵蚀快乐，既能造福人类也会导致灾难的道理，呼吁作为科技运用的主体——人类——所应承担的伦理责任。作品中，每一次人类的终极反思与抗争毁灭的艰难取胜，闪烁着暖心的人性光辉。

（2）在杨鹏铺排幻想时童心关怀始终贯穿其中

杨鹏在每部作品中都充分展示了其天马行空的想象能力，常常无需与生活拉开距离，就能构建出奇妙的想象世界。在"奇幻""玄幻""魔幻"等竞"幻"的类型化幻想儿童文学创作氛围中，杨鹏作品的"幻想"显示出极为鲜明的个人风格。他的幻想创作，不单纯追求幻想的无拘与故事的快感，无论展开如何天马行空的想象，其内核都始终贯穿着童心关怀。

杨鹏借助幻想的羽翼，以儿童本位的写作立场，在作品中形象化地探讨孩子与父母、个体与社会、人类与自然等诸多层面的问题。比如他新近创作的《幻想大王奇遇记》系列，虽然幻想更加张扬，甚至散发着后现代的文化气息与解构主义的色彩，但是，其现实所指仍然敏锐而犀利。作品呈现出一种充满幻想魅力和游戏乐趣的现实校园生活场景。《种植父母》以幻写真，表达高压下的孩子们希望获得按照自己意愿改造父母的权利：作者构思出一个奇特的商店——随心所欲种植父母超市，出售种植父母的种子，还有能形成不同性格的"性格配方"。作品让缺失父母关爱的孙小空先后种出精英父母、超人父母、低素质放任型父母和平凡父母。在提醒父母反思应该怎样对待孩子的同时，也为挑剔父母的孩子提供了反思自己的思路——"你能当完美的儿子吗"，让孩子们在跟着故事狂欢的同时学会换位思考。《一万个分身》的故事源自孙小空一个偷懒的愿望，也是每个孩子都会有的小愿望："要是我有个分身就好了，我可以让他代替我去上学，我自己在家美美地睡觉。"这完全是现实所迫产生的"减压"梦。微妙的心态描写，巧妙的暗埋伏笔，善意地影射了一些意志力薄弱的孩子不计后果地推卸责任的毛病。可以说，孩子们各种离奇古怪的愿望，被杨鹏收集于笔下，亦幻亦真地表现在作品中。而杨鹏以自己的作品为儿童代言，虽然是幻想，却真实指向对当代儿童的成长境遇的思索。他为儿童争取"权利"的同时，又始终是一位善意的成长陪伴者，他决不让自己的作品仅仅停留在宣泄情绪的层面。"种植父母"的孩子，放大了亲子间存在的教育分歧，最终引导孩子回归认可自己的父母。想要"一万个分身"的孩子也同样，通过现实生活的考验，认识到分身术并不能替代自身的努力。在杨鹏的作品中，我们看到了作家遵循儿童文学发挥心理净化功能的步骤，引导儿童经历着认同——情感宣泄——领悟三阶段，也深深感受到了杨鹏以幻想之翼包裹的细腻的爱童之心。

　　杨鹏的作品，还常常借助幻想的超能力，帮助儿童实现深藏在心底的"英雄梦"，以惩恶扬善的正义情怀，以童话般的叙事，为儿童灌注善意、担当、意志品质、合作意识等精神力量。就像有人将金庸的武侠小说喻为"成人童话"一样，很多时候，笔者更愿意将杨鹏的少年科幻系列《校园三剑客》视作"少年童话"。儿童的心灵具有"反儿童化"倾向，儿童期待无拘无束，有对复杂成人世界的向往和反叛，以及对无法把握的现实的"想象性驾驭"。他们渴望在力尚不能及的时候，在心灵层面享受纵横四海的成就感。杨鹏站在儿童立场上，深谙儿童文学的"游戏精神"，《装在口袋里的爸爸》系列将一向高大、威严的父辈形象做了弱化处理，让成熟、伟岸、正确的爸爸充当了顽童的角色，产生了极强的戏剧性，极大地给予了孩子颠覆带来的快感。杨鹏的《校园三剑客》《幻想大王奇遇记》等作品，都贯穿了"小孩子拯救大世界"的主题，充满了昂扬的、少年英雄主义的浪漫情怀。作品每每以儿童来充当人类世界的拯救者。为了让"小孩子"能够实现美好愿望，完成拯救世界的任务，杨鹏常常赋予故事主人公某种"超能力"，如《校园三剑客》中的杨歌，因为偶入时空隧道而获得了发射霹雳火球、接收思维波和瞬间转移的能力，白雪对生物、历史和语言学极度精通，张小开则能编写各种电脑程序、破解各种高难度密码。借助这些令儿童痴迷的、超乎常人的能力与智慧，"校园三剑客"得以在种种困境与险境中机智应对，化险为夷，一次又一次地拯救人类。为了增加故事的合理性，杨鹏还设计了一个始终处于暗处的"神秘客"，以"成人隐形人"的角色从旁助力，使各种孩子们无法解决的现实问题获得迎刃而解的可能性。借助杨鹏的作品，孩子们获得了一次次"爱"与"善"、"正义"与"美好"的胜利。

4 | 结语

目前，类型文学创作日渐繁荣，数量远超纯文学，但对它的研究、评价还较为有限。加拿大有学者发现，"过去一百年来，系列丛书虽然一直是年轻读者的最爱，却是老师和图书馆员最瞧不起的书籍。"杨鹏的作品也面临这样的问题。杨鹏迄今为止已出版作品100多部，计1000多万字，图书总发行量达2100万册，并涉足影视、动漫等多个行业。杨鹏的作品还曾多次获中宣部"五个一工程"奖、中国国家图书奖、中国电视金鹰奖、国家广电总局推荐的优秀国产动画片等荣誉。然而，杨鹏的创作得到的阐释还极为有限。

杨鹏毫不讳言自己的创作是类型化创作，但他的"类型"似乎又从未变成可复制的类型，而是始终为他自己所独有。从幻想小说的人物设置、情节结构和美学风格等方面来看，杨鹏充分发挥了类型文学的可读性优势，而从文本的独创性来看，杨鹏又在进行着鲜明的反类型化实践。杨鹏的幻想始终既天马行空，又紧贴现实，渗透着人文关怀、社会责任感，渗透着对儿童成长的关切和形塑儿童心理的理想主义色彩，这使他的幻想小说与一般的热闹派幻想作品区分开来，具有了除热闹之外的思想深度。正如有学者对丹·布朗的评价："模式之外还有更血肉丰满的东西。"杨鹏作品因而具有了多重阐释空间，他不仅仅针对孩子创作，而且也为成人勾勒了另一个视角下的真实人生。

同时，杨鹏庞大的创作量，也显现出一些值得警示的问题。一方面，倘若比照一些为世界所公认的幻想儿童文学经典，杨鹏作品的意蕴层次在奇思妙想和现实思索方面都已有出色的表现，但在人文底蕴、哲理蕴含层面还需要朝经典深入。另一方面，杨鹏以工作室模式展开类型化创作的模式，部分存在"把关人"问题，早期个别作品出现了语言过度狂欢化、情节怪诞化等问题，也有一些作品显现出前后文学理念不一致的问题。这一点，杨鹏已有意识地做出了调整。2010年以来，杨鹏完全摒弃了工作室的创作方式，对大部分工作室作品做了封存处理。"工作室"成为具有实验性质的创作行为走入了历史。近年来，杨鹏已经大大缩减工作量，只专注于几个主要系列，作品品质也不断提升，这让我们对杨鹏作品的艺术走向充满信心。

杨鹏对自己的作品有这样的要求：不必是最好的，但必须是与众不同的。我们也确实看到这样一个有意思的现象：在校园小说热、冒险小说热等一波接一波的儿童文学热中，杨鹏的"热"，始终属于杨鹏自己，罕见仿作者。杨鹏的作品，已经以特立独行的姿态和个性化的、理想化的文学观，成为一个现象级的榜样。对这个问题的充分言说，也许需要我们在当下的文学评论话语系统之外，找到一个更恰当的阐释系统，也有待进一步拉开时间的跨度，经历历时性的检验，以获得更大的佐证。相信历经时间淘洗，有个性、有创新、品质好、广受大众喜爱的类型化儿童文学作品也会确立其"经典"的地位。

"冷"科学与"暖"诗意的奇迹相遇
——评马传思少儿科幻作品《奇迹之夏》

– 崔昕平 –

　　2017年年末，第五届"大白鲸"原创幻想儿童文学奖优秀作品征集活动在科学幻想领域再次勘得宝藏。马传思的少儿科幻作品《奇迹之夏》充分展示了作家在文学性、思想性、艺术性方面不断提升的潜力与实绩。在《奇迹之夏》中，细腻的情感线与科学幻想依托的"时间线"交织并进，温暖的情感色调与严谨的科学之思和谐圆融，形成了马传思日渐鲜明的作品特色。

　　写过诗的人，对文字美的饱满度有一种执着的情愫。马传思的少儿科幻创作并不因为科学幻想的题材与少儿科幻的定位而弱化作品中的文学性。他的作品读起来是有诗意、有"境"的。在《奇迹之夏》中，马传思笔下的雾灵山焕发着自然的灵秀气息。隐藏于雾灵山千沟万壑中的亿万年宇宙时光，伴随着作家假想的"绚丽而神秘"的"时间线"如同"悠缓的歌吟"，奇迹般重现。作品有一个极佳的构思，在前后的呼应与铺垫上下足了功夫。作家似乎非常吝啬于揭开他精心设计的谜底，并不急于将这个充满幻想的故事和盘托出，而是让它一点点在凡常生活中聚集，一点点显出异样的光。

情节每一分每一秒都在滋生巨大的变化，越到后面，越产生令人窒息的紧张感。分散的、次第出现的离奇现象，最终有序地串联成一个紧凑而合理的故事。

作品文如其名，始终贯穿着"奇迹"感。如同大多数科幻作品中都会有一位全知全能的科学家那样，《奇迹之夏》中也有这样的角色设定。但值得注意的是，马传思对这个角色的设定，自有一重深意。《奇迹之夏》中拥有科学家身份的，是一位叫"余敏"的生物学博士。然而，余敏并没有贯穿始终，而是匆匆现身，中途退场。真正完成使命的"启智者"，是一位退休独居的生物教师"赫拉婆婆"。一位看似普普通通的退休老教师，作家却赋予她古希腊神话中宙斯之妻赫拉女神的名字，预示了这将是那个参与"奇迹"的关键人物。

一场看似没有破坏性的地震之后，赫拉婆婆预言，"那场地震改变了很多事情"。这句话成为隐藏的推动力，推动故事发展：地震后，时间裂痕悄然出现，神秘气息逐渐聚拢。奇异的光芒闪耀在雾灵山，不同的时间线相互交集，"奇迹"接二连三：12岁的少年"阿星"在巨石堆捡到一只小虎崽，引来了一只生活在史前一百多万年的冰河纪动物——剑齿虎。接着，驭虎的史前人类也出现了，对女孩"望月"的面部刻画，让人瞬间联想到北京猿人。大雨倾盆，现代人的街道上竟然冲出了生活在4亿年前的远古鱼类——盾皮鱼。不同时代的生物在作品中次第现身。可贵的是，作家在追求奇迹感的同时，让一切发生得有根有据。大量古生物学的知识，在这个真实存在的地理坐标下变得鲜活。燕郊的雾灵山是真实存在的，在远古时代也确实为古燕辽海，在中生代和新生代的地壳运动中逐渐上升成山。因而，盾皮鱼等古生物在该地区出现是合逻辑的。阿星见到的金雕、猕猴，也确实是雾灵山的国家级保护动物。博士余敏在望月的山洞中找到了新石器时代原始人生活的遗迹，也与北京猿人的背景知识相吻合。

笔者常常在想，少儿科幻的意义也许并不在于科学性的假想有多么高明，而在于能否将科学的魅力展示给孩子，将追寻科学的精神灌注到孩子心间。《奇迹之夏》将少儿科幻建立在大量的古生物学知识与地理学知识基础之上，令沉睡在书本中的知识现出生机，也让幻想故事有了现实的根基和科学的支撑，既开拓了孩子们的想象视野，又传递了以科学认识世界的思维方式，更借此展现出了知识的魅力。

一个优秀的作家，一定有着异于常人的敏感，能够将人们内心微小的甚至晦涩的情感、思绪敏锐地捕捉并呈现出来。马传思就有这样的能力，这使得他的作品散发出与众不同的温度感。马传思的科学幻想故事始终是温暖的。在经营幻想的过程中，作家从未离开过科学，更从未离开过真实的生活，尤其从未离开过丰富、细腻的情感世界。

故事潜移默化地讲述"尊重"，首先是人与人之间的尊重，其次是人与其他物种之间的尊重。赫拉婆婆是一位让人感动的启智者。她宁静、谦和，发自内心地尊敬每一个人，包括她的学生，包括小孩子。需要给少年阿星一些必要的提醒时，她会做得巧妙而随意，避免孩子难堪。作品中，人与其他物种间的尊重，则更具启示意义。余敏博士见到活生生的原始人与剑齿虎时，产生了近乎狂热的研究热情。赫拉婆婆及时提醒："对于科学研究来说，她们是难得一遇的活体样本，但无论如何，都不要忘了，她们是活生生的一个人和一只为了寻找遗失的幼崽而跑到这陌生世界来的虎妈妈。"少年阿星则以一个孩子的赤子之心，演绎了物种间的相互尊重。故事中，阿星是唯一能与望月这个原始人类，以及剑齿虎、大白鹅这样的动物沟通的人。阿星处理突发事件的方式，与成人的对比鲜明。警察与剑齿虎的对峙，让沟通彻底变得不可能。而每一次与这些古生物的交流陷入僵局，都是由阿星去打破。作家借余敏博士之口道出了个中原因："我从刚开始就把她们当作研究的对象，而你，是在用心把她们当作朋友。"显然，沟通时使用共通的载体（比如语言），并不是最重要的，沟通时所持的态度，才是最重要的。人与人、人与万物之间最需要的，是真诚，是尊重。

除了描述人与万物的生存关联外，作品中也有动人的亲情。作家以一种别样的手法描写孩子的成长——不需要离家出走，不是众叛亲离，不呈现激烈的成长冲突，而是让孩子在独立应对和处理事件的过程中迅速地成长。就像赫拉婆婆所说："你遇到的每一个人，都只能陪着你走一段路，剩下还有很长的路程，你需要独自走下去，因为生命终究是你需要独自去面对的事情。"作家鼓励孩子去面对这艰难的"独自"成长——要"心里怀着爱意继续走下去，就算是再糟糕的日子，也会有奇迹出现"。马传思的几部作品，包括《你眼中的星光》《冰冻星球》《住在山上的鲸鱼》，都贯穿了这样一种诗意的情怀，以及对爱的力量的坚信，这让人想起了冰心先生"爱的哲学"，"有了爱，就有了一切"。作品恳切地将对生命的敬重与对人生的积极乐观的态度传递给孩子。

这科学之外的又一重"奇迹"感，恰如赫拉婆婆告诉阿星的一个秘密："哪怕是一块石头都会唱歌，它没日没夜地在唱呢，唱着生命里的欢愉……"石头也会唱歌，这实在不够科学。然而，这不够科学的元素，恰恰体现了马传思科幻作品的另外一个鲜明的特色——浪漫的诗意。看着遍布沟底的那些千奇百怪的石头，阿星不由得浮想联翩："说不定，这些石头是一群被时间遗忘了的怪物，几十亿年来，它们一直在这里睡眠，等着有人过来，然后它们就纷纷唱着歌苏醒！"是啊，其实人类对客观世界的认知非常有限。女孩望月对小虎崽的死并不感到悲伤，对赫拉婆婆的消失更感到兴奋，阿星在梦境中感知了原始人类与现代人类迥异的生死观。在作品中，谜底这样被揭开，关键时刻出现的神秘人（赫拉婆婆失踪多年的爸爸），是众多时空管理员中的一员，不断修复着时间的裂痕。时间线交错的现象，并不仅仅出现在雾灵山，还曾出现在内罗毕、马达加斯加，引发澳门岛上妈祖庙的所谓"显灵"事件。在赫拉婆婆临终前去到的另一个世界里，她变回了那个12岁的女孩，在那里，她的爸爸陪伴在她身边，从未出门远行。对人类而言，未知的领域仍然无比广阔，谁又能确定哪个观点是永远正确的呢？借助科幻作品，作家热忱地鼓励孩子们展开想象，鼓足勇气探索未来。

掩卷回顾，《奇迹之夏》中所展现的不过是发生在仅仅几天的故事，然而，作家在逻辑清晰、层次丰富的想象中，架构了一个关联史前历史与当代文明、古生物知识与科学幻想的故事，并见证了少年阿星令人欣慰的成长。作品中恰如其分的幽默感，适时地调剂着异常紧张的故事氛围。幻想与诗意在马传思的笔下相遇。人文情怀与科学幻想自然融合，作品扎实、丰满，既真，又幻，且美。

评吴岩新作《中国轨道号》

– 姚海军 –

　　早在二十几年前，我就知道吴岩准备创作一部与中国航天以及自己小时候大院生活有关的科幻小说，我还记得它有一个颇具气势又吊人胃口的名字——《中国轨道》。那时候，吴岩已经是一位成功的科幻作家，他那感伤中透着乐观精神的《窗口》以及情节惊心动魄的《生死第六天》都让人印象深刻。

　　吴岩16岁进入科幻领域，后又成为我国第一位科幻博士生导师。他是一个有条件做出很多选择的人。仅就科幻创作而言，他也可以在科幻现实主义与科幻浪漫主义间从容切换。只可惜他近年忙于教学与研究，鲜少再有新作发表。我一直期待着他回归创作，并记挂着那部酝酿已久的长篇。

　　因此，在2021年春节来临之际收到《中国轨道号》，我感到特别开心。阅读这部期待已久的作品，犹如与故友重逢。尽管如作者所言，它已经是一部全新的作品，但我仍然将其中的诸多改变，视为世事变迁对"故友"的影响。毕竟，当下的科幻文学呈现出的面貌，乃至国家在经济、科技等领域的发展状况，已与二十几年前大不相同。这种巨变迅疾又潜移默化，我们每个人都难以重返过去，正如赫拉克利特所说，人无法两次踏进同一条河流。

《中国轨道》讲的是中国航天人在条件不具备情况下的飞天梦，精神气质与刘慈欣的《中国太阳》相近；而《中国轨道号》实际讲的是一个少年所见证的中国航天人攻克一道道技术难关的曲折历程。从《中国轨道》到《中国轨道号》的最大改变，是虚实的转换。原本那宏大的航天史诗从前景变成了背景；而小说中的人物则从概念符号变为真实可感的存在。在这虚实转换之间，小说也便有了生命的气息。

《中国轨道号》是少有的让我一口气读完的小说。以小主人公为核心的几组人物的命运和"中国轨道号"那壮阔的梦想一直牵引着我。在20世纪70年代那特殊背景下，还有哪些人比科学家和他们的孩子的命运更令人牵挂？还有什么会比一个似乎只能存在于梦想之中的亮丽未来更让人期待？

作为一部儿童文学作品，《中国轨道号》的成功首先就在于人物塑造的成功。小说的核心人物"我"，是一个小学三年级的男孩，年龄虽小，却将二年级的妹妹视为"小屁孩"。"我"学习成绩优异，对科学怀有强烈的好奇心。作者重点对"我"在性格与心理上的矛盾性进行了深入发掘（心理学属于吴岩的专业领域），让读者通过"我"在一些问题上的取舍与选择，感受"我"身上既勇敢又有些怯懦的矛盾心态、既争强好胜又为他人着想的真诚与善良。在与好友王选争夺"火星探险夏令营"唯一一个名额，与忘年交老汪一起守望星空等一系列事件中，"我"经历了成长的苦与乐、失与得。当小主人公感叹"只有当我们的心从遥远的太空回到地球时，我才发现人和人之间的关系原来可以这么近！"时，读者也不禁为之动容。这不仅是一个少年的感悟，也是我们成年人经历人生风雨后最为重要的再发现。

除了主人公，《中国轨道号》中另外几个重点人物的塑造也很成功，同样争强好胜却内心脆弱的王选、刚毅执着心怀梦想的周翔，还有率直又心高气傲的老汪，都给人留下深刻印象。就连着墨甚少的"爸爸"，其在工作上是非分明、在子女教育上简单直接的军人形象也跃然纸上。

此外，《中国轨道号》在结构上也颇为精巧，它的故事时间不足一年，在叙事上却没有平铺直叙，而是采用了片段串联的方式。小说中的"水系""舱门""飞鋆""飘灯"四个章节是主人公在这大半年中经历的四个人生片段，每一个片段既有前后承接，所涉人物又构成了一个个相对独立的系统。这大大优化了叙事节奏，也为作者留下相当自由的发挥空间，有效强化了人物的情感纵深和故事的可读性。

《中国轨道号》不仅仅是一部优秀的儿童文学作品，也是一部优秀的科幻文学作品。

从科幻小说的角度看，《中国轨道号》不仅是对已然逝去的童年的一次深情回望，更是作者对自己所经历的20世纪80年代科幻"黄金时代"的一份独特纪念。小说秉承并发展了郑文光、童恩正所开辟的科幻传统，注重关照人物的内心世界，充分发掘人物对故事发展的内在驱动力，并将科幻与冒险小说有机融为一体，用童真在两个时代之间架起了一座可以情感互动的桥梁。

作为科幻小说，《中国轨道号》自然少不了科幻创意，书中不仅有梦幻般存在的"中国轨道号"飞船，还有溶液计算机、生物计算机、脑声波皮层通话器、代偿性大脑修复术等前沿或幻想中的技术，这些具有新奇感的幻想让小说充满了未来的光彩，也增加了老汪和冬冬这两个典型人物命运的传奇性。在老汪身上我们能看到传统科幻作品中那种科学家的影子，而冬冬则让我想到了查理·戈登（美国作家丹尼尔·凯斯科幻名著《献给阿尔吉侬的花束》中的主人公），并隐约看到了这个智力障碍少年智力飞升的无限未来。

同为科幻，儿童科幻与成人科幻却有着诸多不同，其中最为突出的一点，便体现在对科幻创意的追求上。成人科幻，特别是王晋康、刘慈欣这类核心科幻作家，对新奇的科幻创意有着近乎执拗的追求。刘慈欣甚至因为得知某个科幻创意已经为世人所知，甘愿放弃自己创作近半的新作。这对儿童科幻作家来说，是难以想象的。新奇的科幻创意背后往往牵涉深奥复杂的科学理论，科幻迷对此甘之如饴，而小读者却难解其味。因此，儿童科幻基本不追求科幻创意的新奇，而是将重点放在对已经大众化、常识化的科幻概念的童趣化再发掘上，诸如宇航飞船、机器人、时空穿越等等。

吴岩在《中国轨道号》中试图取得一个平衡。作为一位儿童科幻作家，他给了读者一个备加期待的、同时也是毫无接受障碍的"中国轨道号"；作为一位成人科幻作家和近年试图从脑科学切入，研究人类想象力奥秘的科幻学者，他又为读者展现了脑声波皮层通话器、代偿性大脑修复术等一系列新奇的科幻概念。加之故事所发生的特殊时空背景，成人读者应该会给予这部作品积极的回馈。可对少儿科幻读者，这也意味着冒险。但很多时候我也在想，只为儿童读者提供他们所能接受的科学幻想，真的就是科幻作家的使命吗？这显然是一个值得探讨的问题。

当然，不管儿童科幻与成人科幻有多少不同，其精神根脉却是高度一致的，那就是对文明、对科学和对宇宙的向往。科幻小说的意义也正如《中国轨道号》一书的结束句："我们的周围，漫天飞舞的除了大雪，还有我们成功点燃的、通向另一个宇宙的光亮。"

美味得让人想腾云驾雾

——读少儿科幻小说集《移民梦幻星》

－韩　松－

　　董仁威先生的科幻小说集《移民梦幻星》一共有六个故事。我一口气看完了，好像吃了一顿美味得让人想腾云驾雾飞到花果山的川菜。具体有下面几种感觉：

　　第一是很舒服。比如，第一个故事《回归人类》，从吃潜江小龙虾写起，点点滴滴，绘声绘色，真的是人类的极致享乐。我读后，好想去一回潜江！可惜书中主人公为了提升自己的存在品质，将肉身变成了金属机器人，眼睁睁看着好东西，却吃不了，但他不甘心，又找科学家把他变回人。这里面，除了潜江小龙虾，还附带了烧白、肥肠——变回人就都可以享受了，还可以回家跟年轻漂亮的老婆做那种事情。不过，他又遭遇麻烦——发现自己的克隆人在跟他抢老婆。他只好又把一部分变回机器——只是心脏、骨骼等，这回肉身还保留着，依旧可以跟老婆亲热，依旧可以吃肥肠、烧白、小龙虾。这真是人间天堂，最好的生活。我看后拍案叫绝。真正好的科幻并不是把机器写得像机器，相反是要写尽人间烟火，写尽凡人的欲望，要让人看得心向往之，要给饥饿的人画出一张大饼。

　　第二是很惊奇。比如《基因武器遭遇智能疫苗》，写的是一场特别的灾难忽然降临在人类头上，那是因为小国、穷国掌握了基因武器，制造出病毒，用来攻击欺负了它们的国家，结果这个病毒最终变成指向全人类。这是一种格外凶狠的病毒，通过空气传播，致死率高得吓人。小说中的场景场面，读得我心有戚戚，根本想不到，这个故事竟是2005年写的。中国的一个科学家领导了抗疫斗争，在联合国担任救灾指挥员。各国元首开始报告本国的死亡情况。高个的美国总统忧心忡忡说："我国已有一亿多国民死亡，现只有阿拉斯加州和夏威夷还有人。"矮个的日本天皇哭丧着脸说："我国国民除了还未出现瘟疫的驻外大使馆人员外，已全部死绝。"我国科学家问："国民快死绝的国家的元首请举手。"会场上举起了一百多只手。全场惊呆了，被恐怖气氛笼罩……在这种情况下，人类最终还是得救了，过程十分惊奇，看得人喘不过气。

　　第三是很深刻。《移民梦幻星》写的是地球快被人类折腾死了，于是想活下去的人决定移民到太阳系之外，他们使用了纳米飞船，还把人缩小，又传送DNA信息，在外星球克隆组装出新人。小说指出现代人类搞出了六大杀器，老三件是核武器、化学武器、细菌武器，新三件是基因武器、纳米武器、人工智能武器，都可以用来把地球毁灭几十遍甚至几百遍。那些移民到外星的人类，觉得这太可悲了，于是决定销毁人类在19世纪到20世纪发展出来的知识体系。但是最后又觉得什么都销毁了也很无趣，便又决定恢复出来。黑暗和光明在一起、肮脏和干净在一起，这才是真实的人类。这篇小说跟其他五篇一样，描写了人类内心的矛盾冲突。人要在精神和肉体间做出抉择，要思考如何把二者统一起来。看似轻松戏谑，实则沉重严肃。作者一直在讨论地球危机、人类存亡、精神皈依、灵魂归宿、生命本质等大问题，读了不禁要掩卷沉思。

第四是很感性。几篇小说里都有惹人爱怜又豪气冲云的美女，以及侠肝义胆的男子，同时写了他们之间火辣辣、酸楚楚的爱情。像《回归人类》里变身成机器人的男人跟他美丽老婆的奇诡感情，写得好让人惊叹羡慕。《分子手术刀》里的数学家，爱慕民间女子二十余年，不离不弃，最终在科学帮助下成就佳话，看得催人泪下。在《移民梦幻星》中，大洪水来临，成都平原一千万人面临死亡威胁，巫山神女一般的女科学家陆爱霞带头，一万人跳下去组成"人堤"，全部壮烈牺牲，却为后续筑坝赢得了时间，这气壮山河的一幕，如果拍成电影，会跟《流浪地球》有一比。《智力放大器》里面，女主人公为没有四肢、没有听力的边境战争退伍军人做了二十年的心灵秘书，两人生活在纯精神的世界中，为社会创造出辉煌的艺术成果，此情足以感天动地。

第五是很科学。六个故事都非常传奇，但是每一笔每一画又都十分科学。这缘于作者本人就是科技工作者。董仁威先生是教授级高级工程师、执业药师，在成都制药四厂担任过车间主任、研究所所长、副厂长，还担任过成都健康食品研究所所长兼总工程师，曾获四川省科技进步三等奖三次、成都市科技进步奖一等奖一次。他曾是四川省科普作家协会主席，因此写起科幻来，简直驾轻就熟。像《神秘的药店》，干脆就是写他的本行，对未来的工业化生产中草药，直如工笔画一般做了精彩描述。《分子手术刀》1979年发表，现在读来，仍然超前，仍然真切，而有的预言已随四十多年来的基因工程进展变成了现实。他对抗击病毒时疫苗具有局限性这个细节，也做了技术上的详尽阐释，指出疫苗不能很好应付病毒的变异。

根据介绍，《移民梦幻星》这本选集主要是针对少年儿童的，我却觉得，它为所有科幻创作提供了一个很好的范例，就是怎么才能把小说写得很舒服、很惊奇、很深刻、很感性、很科学。这说起来简单，在实践中却是极难的。我自己写了这么多年科幻，也没有做到，这回才从董仁威先生这本书中，扎扎实实学了不少。我希望爱科幻的人们不要错过它，能根据自己的情况从中有所领悟。当然，对我来说，最欣慰的是从此书的结集出版中，又一次看到了董老师的赤子之心，看到了他身体健康、精神活泼、思维敏捷，这就是他那个"七十开挂"人生的真实写照，这就是我们要去不懈赢取的闪光的生命！

王林柏《买星星的人》：用爱守望星空

－郭　聪－

　　《买星星的人》是一部既有现实温度又充盈着神秘科幻色彩的优秀儿童文学作品，作品的叙事手法多元，语言幽默而流畅，立意十分丰富。

　　对于擅长写童话、科幻题材类型作品的作者王林柏而言，《买星星的人》这部小说在保持他长于想象、趣味的写作特色之外，被注入了丰富的生活细节和对现实、生命的思考，既拓宽了他创作的深度与广度，也让我们用纯真的心感受到一部情感充沛、想象宏阔的儿童文学的力量。

　　首先，作品构思新颖，用两条叙事线延展出现实生活和宇宙科幻两层时空叙事空间，在"科幻"的外壳之下，有着无比珍贵的"现实"内核，渗透着纯真、诗意与斑斓的立意之美、幻想之美。

　　作品的明线是想要"买星星的人"雷格打算为自己身患重病的女儿买下一个星球，并以她的名字"莉莉娅"命名，因此他来到地球收集签名，以获得所有权。无意之中，他来到了大姐四月、二姐七月、小妹九月这三个女孩的家中。在雷格到地球收集签名的日子里，他和女孩们在相处过程中生发出的种种有趣而温暖的生活故事，诸如晚上九点准时开始讲睡前故事，白天到废品站"寻宝"等，让作品充满浓浓的温情。而小说的暗线则是令人出乎意料的科幻事件——雷格、勇士丁吉、末日老人得知即将有彗星撞击地球，导致地球毁灭。在这条暗线上作者融入爱与守护的主题，他们毅然放弃自己的目标、放弃自己的安逸，甚至用自己的生命去守护地球上的生命。如此，作品顿时与宇宙、生命相连，让我们去思考生命的本色、思考存在的意义。至此，整部作品的立意也得到了升华。

其次，作品的叙事手法高超，用简练而幽默的现代叙事手段，通过第三人称多声部对话以及多重视角的聚焦，将主人公的性格特征和心理变化精准地传递出来，细腻而深入地塑造了鲜活的人物形象，丰富了人物的成长内涵。

《买星星的人》采用第三人称视角聚焦人物，并用儿童好读、易懂的对话体、日记等灵活的形式精准地展现人物性格特征和心理变化。16岁的四月、11岁的七月和6岁的九月分别处于青年、少年和幼儿成长期三个阶段，加上三个女孩成长环境很特殊，所以大姐独立、敏感多思，二姐叛逆、古灵精怪，小妹可爱、天真无邪，但她们都保持着孩子的天性：善良与纯真。比如，作品对四月的心事、七月的秘密和九月的不舍等情绪的表达和处理分寸感把握得很好。对于大姐，本来她和雷格的对话很少，但通过风雨之夜雷格接她回家，大姐和雷格之间的感情增进了，从此这两个人的对话增多。七月是主意最多的"小大人"形象，所以她和雷格的对话一方面是通过小妹的模仿，一方面是通过雷格的"笔记本"传递。而小妹则和雷格的接触最多，有雷格在的场景小妹几乎都在，并且她表达喜欢雷格的方式也很直接。作者多角度的聚焦，充分尊重每个人物在不同情况、不同环境下的特点，大大提升了作品的灵动性。

此外，整部作品欢快的成长情景中夹杂着淡淡的忧伤，让小说在轻灵的儿童性中结合了深沉的悲剧色彩。

在作品晶莹斑斓、明朗欢快的生活细节背后，又有着淡淡的忧伤和深刻的悲剧底色。三个女孩教雷格使用电饭锅、洗衣机，帮助雷格收集签名，一起出去捉迷藏等有趣、动人的细节，让作品充满着童真、童趣。然而，对于女孩们来说，星空是遥远的，一旦雷格回到自己的星球，就意味着和来福爷爷一样永久的分离。对于雷格而言，心爱的女儿已经无法挽救，三个可爱的女孩也难以割舍。一切美好或许是暂时的，所以，我们更应把握和珍惜当下，用爱去陪伴、守护身边的人和事，这才是作品真正的意义所在。

读完作品，在夜阑人静的夜晚，我们再次仰望星空的时候，相信还会想起这个呆板、温柔又有点好笑的"买星星的人"雷格和三个可爱、善良的女孩四月、七月、九月。他们在用爱守护着这个世界，用生命书写着美好，当然，我们也用爱陪伴着他们。在阅读中你会发现，星空好美，生命好美！

（原载于2020年05月15日《文艺报》）

《超侠小特工》
——比游戏好玩、比电影好看的作品

– 张懿红 –

　　超侠又出新书了！在中国作家协会从事网络与媒体工作的超侠，业余时间笔耕不辍，已创作《少年冒险侠》系列、《深海惊魂》、《使命召唤：狙击手们的战争》、《小福尔摩斯》、《高手》、《皇城相府》等科幻、奇幻、冒险、悬疑、童话幻想类文学作品，总字数超千万，发行过百万，多次荣获全球华语科幻星云奖。新作《超侠小特工》系列，延续《少年冒险侠》系列科幻惊悚、悬疑、冒险故事的写法，讲述古灵精怪的小特工奇奇怪和王牌美少女小特工龙玲珑搭档，与世界神秘案件调查局的队友们合作，破解了一起又一起与世界未解之谜相关的奇案。超侠的新作刷新了多年来人们对金字塔与木乃伊、亚特兰蒂斯、百慕大三角、麦田怪圈等世界未解之谜的想象，诚如刘慈欣写在书后的推荐语："为广大青少年读者开启了一扇'脑洞'的大门"。

　　超侠作品的读者主要是青少年。考虑到影像文化熏陶起来的新一代青少年读者不同于20世纪八九十年代的少儿科幻读者，超侠更加注重作品的画面感、惊悚感、节奏感。在接受中国科学技术协会《中国科幻创作者状况调查研究》项目的采访（该项目由科学普及出版社承担，本文引用的超侠的观点均出自该访谈）时，他说："我觉得当下的作品不是要和同代人（的作品）竞争，而是要和游戏、电影竞争，要使故事比游戏好玩，比电影好看，才能吸引更多的读者。""纸上的电影"，这是超侠小说创作的审美诉求。《超侠小特工》的看点，正是超侠小说向游戏、电影致敬而获得的美学特质。

　　这种美学特质，或者说艺术特色，体现为超侠小说的游戏性和电影化，旨在全面契合青少年读者的阅读兴趣。

　　首先，是人物角色设定的类型化和正邪对立的人物关系设置。《超侠小特工》开头就是主要人物介绍，每个人物都个性特征明显，拥有不同的技能，擅长使用不同的独门武器，他们默契配合、协同作战就会发挥极大的威力。随着情节展开，超侠用更多生动的细节来充实人物性格，使其更为鲜明。奇奇怪的乖张调皮、龙玲珑的冷傲干练、N博士的少年老成、邪帝魔狂的不可一世，他们独特的言谈举止都被刻画得栩栩如生；而奇奇怪、龙玲珑、N博士和液人王、邪帝魔狂之间的正邪对立贯穿始终，构成了小说的主要情节。与此相关，还有两个方面也体现了《超侠小特工》游戏性和电影化的特点。一是N博士发明的那些又萌又强的超级特工武器、特工战甲，让人油然想起游戏中独特的装备道具系统；二是超侠创造了很多哥斯拉式的大型怪物，比如水银怪兽、金字塔巨型石人、鱼斯拉、魔鬼肌肉巨人、海中巨掌等，还在作品中加入了惊悚小说和影视中大家熟知的木乃伊、吸血鬼、狼人等恐怖形象，这些都很容易唤起《哥斯拉》《侏罗纪公园》《木乃伊》《吸血鬼日记》《少狼》等相关影视形象的联想。

其次，是悬念迭起、惊险刺激又不乏幽默搞笑的故事情节和极具画面感的打斗场面描写。奇奇怪被邪帝魔狂下套，稀里糊涂踏入世界神秘案件调查局的特工基地，被收编为少年组特工，就此开始了一路打怪斗"邪"、解开谜题、完成任务的冒险生涯。而且，在险象环生、精彩纷呈的冒险之旅中，装备、武功、攻略、队友助攻等环节相互配合，打斗场面的描写极其夸张。凡此种种，与解决难题、打怪通关、以冒险和探索为主题的游戏模式颇多相似之处。这种游戏式的情节模式符合青少年的心理诉求，使故事情节充满挑战性——智力和想象力的双重挑战，叙述节奏紧张明快，环环相扣，读起来过瘾。另外，超侠的情节设计往往在结尾出现反转，制造出人意料的惊奇效果，这是谍战、推理等类型电影的惯用技法，将悬念撑持到最后一刻，如满月之弓，始终蓄势待发。

超侠十分欣赏斯皮尔伯格电影的幽默感（个人觉得他应该也很喜欢周星驰电影），在自己的创作中也多有借鉴。《超侠小特工》每每在紧张刺激的打斗场面中夹杂幽默搞笑无厘头的情节和对话，搞得正派不严肃、反派不可怕，使原本恐怖惊险的情节充满喜剧氛围，读来妙趣横生，让人忍俊不禁。比如：N博士随手丢来一个奶瓶，不知情的奇奇怪却以为那是什么神兵利器，拿着奶瓶一通大战，居然阴差阳错得胜归来；百慕大海底人木大墨向奇奇怪逼问负极性磁欧石的下落，危急关头奇奇怪接了妈妈一个电话，于是大演苦情戏，弄得木大墨泪眼滂沱，不忍下手；每次奇奇怪与各种怪兽对打的时候，总是边打边道歉、边打边吐槽，一点没有你死我活、紧张战斗的意思，倒像是朋友斗嘴，甚至在准备赴死之前还有心情掏出手机自拍一张，哭丧着脸道："就算是最后的留念吧！"小说中还有很多自带搞笑属性的人物形象，比如：神出鬼没的帅先生、有点神经的"智慧之脑"和名叫"无数艰难险阻"的科科狂三喽啰——吸血鬼、狼人、木乃伊。最搞笑的要数魔鬼肌肉巨人，脚扎伤了贴个创可贴，还要用粗重、缓慢的声音打广告："科科狂牌创可贴，就是高！"这种既惊险刺激，又不乏幽默搞笑的写法，制造出一种过山车似的节奏变化。而且，喜剧性的描写也淡化了战斗的残酷性，使奇奇怪、龙玲珑他们拯救世界的超级大战少了血腥味，只剩下酣畅淋漓大战一场的游戏式的成就感和满足感。事实上，《超侠小特工》虽然写了很多大规模的战斗场面，却只有群体灾难场景的速写，从不涉及人物伤亡的细节描写，主角光环更是显而易见。对因果逻辑真实性的回避难免会影响叙事的深度，或许这是由少儿科幻本身的特点决定的，当然也是超侠叙事风格的取舍策略。

超侠说："情节上，我一般抓住三个要素来推进写作，即悬疑推理、科幻和武侠，在这三个要素中适当加一些引人思考的东西。"在《超侠小特工》中，悬疑推理和武侠要素自不待言，本文前面已经谈了很多。再补充一点，武学高手龙玲珑的形象，大量武打动作、武打招数的描写（"三人合一，天下无敌""科狂龟息大法"），明显融入了超侠对武侠的热爱。至于科幻，在《超侠小特工》里它是矛盾冲突的起因，悬疑谜题的答案和探险解谜的重要手段，它的比重决定了《超侠小特工》的归属——它是科学幻想，不是奇幻，也不是魔幻。《超侠小特工》写到很多科幻构想、科学发明，包括平行空间、植物思维、海底人、人造异形怪物、人机合一的"智慧之脑"、纳米黏菌液态系统、纳米液态金属机器人、次声波攻击、空间屏蔽、隐形平台、感应分子壁、生物能设备、正负"磁欧石"、机械和生物技术结合的巨型手臂，还有N博士研制的法拉第笼、贴纸电筒、超VR全息眼镜、头发共振器、弹力战甲服装、"挖掘战袍"等各种新式装备。但是，超侠笔下有关科学技术的描写都不太具体，比较含糊。在他看来，这种写法的好处是将来不容易出错，"科幻作品里'科'少'幻'多反而可以突破时间的局限。科幻要软硬兼施才好，跳跃一点，如此生命能够更长"。或许有人会说，超侠的科幻想象有低幼化倾向，为了追求儿童喜欢的神奇、有趣的感官效果，有时失于粗疏迂阔，不够高端大气。比如：他经常让主人公钻进怪物腹中探险，还把巨型挑手鱼和魔鬼肌肉巨人作为调查局和科科狂的指挥中心，可是这种好看又好玩的科学设计好像并没有多少实用价值。的确，超侠的科幻想象有点孩子气，这是毋庸讳言的。但是，我们不要忘记，《超侠小特工》的主要读者对象是少儿，作者必然需要全面调整写作的内容和方式，包括科幻构想。而且，被吞入腹是存在于宗教、神话、民间故事和包括童话在内的文学作品中的古老而普遍的象征意象，比如大家都熟悉的约拿（《圣经》）、匹诺曹（《木偶奇遇记》）、孙悟空（《西游记》）的故事都有被吞入腹（孙悟空被铁扇公主吞入肚子里）的情节。这个意象蕴含着丰富的心理内容和原型意义，难怪超侠如此钟爱它。

　　作为少儿科幻作品，《超侠小特工》能够充分调动少儿读者的兴趣点和想象力，提供新鲜愉悦、趣味盎然、充满期待的阅读体验。除了以上谈到的几个方面，《超侠小特工》在细节设计上也考虑到少儿读者的互动需求，比如章节末尾给出一些密码符号、脑筋急转弯和科学常识题，让读者解答，后面附有答案。

　　当然，审美快感只是超侠小说的直观层面。在想象力和智力游戏之中，超侠还悄悄播撒他对人性和世界的温暖情怀：责任与成长——奇奇怪加入调查局之后，承担多次特工任务，在克服困难、识破诡计与背叛的过程中，智慧、意志都得到锻炼，从一个调皮捣蛋的小学生，成长为忍辱负重、颇有大侠风范的孤胆英雄；同学之间的友情——虽然小明作为科科狂的间谍一次次背叛奇奇怪，但奇奇怪仍然愿意舍命救他，愿意给他改过的机会；搭档之间的义气——龙玲珑和奇奇怪多次遇险，磨合成一对配合默契、勇于为对方牺牲的欢喜冤家式的好搭档；普世性的母爱——母亲的一个电话瓦解了敌人的意志，化敌为友，救了奇奇怪；朴素而睿智的生命平等观——奇奇怪释放了百慕大海底怪人（蜥蜴人、鱼人、蛤蟆人），为人类与海底人的和平共处留下余地。另外，超侠塑造人物虽然类型化，但并不扁平化，比较注重性格的复杂性。比如邪帝魔狂是一个妄想统治世界的大反派，可是为了拯救人类，他宁愿与亚特兰蒂斯海底人大鲸同归于尽，不乏英雄的一面。

少儿是特殊的读者群体，少儿读物需要照顾少儿的趣味和接受能力，也要兼顾价值观的正确导向。《超侠小特工》在这方面的努力值得赞赏。超侠借鉴游戏和电影手法，糅合悬疑推理、科幻和武侠元素，以画面感强、冲突激烈、幽默风趣、节奏明快的叙述吸引年轻读者，在拓展想象力和思维能力的同时，举重若轻地注入人文情怀。对于超侠来说，《超侠小特工》是他多样化写作之路上的又一重量级作品；对于当代少儿文学来说，《超侠小特工》是少儿科幻的一个重要成果，我们期待它创造奇迹。

《野人寨》的矛盾冲突带着读者成长

– 文 杰 –

　　彭绪洛老师的最新作品《野人寨》，讲述的是神农架原始森林深处，有一片与世隔绝的神秘区域，那里在卫星云图上永远是雾蒙蒙的一片，人类一直没有机会目睹这一神秘区域的真容。这个神秘之地正是野人生活的区域——野人寨。以河为界，野人寨分为河东部落和河西部落。本来野人寨的人们平静地生活着，可是一个人类意外闯入，打破了野人寨的平静，并且揭开了野人寨神秘禁地的秘密，由此，给全人类带来灾难的潘多拉魔盒被打开。野人寨的长者最后牺牲自己，平息了这场灾难，可平静的生活再也没有回来，一艘太空飞船在野人寨附近降落，带来了一系列的风波和麻烦，野人寨的存在眼看就要无法瞒住世人，野人们危在旦夕。

　　作为一部以科幻探险为主题的儿童小说，为了吸引儿童注意，《野人寨》设置了矛盾冲突，即有正邪双方。在正邪较量的过程中，儿童得到成长，正义得到彰显，邪恶受到惩罚。出于对儿童的保护，大多数儿童小说都需要走向圆满的大结局，因为故事的结局大致可以判断，所以过程就需要更加精彩，在《野人寨》这部作品中，探险的难度层层递进，孩子的成长也是

日益明显。但《野人寨》的冲突远不止于表面的正邪双方，《野人寨》文本背后的冲突可以深入分为：文化冲突、代际冲突、生存冲突。

1　古老东方文化和现代西方文明的文化冲突

在野人寨中，野人们的名字多为复姓，如轩辕、东方、东里、方雷等，即便不是复姓也是非常古老的姓氏，如方雷天佑的妻子姬如水，姬、姜、姚等带有女字旁的姓氏带有母系氏族的印记，都属于上古姓氏。甚至连入侵者戴云杰的戴姓，也非常古老，出自商朝后裔、周朝诸侯国宋国君主宋戴公的谥号。

这些古老的姓氏代表着野人早期与普通人类是同宗同源，他们因为核战争而受到辐射，成为长有长毛的大块头。他们在野人寨中继续繁衍，将原始农耕文明完好地保留了下来，这种农耕文明是东方式的与土地和谐共处的文明，人类只是自然的一部分，并不能凌驾于自然之上。而现代西方文明发源于海上文明，它的发源方式是向外扩张和吞并，因此认为自然是可以认识和改造的。这两种文明本质的不同在于对自然的不同态度。野人寨里生产力不发达，但人和自然关系和谐。西方文明有科技先进的飞船，却摧毁了自己的母星，甚至一批忘了核武器之苦的人类又开始走上老路。"只有一个地球"成为这部小说背后的主旨，爱护环境、保护地球这样的重任最终交给了代表东方文明的野人寨。

2　单纯善良的儿童与复杂阴暗的成人的代际冲突

野人寨里的人物性格直爽单纯，象征着单纯善良的儿童。即使方雷家族的首领企图夺野人寨的统治权，前期也并未使用阴险的计谋，野人寨的矛盾直到戴云杰入侵才被激化。相较于戴云杰带来的斗争，野人寨里曾经的矛盾和冲突都是小儿科级别的，而戴云杰有着对绝对权力的病态渴求、对霸凌他人的强烈渴望，这样变态的野心和贪欲，不会出现在儿童世界里。

儿童与成人，谁代表纯洁，谁代表邪恶，是值得思考的。但是也正因为"成人"的入侵，"儿童"才开始迅速成长起来，东方书文和方雷智，他们是成长得最快的两个少年。在崇尚武力的世界里，一个是弱小的"书文"，一个是不起眼的"智"，但最终也是他们二人带领大家发现了终极真相。少年的成长，离不开书和智；人类的成长，离不开代表过去的历史和代表未来的智慧。相对于未知的未来，今天的人类就是少年，选择什么样的发展方式，需要全人类共同思考。而成人被太多琐事干扰，大家关心眼前的房价、车价、油价，却不太关心未来。所以作者企图提醒儿童关心地球、关心未来——儿童才是我们的希望。

3　有限的自然资源与人口剧增的矛盾

野人寨里分东寨和西寨，东寨种木薯，西寨种秫米。由于人口增多，西寨开始选择焚林筑田。这是典型的因为人口增多而产生的不可避免的自然资源之争，人与自然相争、人与人相争，这正是今天地球上的人类所面临的困局。发达国家向不发达国家倾轧、不发达国家向自然倾轧。

　　尽管大多数国家都陷入了低生育陷阱，但这可能是人类作为自然物种的一种自然选择。只有一个地球，地球资源是有限的，所以人类不能无限制繁衍。如何分配有限的地球资源，这是巨大的难题。

　　野人寨像作者心目中的桃花源，保留了他认为美好的生活方式：有野外探险的精彩，又有一定程度的人类文明，既有古老的首领制度，又存在合理的挑战。这是一个充满自然气息和先进人文精神的梦幻家园。

4　结束语

　　儿童虽然弱小，但他们需要的不是全方位的保护，他们需要的是成长。除了体魄的成长，更需要精神的成长，这才是儿童探险的意义。每个儿童都是不同的，我们要善于发现儿童的闪光点，比如东方书文和方雷智，他们并不是传统意义上的男子汉，但他们就不勇敢吗？他们特别勇敢。可见，勇敢并不只体现在体魄上，更体现在精神上。教育部倡导培养孩子的阳刚之气，与其说是阳刚之气，不如说是勇敢的探险精神。毕竟，只有富有探险精神的孩子，才敢于探索未知的世界。

畅游知识海洋　编织海洋梦想

——浅谈陆杨《小鱼大梦想》里的"小"与"大"

-丁　倩-

《小鱼大梦想》系列是由"全国科普教育与创作标兵"、著名少儿科普科幻作家陆杨创作的一套海洋科普小说，讲述了江豚江晓迪为了寻找父亲，只身从长江来到太平洋，结识了其他五只海洋生物，组建"海洋冒险团"一起探索海洋和寻找父亲的故事。一经出版，累计销售40万册，并荣获了"2018年全国优秀科普作品奖""第八届全球华语科幻星云奖最佳少儿中长篇小说银奖""2018年安徽省优秀科普作品""2017—2018学年广东省中小学生最喜爱阅读的十本图书"等诸多奖项，入选全国2017中小学图书馆（室）配备核心书目和安徽省"十三五"国家重点出版物出版规划项目。

从出版价值的角度来说，《小鱼大梦想》以科普小说这种体裁来表现海洋，既为小读者认识海洋提供了一种新的阅读模式，也在童书市场中独树一帜。你可以在《海的女儿》中见证小美人鱼为爱演绎无私奉献的感人故事；你可以在《精卫填海》中聆听精卫鸟谱写百折不挠的精神赞歌；你还可以在《海错图笔记》中认识各种各样的海洋生物……海洋一直深受青少年的喜爱，而与之有关的各类优秀作品不胜枚举。但是，童话故事已是儿时的睡前伙伴，专业百科读久了不免感到枯燥，而近几年火爆市场的动物小说又多是以大型陆地动物为主角，鲜将笔触落到海洋生物上。因此，海洋科普小说可以同时满足小读者人文和科学的双重需求，也为动物小说这个品类注入新鲜血液。

创作科普小说最难的地方在于把讲好故事和传播知识巧妙且自然地融合起来，还要仔细琢磨两者所占的比重。正如书名的"玄机"一样，作者陆杨在小说中也精心布局了几组"小"与"大"，而这也是让《小鱼大梦想》能成为好读和耐读的科普小说的关键。

1 小家乡到大家园，彰显对"海洋强国梦"的勇敢追求

故事是以主角之一江晓迪的"寻亲梦"为开头的。江晓迪的爸爸具备可以在海里生存的超能力，为了探寻大海的秘密，他在江晓迪一岁生日那天离开了家。为了寻找爸爸，江晓迪不顾妈妈的反对，只身从长江来到大海，在一系列惊险刺激的经历中加深了对大海的向往与喜爱。

作者选江豚作为小说主角，可以说是别出心裁。正如江晓迪的妈妈所说，江豚"祖祖辈辈都生活在长江里"。作者赋予江豚超能力，将其在海里生存变为可能。这是作者的美好愿望，更是向小读者传递一种观念——要有勇于创新的筑梦精神和坚持不懈的逐梦精神。正是一代代海洋人顽强拼搏，克服困难，将无数个不可能变为可能，才让我国的海洋事业从无到有、从弱到强，我国也才能从"海洋大国"跃升为"海洋强国"。

此外，爸爸一直情系大海，不知不觉中他也将这个梦想传递给了江晓迪。父子俩义无反顾地前往大海探索，是人类坚持不懈地探索海洋的缩影，再现了人类追梦精神的代代相传。

2　小人物到大联盟，描绘"蓝色伙伴关系"的友好建立

2018年12月3日，国家主席习近平在葡萄牙《新闻日报》发表题为《跨越时空的友谊　面向未来的伙伴》的文章，里面提到："我们要积极发展'蓝色伙伴关系'，鼓励双方加强海洋科研、海洋开发和保护……"

《小鱼大梦想》中也有因为"海洋梦"而建立起的"跨越时空的友谊"。来自长江的江豚江晓迪和亚马孙河的海豚波西米以及太平洋的剑鱼卡罗、旗鱼菲尔德、章鱼比尔盖亚组建"海洋冒险团"，体现了友谊不分地域，也不分种族。"海洋冒险团"乘坐时空机器来到16世纪，和麦哲伦成了朋友。父亲的反对、世俗的偏见、物资的匮乏、恶劣的天气都没有击垮麦哲伦，"海洋冒险团"跟随他率领的船队一起出发，见证了新航路的开辟和人类历史上首次环球航行。

3　小动作到大功效，歌颂对"蓝色海洋梦"的执着守护

海鸟被油污沾满翅膀而无力起飞，猫咪因吃了汞污染的海产品而走路摇晃，鱼儿因海水污染而长出两条尾巴……《小鱼大梦想》描绘的这些令人触目惊心的海洋污染事件都是真实的。

江晓迪觉得一定要做些什么来警醒人类。"海洋冒险团"的其他成员最初认为仅凭他们几个的力量不足以引起人类的注意，但江晓迪坚持认为可以和其他种族的生物建立联盟，"蓝色伙伴"们可以携手保护海洋。于是，海滩上出现了几十只海龟组成的"SOS"，海里出现了几百只水母组成的"SOS"，最后这些壮观的景象引起了人类的注意，并促使人类最终采取了处理海洋垃圾的措施。

"蓝色海洋梦"的实现不是一蹴而就的，它需要我们从一点一滴做起，在每时每刻想起，就像"海洋冒险团"的成员教会我们的那样。

4　小知识点到大知识面，轻松稳步实现"知识达人梦"

《小鱼大梦想》作为一部科普小说，"小说"部分传递了追求"海洋强国梦"和坚守"蓝色海洋梦"的正能量，而"科普"部分也是干货满满。

多领域的知识点——既有海洋环境、生物进化、天文宇宙等自然知识的多方面呈现，比如虫洞、海洋飓风、进化论，又有文学作品、社会学原理等人文知识的多角度补充，比如蝴蝶效应、"阿凡达项目"、"疯狂科学家悖论"、"图灵实验"。

由"知识点"到"知识条"——讲述一个知识点时，并不局限于单纯介绍这个知识点，而是深挖与之相关的小读者会感兴趣的内容，从而丰富小说的知识图谱，培养孩子们的发散性思维。比如由介绍箭毒蛙而延伸出"大自然中的一些具有毒性的动物"这个专题，选取了最具代表性的六种致命动物；又如介绍麦哲伦时，将单纯介绍麦哲伦的生平扩充为介绍历史上著名的五位航海家。

多元化的讲述方式——跨页图图解、科普小贴士和趣味习题的多重设置，让孩子们快速记忆知识、快乐巩固知识。比如在"海洋冒险团"跟着麦哲伦航行的故事结尾，作者设计了一道填空题，结合跨页地图和箭头指示，帮助孩子们回顾麦哲伦的环球航行路线。

"海洋强国梦"是"中国梦"的重要组成部分。科普作者要"努力点燃青少年科学梦想，激发全民族实现中国梦的想象力、创造力"。《小鱼大梦想》系列将带孩子们插上想象与科学的翅膀，往美丽的大海深处飞去。

兼顾艺术性与思想性
——评张军《中华少年行·拯救神童》

-明　木-

　　《中华少年行》是儿童文学作家张军面向广大少年儿童创作的少儿科幻系列小说。笔者最近刚刚阅读了其中的第一册——《中华少年行·拯救神童》，深刻体会到作者的文学追求和良苦用心。

　　《中华少年行·拯救神童》的亮点可以从三个方面来概括：

1　文学性

　　张军是有着多年儿童文学创作经验的成熟作家。由于小学语文教师的特殊身份，他与孩子们频繁接触，非常熟悉小学生的兴趣爱好和日常用语。《中华少年行》的语言风格活泼，且十分幽默，以书中第41页的一处为例：

> 　　"小狉兽可不是东西，他是小狉兽！"蓝姿伸出食指撩起小狉兽的下巴。

"我当然不是东西，我是小——"小狌兽刚得意起来，眼珠子骨碌一转，反应过来，"嘿，不对啊，我是不是东西，都不对啊！"

这样的语言活泼有趣，很容易引起小学生们的共鸣。

《中华少年行·拯救神童》塑造了吴迪、蓝姿、小狌兽、项囊、项遇这几个少年形象，其中吴迪和项遇这两个形象颇为出彩。吴迪是一位科学家之子，他从小博览群书，计算机技术高超，组建了少年探秘师工作室。读完整篇小说，一个勇敢而机智的少年形象跃然纸上。项遇是一个被父亲打造出来的神童，也是全校师生的骄傲，因此被捧得不知天高地厚。然而，过度的拔高使他迷失了方向，没有了理想和斗志，以致辜负了所有人的期望。他与历史上的人物一起经历了一系列事情，也在这个过程中"拯救"了自己。

项遇是近些年少儿文学作品中较少见到的一类人物形象，填补了少儿作品人物画廊中的一大空白。

2 ｜ 科幻性

《中华少年行·拯救神童》是希望出版社推出的"小飞龙"少儿科幻丛书中的一本佳作，作家张军在其中注入了明显的科幻元素。依照人类现有的科技水平，是不可能实现时空跃迁的。作者在小说中塑造了一个特殊的来自外星球的高级生物——小狌兽。它在漫长的人类文明史中经历了数次冬眠，堪称无所不知、无所不晓的"百科全书"小精灵。而吴迪的爸爸作为一名科学家，专门研究时空传输，他发明出的新技术可以将承载记忆和思维能力的人体通过量子技术传输到目标年代，然后再组合、复制。

就这样，吴迪与小狴兽通力合作，在小说中实现了时空穿越。

3 ｜ 教育性

作者张军在小说的"楔子"里这样写道："用我们的技术探秘中华历史中那些影响深远的先贤、圣哲，挑选最有正能量的神童往事，为当代少年寻找正向的榜样，引导少年们从小立下凌云之志……我们真心希望你在读了故事之后，能像故事中的少年一样，眼中有星辰，心中有梦想，脚下有山河。"

通过短短的几行字，我们便能看到作者的良苦用心。他想通过书中少年的成长经历，为现实生活中广大少年儿童的成长指出方向，希望每一位少年都能成为心怀梦想的阳光少年。

小说的教育性还体现在多个方面：相当明显的科幻元素，能够激发小读者对科技发明的兴趣；颇为考究的历史细节，可以培养读者对历史的爱好，以及对数千年中华文明的浓厚感情。

新中国的第一代儿童文学作家们十分重视作品的教育性。《小英雄雨来》《宝葫芦的秘密》等作品摒弃刻板的说教，将人生道理融于生动的人物与精彩的故事情节当中，为后来的儿童文学创作树立了榜样，提供了丰富的经验。20世纪80年代，也曾有一批优秀儿童文学作家指出，儿童文学作品承担着塑造新世纪儿童品格的重要作用。但伴随着市场经济的发展，不少作家在追求商业利益的同时，忽视了作品的思想性与教育性。在这样的大环境下，《中华少年行》更显难能可贵。